LE ROI DES DÉMONS

L'OBSESSION DE LUCIFER #1

ELIZABETH BRIGGS

1

HANNAH

Seule une femme désespérée ferait un pacte avec le diable ; et j'étais sur le point de lui demander une faveur.

Je ne pouvais m'empêcher de me tordre les mains alors que l'ascenseur montait, montait, montait. Dans le fond résonnait une musique d'ambiance ordinaire tandis que je fixais les miroirs élégants et les boutons en argent sombre, m'efforçant de ne pas regarder les deux imposants molosses à ma gauche et à ma droite. Je ne pouvais leur échapper. Ils emplissaient tout l'espace avec leurs épaules carrées, leur cou épais et leur costume noir bien repassé, me laissant à peine la place pour respirer. Ils étaient beaux comme des dieux, comme toutes les personnes que j'avais croisées à l'Hôtel Casino du Celestial, mais suffisamment intimidants pour que je me demande si ce n'était pas une grosse erreur de me pointer ici.

Inutile de me voiler la face : bien sûr que c'était une erreur. Mais c'était probablement le seul moyen de retrouver ma meilleure amie.

La sonnette de l'ascenseur nous signala que nous étions arrivés à l'étage du penthouse et, quand la porte s'ouvrit, j'expirai l'air que j'avais retenu jusque-là. D'autres mannequins reconvertis gardes du corps se tenaient devant une énorme porte noire luisante. Au moment de sortir de l'ascenseur, la porte sombre s'ouvrit brusquement et un homme affublé d'un costume gris débraillé se rua dehors. La panique et la peur se percevaient dans ses grands yeux, et il percuta mon épaule avec force en essayant de s'échapper.

— Si vous êtes maline, faites demi-tour et fuyez, cria-t-il avant qu'un des hommes musclés ne l'attrape par le bras et ne le traîne vers l'ascenseur.

Il ne se débattit même pas et très vite, la porte de l'ascenseur se referma sur eux, me laissant à peine entendre sa dernière phrase : « Fuyez ! »

Je déglutis mais m'avançai, prête à passer la porte. À chaque foulée, j'avais l'impression de me rapprocher de mon destin funeste. Je jetai un œil aux deux gardes postés de chaque côté de la porte mais ils firent à peine attention à moi tandis que je la franchissais. Un homme en costume à la réception m'avait déjà autorisée à m'entretenir avec Mr Ifer, donc je supposais qu'on avait prévenu de ma visite.

À l'intérieur de la pièce se trouvait un petit vestibule orné d'une gigantesque peinture de deux grandes ailes noires, déployées sur une toile d'un blanc éclatant. Je m'y connaissais peu en art, mais je ne pus m'empêcher de la fixer des yeux, attirée par les coups de pinceaux qui semblaient avoir été assénés avec colère.

Je secouai la tête et continuai mon chemin, progressant le long du carrelage en marbre noir légèrement nervuré d'argent, quand je finis par atterrir dans un grand salon. À la vue des canapés onéreux en cuir noir et du piano à queue, je me figeai. Je m'étais attendu à rencontrer Lucas Ifer, patron d'Abaddon Inc et soi-disant chef de la mafia de Las Vegas, dans son bureau et non dans sa propre maison. Sous le choc face à ce spectacle, je pris un moment pour observer les miroirs sous le bar rétroéclairé le long d'un mur, l'imposante et élégante cheminée de l'autre côté, ainsi que la verrière du fond qui offrait une vue incroyable sur l'artère principale de Las Vegas, The Strip ; sans oublier la piscine à débordement sur la terrasse.

L'homme que j'étais venu voir était penché contre une des imposantes fenêtres, regardant d'en haut son domaine tel un roi menaçant. Ou un baron, peut-être. Je ne voyais que son profil, qui était suffisamment saisissant pour que mon cœur s'arrête de battre un instant. Je l'inspectai de la tête au pied en attendant qu'il daigne se tourner vers moi, comme je n'osais déranger une perfection si sombre et dangereuse. Un costume noir immaculé encadrait ses larges épaules, se resserrait au niveau de ses hanches étroites et entourait ses fesses parfaitement rondes. La lumière embrassait ses cheveux courts et épais qui étaient presque entièrement noirs, teintés de reflets d'un riche brun chocolat. Sur son visage, une barbe de trois jours taillée à la perfection mettait en valeur sa mâchoire dessinée et ses pommettes divines.

Je m'attendais à tout sauf à ça venant de l'homme qu'on appelait, dans des murmures étouffés, « le diable ».

— Vous êtes venue me demander une faveur ?

Sa voix glissa sur moi, son délicieux accent britannique rendant curieusement tous ses mots élégants et sensuels.

— Comme vous venez de le voir, cela ne s'est pas très bien passé avec la personne avant vous. Ceci dit, elle a essayé de ne pas honorer notre marché. Je vous fais confiance pour ne pas faire la même chose.

Ses mots roulèrent sur sa langue, évoquant le sexe et le péché, mais me rappelèrent également la raison de ma venue. Je secouai légèrement la tête pour m'éclaircir les idées et me sortir du brouillard dans lequel il m'avait plongée.

— Oui, c'est ça. Je suis là pour une faveur, je veux dire.

Il quitta la fenêtre des yeux pour me faire face, et le clair-obscur joua sur son visage de la manière la plus envoûtante qu'il m'ait été donné de voir. Toute la force de sa présence me percuta de plein fouet, comme un feu qui s'embrase d'une simple allumette. Oubliés les autres hommes ; aucun n'arrivait à sa hauteur. En fait, j'en oubliai ma capacité à respirer sous le poids de son regard, d'un vert émeraude que, jusqu'à aujourd'hui, je croyais impossible chez un être humain. Et cette bouche... Seigneur, c'était une bouche qui invitait au péché. Je l'imaginais déjà me murmurer des mots coquins à l'oreille avant que ses lèvres ne laissent une traînée de désir sur ma peau.

Quelque chose chez lui me semblait familier également. Je sondai ma mémoire limitée pour savoir si je l'avais déjà rencontré, mais je me serais certainement souvenue d'une personne aussi magnifique. Non. Impossible qu'on se soit déjà vus.

Pourtant... Je le connaissais, curieusement. D'une façon instinctive, primitive, tout au fond de mon être, j'avais l'impression qu'il... Je l'avais sur le bout de la langue. Cette pensée s'envola avant que je ne puisse l'atteindre. Je me concentrai à nouveau, mais c'était inutile. Je n'arrivais pas à mettre le doigt dessus. Peut-être le connaissais-je avant l'accident ? Ça me paraissait peu probable, et s'il me connaissait, il dirait sûrement quelque chose.

Je me rendis compte que je le dévisageais et m'empressai de détourner le regard, le réorientant vers la vue. Las Vegas de jour n'était pas aussi impressionnante que de nuit, quand la ville était éclairée comme si des enfants de maternelle avaient saupoudré des tubes de paillettes géants sur une étendue de désert. Malgré tout, le spectacle de la ville animée devant les montagnes en arrière-plan s'empara de toute mon attention, me laissant une seconde pour retrouver mes marques, encore une fois.

— Dites-moi votre nom, dit Lucas.

Sa voix, cet accent, mon Dieu.

— Hannah, répondis-je en le regardant enfin dans les yeux. Hannah Thorn.

— Hannah.

Mon prénom roula sur sa langue à la façon d'une gorgée d'un whisky coûteux. Je secouai la tête et clignai des yeux pour chasser cette pensée. Je ne buvais pas. Pourquoi penser à la douce brûlure d'une boisson que je n'ai jamais bue ?

Il rompit le contact visuel comme si cela lui était difficile. Presque comme s'il était autant attiré par moi que je ne l'étais par lui. Une idée saugrenue qui disparut immédiatement lorsqu'il se dirigea derrière le bar.

— Un verre ?

Lucas leva une carafe et un verre en cristal qui réfléchissaient des éclats de lumières multicolores dans toute la pièce.

— Non merci. Je ne bois pas.

Il émit un bourdonnement grave dans sa gorge, en signe de désaccord.

— Dommage. Nous aurions pu bien nous amuser si nous nous étions saoulés ensemble.

Il attrapa deux autres verres et y mit de la glace. Trois cubes parfaits tintèrent sur les bords des verres. Il attrapa alors une carafe avec un liquide transparent de sous le comptoir, et je levai la main pour lui faire comprendre d'arrêter.

— J'étais sérieuse. Je ne bois pas.

— Et je ne donne pas d'alcool à ceux qui n'en veulent pas.

Il leva son verre et engloutit une grande gorgée du contenu.

— C'est triste mais ce n'est que de l'eau.

Il me tendit l'autre verre. En l'enveloppant de mes doigts, nos mains s'effleurèrent, et mes entrailles s'embrasèrent à nouveau, envoyant de la chaleur dans tout mon corps et jusque dans mon bas-ventre. Le sentiment de connaître Lucas augmenta davantage, comme un souvenir impossible à me rappeler, ou un mot sur le bout de ma langue. Ce sentiment s'accompagna d'une ruée de désir si forte que j'en eus le souffle coupé.

Son regard s'intensifia. Le sentait-il également ?

— Asseyez-vous.

Lucas fit un geste vers les canapés en cuir noir.

Je me juchai sur le bord de l'un d'entre eux, le verre tenu par mes deux mains et mon emprise se resserrant tandis que mes nerfs se détendaient. L'inquiétude remonta dans ma poitrine et se mêla au désir qui affluait entre mes jambes, ce qui me rendit toute étourdie. Je jetai un œil au piano non loin de là, essayant de reprendre le contrôle sur mes émotions. Tout ça, c'était trop. Beaucoup trop. Qu'est-ce que je fichais là ?

Lucas s'assit sur le canapé d'en face et étala un bras sur le dossier. Il croisa les jambes, donnant l'image parfaite de l'élégance et du calme serein.

— Alors, en quoi puis-je vous aider ?

Je pris une grande inspiration, essayant de m'imprégner de son calme serein, même si ce n'était que pour feindre. Ça ne me gênait pas du tout de faire semblant, même si je n'y arrivais jamais. Pas face à quelqu'un d'aussi désarmant.

— Ma meilleure amie a disparu, lâchai-je.

C'est raté pour l'apparence calme.

— Elle s'appelle Brandy Higgins. Elle séjournait ici, dans cet hôtel, pour assister à une conférence, mais elle n'est jamais rentrée à la maison. J'ai essayé de la retrouver toute seule, mais je n'y suis pas arrivée, et quand je me suis rendue à la police, ils se sont montrés méprisants. Surtout quand je leur ai dit qu'elle séjournait ici.

Il regarda son verre et fit tinter son glaçon. Le son qui en sortit en était presque musical.

— Vous devez être une amie très loyale. Très peu se montrent assez courageux pour me demander une faveur. Les autres sont au bord du désespoir. Je me demande : à quelle catégorie appartenez-vous ?

Je baissai le regard vers mes mains, puis me forçai à le regarder dans les yeux, faisant tout mon possible pour que mon courage prenne le dessus sur mon désespoir.

— Aux deux. Brandy est plus qu'une amie. Elle est comme une sœur pour moi, et elle a un enfant et une maman malade chez elle qui comptent sur moi pour la retrouver. Je vis avec eux depuis son divorce pour l'aider, mais si elle ne revient pas...

La pensée était trop terrifiante pour ne serait-ce que l'envisager. Je redressai la colonne vertébrale et raidis les épaules, réduisant mon inquiétude à une petite boule dans ma poitrine tandis que je faisais face à Lucas, pleine de détermination.

— J'ai entendu dire qu'on vous appelait le roi de Las Vegas, et que rien ne se passe sans que vous ne soyez au courant. Je me suis dit que s'il y a bien une personne qui peut retrouver Brandy, c'est vous.

Je passai sous silence les autres rumeurs que j'avais entendues sur lui, comme le fait qu'il était en gros un chef de la mafia qui dirigeait la ville, et comment les gens le surnommaient le diable en murmurant nerveusement derrière des portes verrouillées. Même la police semblait avoir peur de lui.

— Vous avez l'air d'être deux saintes toutes les deux, fit remarquer Lucas en retroussant le bord de ses lèvres. Vous dites qu'elle a disparu ici, dans le Celestial ?

— Oui, il y a quelques jours.

Il acquiesça doucement de la tête, comme un homme qui n'était pas le moins du monde pressé, un homme qui n'avait rien à perdre et qui pouvait se permettre de prendre son temps. Du temps que, assurément, je ne possédais pas.

— Vous comprenez qu'il y a toujours un prix à payer pour mon aide.

La panique encercla ma poitrine comme du fil barbelé et je respirai en tremblant. Je savais qu'on en arriverait là et j'ignorais complètement ce qu'il voudrait en échange de son aide.

— Je n'ai pas d'argent.

— Oh, je n'échange pas mes services contre de l'argent.

Il rit, mais son visage prit soudain un air vil.

— Ma monnaie d'échange, ce sont les mauvaises actions et les sales petits secrets.

Je déglutis et jetai un coup d'œil au couloir, me demandant s'il était trop tard pour fuir. Je n'avais pas de secrets, aucun dont je me souvienne en tout cas, ce qui signifiait qu'il allait vouloir que je fasse une mauvaise action ou quelque chose du genre. Me demanderait-il quelque chose d'illégal ? Quelque chose de dangereux ? Quelque chose que je regretterais jusqu'à la fin de mes jours ? Je faillis me précipiter vers la porte, puis dans mon esprit apparut le fils de Brandy, au bord des larmes, levant les yeux vers moi en me demandant quand sa maman allait revenir à la maison, et ma détermination se renforça. Je regardai Lucas dans les yeux et acquiesçai.

Il se pencha en avant, moins décontracté.

— Êtes-vous prête à tout ?

— Oui, répondis-je le souffle coupé. Qu'est-ce que vous voulez ?

— Vous.

La mâchoire m'en tomba et mon estomac avec elle. L'un comme l'autre avaient sûrement traversé le plancher. Et même tous les étages jusqu'à aller s'écraser au rez-de-chaussée de l'hôtel.

— Moi ?

Il eut un petit rire, qui sonnait comme une mélodie sombre et pleine de viles promesses.

— Six nuits avec vous. Ici dans mon penthouse. À faire ce que je veux de vous.

Cette dernière phrase sensuelle me coupa le souffle. Puis, je secouai la tête, certaine d'avoir mal entendu. Mal compris, peut-être. Oui, c'était plutôt ça.

— Pardon ? Vous vous attendez à ce que je vous donne carte blanche pour faire ce que vous voulez de moi ? Pendant six nuits ?

— Vous préférez sept ? Je vous préviens, je ne me repose pas le septième jour.

Un sourire immoral aux lèvres, il s'enfonça à nouveau sur le cuir souple du canapé.

— Sept ?

Mes pensées se brouillèrent, et tout ce dont j'étais capable, c'était de le fixer. Était-il sérieux ? Il fit oui de la tête.

— Oui, allons-y pour sept nuits. Une pour chaque péché capital. Encore mieux.

Merde. Je n'aurais vraiment pas dû l'interroger sur les six nuits. Les scénarios fusèrent dans ma tête, mon visage rougissant à mesure que j'imaginais nombre d'entre eux avec moultes détails. Oui, cet homme était terriblement attirant, mais il proposait une chose des plus indécentes. Sans oublier que c'était un parfait inconnu. Un inconnu vraiment magnifique et très dangereux. Ce qu'il demandait de moi... c'était trop. Il y avait peut-être d'autres manières de retrouver Brandy. Quelqu'un d'autre qui pourrait m'aider.

Lucas m'observa, attendant ma décision.

— Tic-tac. On perd du temps. Plus vous attendez, moins nous aurons de chance de retrouver votre amie en vie.

La peur palpita en moi à cette pensée, mais il avait raison. Elle avait déjà disparu depuis quelques jours. Je devais prendre une décision rapidement, mais je devais d'abord savoir dans quoi je m'impliquais. Je m'éclaircis la gorge.

— Que les choses soient claires. Vous voulez que je reste ici avec vous sept nuits pendant que vous... faites ce que vous voulez de moi. Sexuellement.

Son regard s'assombrit et je me mis presque à trembler face à son intensité.

— Je n'ai jamais forcé une femme à le faire, et je ne le ferai jamais, si c'est ce dont vous vous inquiétez.

Un soupir de soulagement s'échappa de mes lèvres.

— Je devais m'en assurer. Je n'ai jamais fait quelque chose comme ça auparavant.

— Je vous promets que je ne vous ferai aucun mal. Mais pour le sexe...

Il se leva et parcourut les quelques pas qui nous séparaient, me faisant lever les yeux vers lui. Puis, il se pencha vers moi et posa ses deux mains contre le dossier, de chaque côté de ma tête, me tenant à sa merci.

— Vous ne savez donc pas qui je suis ? On ne m'appelle pas le diable pour rien. La tentation, la luxure, le péché, le tout dans un même petit paquet. Oh, qu'est-ce que je dis ? Un *gros* paquet. Croyez-moi, vous me supplierez de vous faire toutes les choses que je vous réserve avant la fin de la semaine.

Il était vraiment trop près, son visage à quelques centimètres du mien, ses yeux verts brûlant comme si on y avait allumé un feu. Le désir me transperça comme jamais auparavant, mais il se mêlait à une quantité conséquente de peur. Mon regard descendit vers sa bouche, à seulement un souffle de la mienne, et je mourrais d'envie qu'il réduise à néant l'espace entre nous, même si je voulais le fuir.

Je me forçai à relever les yeux pour croiser son regard intense. Je ne voyais pas par quel autre moyen je pourrais retrouver Brandy. J'avais tout essayé, mais rien n'avait fonctionné. Si je ne faisais pas ça, j'aurais entièrement échoué.

C'était ma dernière chance.

— D'accord, dis-je avec le peu de courage que j'avais rassemblé.

— Excellent.

Il se redressa et se dirigea de façon nonchalante vers l'autre bout de la pièce tandis que mon cœur tambourinait dans ma poitrine. Il attrapa un bloc-notes et un stylo, puis me le tendit.

— Écrivez tout ce que vous savez sur la disparition de votre amie. Noms, dates et tout ce qui s'en suit.

Tandis que je griffonnais tous les détails, l'appréhension modifiant ma façon d'écrire, il m'observa avec attention. Je n'arrêtai pas de lever les yeux alors que le stylo grattait le papier, incapable de le quitter du regard. Pourquoi avais-je l'impression de vendre mon âme avec ce pacte ?

Après avoir couché sur le papier tout ce dont je me rappelais, je lui rendis son bloc-notes et son stylo. Il referma ses mains sur les miennes pour les récupérer, et la chaleur descendit en flèche dans mon corps jusqu'entre mes cuisses, encore une fois. Une envie inattendue emplit ma poitrine, et j'avalai ma salive en essayant d'avoir à nouveau des pensées cohérentes et ordonnées.

— Où séjournez-vous ? demanda-t-il.

— Dans un motel bas de gamme loin du Strip. Le Motel Double Down.

Je détournai les yeux, gênée de devoir dire le nom. J'avais dépensé tout mon argent pour y dormir, mais ce n'était rien comparé à ce penthouse.

Son visage se tordit de dégoût.

— Donnez-moi la clé de votre chambre. Je ferai ramener vos affaires ici.

— Et ma voiture ? demandai-je.

— Mes gens s'en occuperont également.

Je haussai un sourcil à cette phrase, mais sortis mes clés et les lui tendis. Il avait des *gens* ? Je pensais que les gens qui avaient des gens n'étaient qu'une légende. Qui en vérité avait des *gens* pour faire leur merde à leur place ?

Il les mit dans sa poche et me tendit sa main.

— Bien. Maintenant, suivez-moi.

Chaque fois que je le touchais, je ressentais des... choses. Je gardai mes mains libres.

— Où ça ?

— À votre nouvelle chambre, dit-il d'une voix pleine de promesses. Même si je soupçonne que vous préfèrerez rapidement la mienne.

Nous traversâmes un couloir et il ouvrit une porte une fois au bout. Contrairement au reste du penthouse que j'avais entrevu jusque-là, cette pièce n'était pas décorée en noir et argent, mais avec des tons neutres. Le lit queen-size possédait une de ces têtes de lit matelassées et était recouvert de luxueux plaids, d'une couette épaisse et de doux oreillers. De l'autre côté de la pièce se trouvait un joli petit bureau en face d'une fenêtre qui donnait sur le Strip. Une porte menait à un dressing aussi grand que mon ancien appartement, et une autre donnait sur une énorme salle de bains entièrement en marbre.

— C'est votre chambre d'amis ? demandai-je une fois tout observé, en tournant lentement sur moi-même.

Si ça c'était pour les amis, alors à quoi ressemblait sa chambre ?

Ses lèvres s'étirèrent, l'air amusé.

— C'est chez vous à présent. Mettez-vous à l'aise.

Commandez ce qu'il vous plaira au room service. Mes gens vous apporteront vos affaires dans pas longtemps ; en attendant je vais me mettre à enquêter sur les allées et venues de votre amie.

Je secouai la tête, oscillant entre le déni et l'émerveillement. Cette situation n'avait aucun sens, et je commençai à me demander où le piège se trouvait. Peut-être s'était-il trompé sur mon identité ou quelque chose du genre. Après tout, pourquoi me voudrait-il moi – *moi*, entre toutes – pour sept nuits ? Je n'étais qu'un simple rat de bibliothèque avec une jolie paire de seins et un beau sourire, qui tenait une boutique de fleuriste et portait des tongs et des jeans. Rien de spécial. Rien comparé aux femmes dont il devait sans arrêt s'entourer.

Mes tripes se retournèrent lorsque je pris violemment conscience de ce que je venais d'accepter. Moi. Ici. Dans ce penthouse. Pour sept nuits.

Et lui. Faisant ce qu'il voulait de moi.

Pour la prochaine semaine, je lui appartenais. Entièrement. Mais cela vaudrait le coup s'il respectait sa part du marché.

Je me tournai vers lui.

— Vous me promettez de retrouver Brandy ?

— Oui. Morte ou vivante, je la retrouverai.

Il me regarda dans les yeux, et je n'eus pas de doute sur sa certitude. Lucas Ifer était un homme qui obtenait toujours gain de cause, et s'il y avait bien quelqu'un qui puisse trouver mon amie dans les souterrains sombres de Las Vegas, c'était bien lui.

Il me tendit la main, et je la pris pour la serrer. Au moment où sa peau toucha la mienne, un frisson électrique me parcourut, accompagné de cette vague sensation de déjà le connaître et de désir perdu.

Ses doigts se resserrèrent autour des miens, presque avec possessivité.

— Marché conclu.

2

———

LUCIFER

La porte des appartements pour les invités se referma derrière moi dans un cliquetis à peine perceptible tandis que je m'avançais dans la large entrée. Là, je pris un instant pour mesurer l'énormité de la situation que je venais de vivre en prenant une grande inspiration.

Elle était de retour.

Mon cœur s'accéléra sous l'effet de l'impatience. J'eus peine à y croire quand elle arriva à l'étage du penthouse sans prévenir, mais à la seconde où nous nous touchâmes, tous mes doutes s'évanouirent. Elle était revenue à moi. Enfin.

Hannah Thorn. Un nouveau nom. Une nouvelle apparence. Mais toujours et indéniablement *mienne*.

Je l'imaginai de l'autre côté de la porte, sûrement en train d'inspecter sa nouvelle chambre. De longs cheveux dorés encadraient son visage en forme de cœur aux joues roses et au regard bleu vif, sans oublier ses lèvres qui invitaient aux baisers. Des lèvres que je réclamerais bientôt, de même que le reste de sa petite silhouette pulpeuse. Il ne me restait plus qu'à la convaincre au cours des sept prochaines nuits qu'elle m'appartenait.

Tout en retrouvant son amie, bien sûr. Impossible d'oublier ça. Elle avait conduit Hannah jusqu'à moi, après tout. Oui, j'avais besoin de retrouver cette Brandy, au moins pour la remercier.

D'un autre côté, je ne prenais pas à la légère qu'une humaine disparaisse dans mon hôtel. Même si les démons se nourrissaient de l'énergie des êtres humains, mes règles étaient strictes en ce qui concernait de ne pas les blesser, surtout sur mon domaine. Bien sûr, à présent que nous avions fait de la Terre notre maison permanente, mon domaine s'étendait techniquement sur le monde entier. Pourtant, même les plus jeunes démons savaient qu'il ne fallait pas enfreindre les règles dans le château du roi.

L'Hôtel Casino du Celestial était mon hôtel phare, un bijou étincelant sur le Las Vegas Strip, conçu pour inciter les humains aux mille et un péchés, tout cela afin que mes démons puissent se nourrir sans problème tout en continuant à se dissimuler au reste du monde. En vérité, j'avais secrètement bâti toute la ville ces quarante dernières années pour en faire le refuge idéal pour les démons. La ville du péché, la surnommait-on, et j'en étais le roi.

Je sortis de mon penthouse et rajustai mon costume en regardant mes gardes.

— Personne n'entre ni ne sort, sauf si je l'autorise.

Ils inclinèrent la tête alors que j'entrais dans l'ascenseur. Si Hannah souhaitait vraiment partir, je ne l'en empêcherais pas, mais je ne pouvais pas non plus la laisser courir dans toute la ville toute seule. Maintenant qu'elle était revenue à moi, elle avait besoin d'être protégée constamment.

Durant des années mon cœur avait été froid et noir, un morceau de charbon dur qui n'attendait que son retour pour s'enflammer. Je l'avais cherchée si longtemps en vain, pourtant elle n'avait eu qu'à se pointer à l'improviste dans ma vie. C'est elle qui était à *ma* recherche cette fois-ci. Oh, comme c'était ironique.

Je descendis à l'étage du dessous dans ma salle de contrôle.

Tandis que je pénétrais dans la grande salle, je sentis presque la puissance de mon règne ; un parfum grisant, en effet. Je m'arrêtai et parcourus la pièce du regard. J'étais le seigneur des ténèbres d'un royaume que je surveillais. Des diffusions en direct et des vidéos de surveillance remplissaient les écrans plats géants, tandis que mon personnel acharné travaillait sur des ordinateurs disposés sur plus de bureaux qu'on ne pouvait en compter, suivant chaque fil conducteur et appel au péché que cette ville avait à offrir. L'avarice, l'envie, la luxure... tous à moi, moi, moi. Un gigantesque panneau de contrôle occupait tout un pan de mur alors qu'ils associaient les connexions entre elles, suivant individus, émotions et autres. Sur un autre mur, des lumières clignotantes se déplaçaient sur une grande carte du monde, indiquant les diverses activités de démons, anges et fées.

Samaël se trouvait dans son bureau, comme je m'y attendais, là où il supervisait tout le centre de commandement. Il agissait comme mon bras droit dans la plupart des situations, et il était toujours resté à mes côtés depuis que j'avais quitté le Paradis pour régner sur l'Enfer. Gadrel s'y trouvait également, jetant un œil à un dossier ouvert sur le bureau noir. C'était un des plus jeunes Déchus, âgé seulement de deux cents ans, mais il avait maintes fois prouvé sa loyauté et s'était élevé au rang d'assistant de Samaël.

Je passai la tête dans le bureau.

— Réunion. Tout de suite. Allez chercher Azazel aussi.

Les deux levèrent précipitamment leur tête, l'une sombre, l'autre claire. Samaël fronça les sourcils.

— Qu'est-ce qu'il se passe ?

— Elle est revenue.

Je n'avais pas besoin d'en dire davantage. Ils savaient de qui je parlais.

Les sourcils blonds de Gadrel se levèrent avec rapidité.

— Vous en êtes sûr ?

Je repensai aux étincelles que j'avais ressenties en touchant la main d'Hannah.

— Oui, j'en suis sûr. Ce qui est drôle, c'est que c'est elle qui m'a trouvé cette fois-ci.

Sans attendre de réponse, je tournai les talons et me dirigeai vers la salle de réunion. Les vitres qui la séparaient du reste du poste de contrôle devinrent opaques lorsque j'appuyai sur un interrupteur, nous offrant une intimité totale. La pièce était également insonorisée, même pour les êtres surnaturels à l'ouïe aiguisée. Je m'enfonçai dans le cuir luxueux de ma chaise qui présidait au bout de la table de conférence. Quelques secondes plus tard, Samaël s'engouffra à l'intérieur, suivi de Gadrel et d'Azazel. Ils fermèrent la porte derrière eux, et s'assirent sur les sièges autour de la table.

— Alors elle est de retour, dit Azazel en posant ses jambes sur la table, exhibant ses bottes cloutées en cuir noir.

Elle était mon premier agent de sécurité et ma lame la plus féroce, capable de manier n'importe quelle arme avec aisance. Le cuir noir moulant était son armure de prédilection et la colère son combustible pour se battre.

— Oui, et j'ai besoin que tu gardes notre nouvelle invitée, dis-je. Elle se trouve dans mon penthouse, et je ne peux pas lui donner l'autorisation d'en sortir à moins que tu ne restes à ses côtés. Je veux que tu la protèges à tout moment.

Son visage prit un air agacé mais elle acquiesça de la tête. Elle ne désobéissait jamais à un de mes ordres directs, même si elle ne voulait pas s'y soumettre. Je me penchai en avant et croisai son regard.

— Je suis bien conscient qu'être garde du corps peut te sembler dévalorisant, mais à dire vrai, je viens te confier une tâche des plus importantes. La vie d'Hannah sera bientôt en péril, et tu es la seule en qui j'ai confiance pour la protéger.

Son air agacé s'estompa et elle inclina la tête.

— Je ne vous décevrai pas, mon Seigneur.

— Quel est son nom désormais ? demanda Samaël en posant doucement ses mains sur la table.

— Hannah Thorn.

— Ah. La femme qui est venue pour son amie.

J'aurais dû me douter que Samaël aurait déjà des informations sur elle. Peu de choses se passaient entre ces murs sans qu'il n'en soit au courant.

— Oui, et il faut nous dépêcher de retrouver cette amie. Elle a disparu au Celestial il y a quelques jours.

Je sortis le bloc-notes et le lui tendis. Il le parcourut rapidement du regard, pendant que je continuais à donner mes instructions :

— Je veux également tout ce que vous pourrez trouver sur la vie d'Hannah. Sa famille, ses petits copains, son travail, ce qu'elle mange au petit-déjeuner ; je veux connaître tous les moindres détails.

— Ce sera fait, répliqua Samaël de son habituelle confiance tranquille.

Je sortis la clé de voiture d'Hannah, puis la clé de sa chambre d'hôtel et les jetai à Gadrel. L'homme blond les attrapa de ses réflexes rapides.

— Gadrel, je veux que tu te rendes au motel Double Down, ordonnai-je en frémissant rien qu'en prononçant le nom de l'établissement, et que tu récupères ses affaires, en plus de sa voiture. Je te fais confiance pour trouver laquelle est la sienne.

— Ce ne sera pas un problème, mon Seigneur, dit Gadrel en examinant la clé de la chambre avec dégoût.

Hannah avait parlé du motel Double Down comme *un motel*

bas de gamme loin du Strip. Cette description en exagérait les mérites.

— Vous connaissez vos ordres. Pour l'instant, gardons la présence d'Hannah pour nous quatre.

Je me levai et regardai chacun de mes loyaux Déchus, la détermination brûlant dans ma poitrine.

— Je l'ai déjà perdue, mais je ne la laisserai pas me quitter cette fois-ci. Pas encore une fois.

3

HANNAH

Dès que Lucas ferma la porte derrière lui, je parcourus du regard la chambre d'amis avec émerveillement, peinant toujours à croire que tout cela était réel. Il y a deux jours, je faisais mes bagages pour me rendre à Vegas et retrouver mon amie ; à présent, j'allais vivre ici pour les sept prochaines nuits, pour satisfaire la lubie d'un homme qu'on appelait le diable. Bien sûr, j'avais accepté le marché, mais cela ne le rendait pas moins terrifiant. Surtout maintenant que Lucas était parti et que j'étais seule avec mes pensées.

Il avait intérêt à retrouver Brandy. Et en vie, qui plus est.

S'il vous plaît, faites qu'elle soit en vie.

Je me déplaçai vers la grande fenêtre donnant sur le Strip et me demandai pour la centième fois où elle se trouvait et ce qu'il lui était arrivé. Le soleil étincelait sur les nombreux hôtels et casinos, et je me souvins à quel point Brandy était enthousiaste de venir ici. Elle avait été invitée à une conférence de bibliothécaire, ayant gagné un prix qui payait l'intégralité de son week-end prolongé. Elle m'avait demandé de venir aussi, pour passer un week-end entre filles, ici à Vegas, mais j'avais refusé son offre. Ma boutique de fleuriste était petite mais elle exigeait presque toute mon attention pour la garder à flot. De plus, j'appréciais travailler là-bas, dans cet endroit qui avait appartenu à mes parents, à trouver les fleurs appropriées pour égayer les maisons ou transmettre les choses qu'on n'arrivait pas toujours à dire avec des mots. Peu importe à quel point j'avais envie d'aller à Vegas avec Brandy, j'avais dit non. Maintenant, c'était un de mes plus grands regrets.

Elle s'était rendue à Vegas seule, et n'était jamais revenue à la maison.

Les dernières nouvelles que j'eus de Brandy furent après son enregistrement dans ce même hôtel, quand elle avait appelé pour dire bonne nuit à son fils. C'était il y a six jours.

Quand elle ne répondit pas au téléphone ou ne revint pas à la maison à la fin du week-end, je sus que quelque chose n'allait pas. Je le sentais au fond de mes entrailles et jamais je n'ignorais mon instinct. Avec une maman malade et un enfant, impossible que Brandy se soit enfuie. Il avait dû lui arriver malheur.

Le jour suivant, je passai une douzaine d'appels, essayant de la retrouver, mais c'était inutile. Il me parut rapidement évident que je devais moi-même me rendre à Vegas et découvrir ce qu'il lui était arrivé par mes propres moyens. Je suppliai Maggie, mon employée à temps partiel de s'occuper de la boutique pour quelque jours, puis je rassemblai toutes les économies que j'avais et pris la route avec mon tas de ferraille, faisant cinq heures de route à travers le désert jusqu'à atteindre la ville du péché.

Avant de partir, la maman de Brandy, Donna, m'avait prise à part et m'avait suppliée de retrouver sa fille, tout en se mouchant dans un mouchoir taché de sang. Donna avait un cancer des poumons en phase terminale et trouvait à peine l'énergie pour se faire un sandwich ces jours-ci, mais elle me promit qu'elle s'occuperait du fils de Brandy, Jack, pendant mon absence. Puis, en sortant de la maison, Jack m'avait attrapée par la taille et m'avait demandé de vite ramener sa mère à la maison. À chaque fois, j'avais refoulé mes larmes et leur avais juré que je retrouverais Brandy.

Qu'aurais-je pu faire d'autre ? Brandy m'avait traitée comme un membre de sa propre famille dès notre première rencontre à la bibliothèque où elle travaillait, et elle m'avait offert un endroit où vivre quand j'en avais le plus besoin. J'aurais dû partir avec elle pour Vegas, et la culpabilité me rongeait pour ne pas l'avoir fait. J'avais préféré mes responsabilités à mon amie, et je souhaitais plus que tout pouvoir remonter le temps et tout changer. Si je pouvais me faire remplacer par Maggie au magasin maintenant, pourquoi n'avais-je pas pu le faire avant ? Brandy l'aurait fait pour moi sans réfléchir. Pourquoi, pourquoi, pourquoi l'avais-je laissée y aller toute seule ?

Je devais la retrouver et tout reposait sur moi. Personne d'autre au monde n'irait chercher Brandy, et je ne pouvais pas la laisser disparaître de la surface de la Terre. Vegas l'avalerait toute crue et l'oublierait, ne la réduisant qu'à une simple statistique. La police ici était la preuve de cela. Quand je signalai sa disparition, ils m'envoyèrent paître, surtout quand ils découvrirent que Brandy avait disparu dans l'hôtel de Lucas. Ils s'étaient immédiatement rassemblés, parlant entre eux à voix basse avec des regards appuyés, soudainement très respectueux envers Mr Ifer. Il devait sûrement payer chacun d'entre eux. Ils finirent par prendre ma déposition, mais j'avais le mauvais pressentiment qu'elle se trouvait quelque part sur une pile qu'on n'allait jamais plus toucher.

Ma seule option avait été de commencer à jouer les détectives, mais je finissais toujours par me trouver dans l'impasse. D'abord, le personnel de l'Hôtel Casino le Celestial ne possédait aucune information à propos d'une conférence de bibliothécaire.

Quand je fis mes propres recherches, je ne pus trouver qu'un maigre site internet à ce sujet, lequel n'était mentionné nulle part ailleurs. C'était comme si elle n'avait jamais eu lieu. Ou comme si quelqu'un avait monté cela de toute pièce seulement pour attirer Brandy à Las Vegas. Mais pourquoi ? Était-elle impliquée dans une affaire sombre ? Une affaire avec la mafia ? J'avais du mal à y croire.

Je me mis à fouiner aux alentours de l'hôtel, posant des questions et jouant les détectives, mais je n'étais pas Columbo. Je n'avais aucune idée de ce que je faisais, mais je posai néanmoins toutes les questions possibles et imaginables qui me venaient, et doucement mais sûrement je suivis mon intuition, qui me disait que quelque chose n'était pas normal. Avec mes tongs bon marché, je parcourus de long en large le Strip, visitant tous les endroits que Brandy pouvait avoir visités. Personne ne me donna d'informations sur elle, comme si Brandy n'avait jamais existé. Je me heurtai sans arrêt à des murs. J'avais besoin d'accéder aux vidéos surveillance, aux enregistrements téléphoniques et à ses informations bancaires, mais je n'avais ni insigne ni relations. Et il ne me restait plus beaucoup de temps et d'argent.

Puis, j'entendis parler de Lucas Ifer, propriétaire du Celestial et de nombreux autres établissements à Vegas, si l'on en croyait la rumeur. On l'appelait le diable dans des murmures étouffés, et on le faisait passer pour un dangereux chef de la mafia, mais il me parut très vite clair que peu de choses se passaient à Vegas sans qu'il le sache. De plus, il était célèbre pour passer des marchés, et il était capable de vous obtenir tout ce que vous vouliez. À un certain prix, bien sûr.

D'après l'opinion générale, Lucas Ifer était le roi de Las Vegas. Si ni la police ni les gens dans la rue ne pouvaient m'aider, je devais pénétrer dans le château. Je ne m'étais juste pas attendue à ce que le château se situe dans le ciel. À présent, j'étais prise au piège dans cette tour telle Raiponce, sauf que mes cheveux n'étaient sans aucun doute pas assez longs pour me permettre d'en descendre.

Je m'assis au bord du lit, le cœur battant. J'étais tout bonnement retenue en otage comme esclave sexuelle pour un chef de la mafia, et rien ne me disait qu'il allait retrouver Brandy. Ou si elle était en vie.

Non, je devais arrêter de penser de cette façon. J'avais confiance en Lucas pour qu'il honore notre marché comme moi. C'était ce que me disait mon instinct, et ce dernier ne m'avait jamais trahie. Même s'il me disait également qu'il était l'homme le plus dangereux que j'avais rencontré.

Je m'allongeai et passai mes mains sur la couverture et les plaids doux et lisses. Cette chambre d'amis était gigantesque et luxueuse, mais elle était un peu vide aussi et j'eus le sentiment qu'elle n'était pas utilisée très souvent. J'hésitai à commander au room service, mais mon ventre était trop noué pour avaler quoi que ce soit. Il n'en demeurait pas moins que si je devais séjourner sept nuits quelque part, je serais bien en peine de trouver une chambre d'hôtel aussi belle que celle-ci.

Mince alors. Sept nuits loin de la maison et de ma boutique. J'espérais sincèrement que Maggie pourrait s'occuper de la boutique aussi longtemps. Elle avait presque soixante-dix ans et je m'inquiétais que diriger toute l'affaire puisse être une épreuve pour elle. J'avais dû me faire à l'idée qu'elle ne pouvait accepter que de la monnaie et des chèques, et c'était dommage. La plupart des clients préféraient payer par carte, mais Maggie était nulle pour se servir d'un terminal. Je grimaçai à la pensée de revenir dans une boutique qui avait fait faillite à cause de ses moyens de paiements de la vieille école. L'endroit avait du mal à s'en sortir avant mon départ, et je me devais de la garder à flot pour mes parents.

Sortant mon téléphone, je l'appelai rapidement. Pas de réponse. Il était presque dix-sept heures et elle devait sûrement être en train de fermer la boutique. J'envoyai un message à la place. Au moins, elle était douée pour répondre aux messages.

Je suis retardée à Vegas. S'il te plaît, fais de ton mieux à la boutique. Je reste sept jours de plus.

J'assumerais les conséquences de sa réponse. En attendant, j'envisageai d'envoyer un message à ma sœur aussi, mais Jo était une grande angoissée. Elle avait tendance à être étouffante, et je n'avais pas besoin de ça en plus de tout le reste. Si je m'en étais tenue à Jo, je n'aurais jamais quitté Vista. Si je lui disais ce que je venais d'accepter, elle piquerait une crise.

La réponse de Maggie me rassura.

Je vais bien. Prends ton temps. Gagne plein d'argent.

Son message finissait avec quelques émoticônes sac de monnaie. Je secouai la tête, me demandant si elle avait des doutes sur la raison de mon séjour prolongé ou si elle était juste tout le temps optimiste. Je pris quelques instants pour appeler Donna, mais elle ne répondit pas non plus. Sûrement en train de faire à manger pour Jack. Je soupirai et lui laissai un message lui disant que je faisais tout mon possible pour retrouver Brandy, mais que je resterais ici encore une semaine. Je me confondis en excuse pour ma si longue absence et ma gorge se serra en raccrochant.

Mes dispositions prises, il ne me restait plus rien à faire si ce n'est attendre, ce qui n'était pas mon fort. Sinon, je pouvais explorer mes nouveaux quartiers. J'en avais certainement le droit.

Je me levai et ouvris tous les tiroirs de la chambre mais ils étaient vides. J'entrai dans le dressing géant et en fis le tour, mais il n'y avait rien à l'exception de quelques cintres. Je migrai alors vers la grande salle de bain attenante, mes yeux s'agrandissant à la vue de tout ce marbre, de la douche immense et de la baignoire qui l'était encore plus. Je n'avais jamais vu une salle de bain aussi chic auparavant. Ou aussi grande. J'étais tentée de prendre un bain et de me débarrasser de mes inquiétudes, mais j'étais curieuse de découvrir le reste de cet endroit. Si ça allait être ma maison pour la prochaine semaine, autant me familiariser avec, non ?

J'ouvris suffisamment grand la porte pour jeter un œil dans le couloir, mais n'entendis pas un bruit. Lucas était parti enquêter sur la disparition de Brandy, du moins c'était ce que j'espérais. Je repris le chemin du couloir en sol marbré jusqu'au salon, contemplant la pièce noire et blanche qui suintait le pouvoir, le danger et le luxe. Le lieu aurait bien besoin de quelques fleurs ou plantes vertes pour lui donner de la vie et de la couleur. Peut-être même quelques plantes grasses. Quelque chose pour rendre l'endroit moins froid et éteint.

Puis je me rendis compte que je n'étais en vérité pas seule.

Une magnifique femme noire se tenait devant l'entrée du penthouse. Le cuir quadrillait son corps comme une sorte d'armure, et ses cheveux noirs étaient attachés si serrés que sa peau s'en retrouvait tendue sur les pommettes les plus démoniaques qu'il m'ait été donné de voir. La garde d'une lame dépassait de son épaule gauche. Quelque chose chez elle chatouilla mon instinct, mais pas comme le sentiment familier que j'avais ressenti en présence de Lucas.

— Je suis Zel, se présenta-t-elle comme si elle se fichait que je m'en souvienne ou non.

— C'est l'abréviation de quelque chose ? demandai-je.

— Azazel.

Je comprenai pourquoi elle préférait Zel.

— Moi, c'est Hannah.

— Je sais. Lucas m'a ordonné de vous protéger.

— Me protéger ou m'empêcher de partir ? questionnai-je en levant un sourcil.

Je ne doutais pas qu'elle soit capable de me casser en deux d'un geste lent de son auriculaire, et elle n'avait pas l'air ravie de son nouvel emploi de garde du corps.

Ses yeux sombres me sondèrent avec un petit air qui ressemblait à du mépris.

— Si vous quittez le penthouse, vous avez besoin d'être escortée partout.

— Pourquoi ? demandai-je en penchant la tête, les sourcils froncés. Lucas a-t-il peur que je m'enfuie ?

— Lucas protège ce qui lui appartient.

Et ça m'incluait aussi désormais, réalisai-je en tremblant.

— Et si je quitte la ville ?

Elle me cloua au sol d'un regard menaçant.

— Vous ne le ferez pas.

J'étais vraiment retenue en otage. J'avais un semblant de liberté, mais Lucas s'était assuré que si j'allais quelque part, sa garde du corps et espionne garderait un œil sur moi à tout moment et s'assurerait que je ne m'enfuie pas.

Zel ne semblait pas encline à discuter, donc je continuai mon vagabondage dans le salon et découvris dans un coin une petite cuisine bien équipée de l'autre côté du bar, avec une table à manger sombre pouvant accueillir six personnes. Je n'imaginais pas Lucas cuisiner beaucoup, même si sa cuisine ressemblait à celle qu'un chef rêverait d'avoir. Je ne reconnus aucune des marques des appareils, ce qui me fit penser qu'ils étaient ridiculement haut de gamme. J'ouvris le frigidaire en inox par curiosité et fus surprise d'y trouver de la nourriture à l'intérieur, y compris une sélection de fromages à l'aspect sophistiqué. Je notai des étiquettes de nourriture en langue étrangère, et j'examinai les pots et conserves contenant des choses dont je n'avais jamais entendu parler. À mon soulagement, je remarquai une bouteille de Ketchup Heinz dans la porte. Quelque chose que je connaissais. Quelque chose qui prouvait que Lucas n'était pas aussi cérémonieux et pompeux qu'il ne semblait l'être.

Je fermai la porte et me dirigeai vers le vestibule, avec la forte impression que je m'enfonçais dans le terrier du lapin et de l'autre côté du miroir. Rien dans ce penthouse ne paraissait réel. Tout était immaculé, comme si la poussière n'osait pas exister entre ces murs, et je n'avais jamais été témoin d'un étalage aussi évident et décomplexé de luxe et de richesse. J'hésitai à toucher quoi que ce soit, de peur de casser quelque chose. Je n'avais pas besoin d'ajouter ça à ma note de frais avec Lucas.

Au bout de ce vestibule, je trouvai une grande double porte comme celle qui conduisait de l'ascenseur jusqu'au penthouse. J'essayai la poignée, mais les deux portes étaient verrouillées. Je sus avec certitude que ces portes menaient aux appartements privés de Lucas. Je reposai la main sur le bois lisse, mourant d'envie de savoir ce qui se trouvait de l'autre côté et ressentant un soupçon de quelque chose qui ressemblait beaucoup à du désir. Je balayai ce sentiment et tournai les talons.

Je me demandai ce que Lucas penserait de moi en train de fouiller ses lieux, et puis je pris conscience avec une quasi certitude qu'il devait y avoir des caméras partout. Il savait peut-être déjà que je m'étais faufilée dans tous les recoins telle une petite souris une fois le chat parti. Eh bien, à quoi s'attendait-il aussi ? Je ne pouvais pas rester assise dans la chambre d'amis toute la journée à fixer mes doigts, en attendant son retour. Je grognai à cette pensée.

Je sortis sur l'immense balcon qui faisait tout le tour du penthouse, et m'émerveillai devant la piscine qui semblait déborder de l'immeuble et dans le ciel. Le soleil commençait à se coucher et Las Vegas s'éveillait avec tous ses bruits et lumières.

Bientôt, ma première nuit de débauche avec Lucas allait débuter. Un frisson de peur parcourant ma colonne vertébrale, plus une forte dose de curiosité, je me demandai ce qu'il avait prévu pour moi.

De retour à l'intérieur, je découvris une autre double porte et me dis qu'elle devait également être verrouillée, mais à ma grande surprise, elle s'ouvrit ; et je pénétrai alors dans le paradis privé d'un bibliothécaire. Une vaste pièce remplie de centaines d'ouvrages se déroulait devant moi, tout droit sortie d'un film. Les étagères autour de moi semblaient incroyablement hautes, et Belle aurait été à l'aise dans ce décor, nichée dans un coin à attendre sa Bête. Des éditions en vieux cuir étaient rangées à côté de volumes modernes et brillants, et j'avais très envie de tourner les pages pour sentir tous les parfums que le papier libérerait. Brandy se serait enchaînée à l'échelle qui permettait d'accéder aux étagères plus élevées.

Dans un coin de la pièce se trouvait un espace salon agrémenté de fauteuils sombres et somptueux ainsi que de grandes peintures sur les murs derrière eux. De l'autre côté se trouvaient un immense bureau avec rien dessus, et une épée en argent suspendue au mur de derrière qui semblait scintiller d'une lumière intérieure. Les pieds en bois du bureau étaient sculptés de façon exquise, recouverts par ce qui semblait être de minuscules spectres mais qui, après une inspection minutieuse, s'avérèrent être des démons coiffés de cornes et des anges gothiques. Chaque fois que je clignais des yeux, les sculptures semblaient bouger, et je me reculai en secouant la tête. Je n'avais jamais été une grande dormeuse, et cela avait empiré depuis mon arrivée à Vegas. Les longues insomnies devaient enfin avoir eu raison de moi.

J'effectuai un cercle sur moi-même, contemplant la bibliothèque avec admiration. Je n'étais pas sûre de ce que me réservaient les prochains jours et les prochaines nuits, mais tout pourrait en valoir la peine avec cette bibliothèque. Comme Brandy, j'étais une grande amatrice de littérature, c'était d'ailleurs comme ça qu'on avait fait connaissance, après tout. Je flânais dans la bibliothèque de Vista à la recherche de quelque chose à lire pendant les périodes creuses au travail, et nous étions devenues meilleures amies depuis lors.

Des piédestaux en bois sombre se trouvaient par-ci par-là, exposant des vases à l'apparence ancienne et d'autres œuvres d'art sous des projecteurs, comme dans un musée. Je me doutais que c'étaient des pièces inestimables. Un vieux vase grec attira mon attention et je m'approchai pour l'observer. Des formes noires complexes dépeignaient une scène sur fond orange, celle d'un grand homme coiffé d'une couronne, assis sur un trône, offrant une assiette de baies ou de graines à une femme se tenant devant lui. Sur une petite pancarte accrochée au piédestal, on pouvait lire : « Hadès tentant Perséphone, 350 av J-C. » Ma bouche s'ouvrit, étudiant le vase avec vénération. J'étais mordue d'Histoire et de mythologie, et ce vase rassemblait ces deux sujets.

Je m'étais attendue à beaucoup de choses de la part de Lucas Ifer, mais je ne l'avais curieusement pas imaginé connaisseur d'art ancien et de vieux livres. Je fixai le vase bien trop longtemps, puis retournai vers les étagères pour m'y perdre. Rangées après rangées, fictions après non-fictions, remplies de tellement de genres et de sujets différents, qu'elles firent chanter mon cœur. Je fus rapidement submergée et attrapai un bloc-notes et un stylo pour noter quels livres je devais lire pendant mon séjour ici. Impossible que Lucas soit ici vingt-quatre heures sur vingt-quatre, sept jours sur sept, même avec notre marché ; pas s'il devait diriger toute une ville. C'était le moyen idéal de m'empêcher de m'inquiéter pour Brandy toute la journée.

— Je vois que vous avez trouvé la bibliothèque.

L'élégante voix de Lucas m'interrompit et je me tournai vers lui. Il se tenait dans l'embrasure de la porte, dans son costume impeccable, affublé de ténèbres et d'ombres séduisantes.

— C'est incroyable. Je pourrais rester ici pour toujours, à me perdre devant ces étagères.

J'étais arrivée à la moitié de la pièce et ma liste était déjà plus longue que prévu.

Un vil sourire dansa sur ses lèvres.

— Je peux arranger ça, vous savez.

Je me raidis, me rappelant la raison de ma présence et comment il contrôlerait toute ma vie au cours des prochains jours.

— Tout bien réfléchi, sept nuits semblent bien assez.

Il lâcha un rire bas et sombre, au son si sexy que mes orteils se recroquevillèrent.

— Qu'aimez-vous lire ?

— Surtout des livres sur l'Histoire et la mythologie, mais j'aime aussi les romances. Les romances historiques, paranormales et fantastiques... C'est mon plaisir coupable, on peut dire.

Je serrai fermement la bouche à la seconde où les mots en sortirent. Je n'étais pas certaine de la raison pour laquelle je lui avais avoué ça, surtout que les hommes se moquaient souvent des romans d'amour.

— Il n'y a aucune raison de vous sentir coupable quand il s'agit de plaisir... ou de romance.

Il avait l'air amusé, mais au moins il ne se moquait pas de moi ou ne critiquait pas le genre.

— Ce sont mes genres favoris également.

Je désignai le vase grec.

— J'ai deviné ça d'après les œuvres d'art. Très impressionnant

Il suivit mon regard avec un sourire mystérieux.

— Je trouve l'Histoire si... fascinante, vous ne trouvez pas ? Surtout à quel point elle peut autant déformer la vérité.

— Mais comment sauriez-vous ce qu'il s'est vraiment passé ?

Son sourire s'élargit encore plus et devint purement diabolique.

— Telle est la question, n'est-ce pas ?

— Veuillez m'excuser.

Une voix nous interrompit pile quand je m'apprêtais à me perdre dans le regard sombre de Lucas. Je me ressaisis et me tournai vers la porte, où un autre homme bien trop attirant se tenait. Il était affublé d'un costume comme Lucas, mais ne le portait pas aussi bien, même avec ses larges épaules. La pointe de ses cheveux blonds couleur sable touchait ses cils de la même couleur, et sur son visage qui aurait pu appartenir à n'importe quel voisin, ses grands yeux bleus me regardaient. Seulement, cet endroit n'avait pas de voisin, alors d'où sortait cet homme ? D'où venaient ces gens ?

— Oui, Gadrel ? demanda Lucas

— J'ai rapporté ses affaires du motel, comme vous l'avez demandé.

Les yeux de Gadrel se posèrent sur moi et s'y attardèrent, comme intrigué par ma présence. Je me demandai si Lucas faisait régulièrement ce genre de marché avec des femmes, ou si j'étais la première à devenir le jouet du diable pour sept nuits.

Lucas leva paresseusement la main

— Mets-les dans la chambre d'amis.

— Bien sûr, mon Seigneur.

Gadrel fit une petite révérence avant de quitter la pièce. Lucas exigeait-il vraiment que ses gens lui témoignent une docilité si vieillotte ?

Le regard intense de Lucas se tourna à nouveau vers moi.

— Si vous vous questionnez à propos de notre marché, je vous assure que j'ai mis mes meilleurs agents sur la disparition de votre amie et qu'ils ne devraient pas tarder à obtenir des pistes. Je m'attends à ce que nous en sachions bien plus demain.

Je déglutis, ressentant un infime espoir et soulagement.

— Merci.

— J'honore toujours ma part du marché, déclara-t-il en m'attirant de ses grands yeux vert émeraude, et je fus incapable de détourner le regard. À présent, c'est à votre tour d'honorer votre part.

4

———

HANNAH

Une longue limousine noire se gara au bord du trottoir devant le Celestial. J'étais sûre qu'à peine installés à l'arrière, le devant serait déjà arrivé à destination. Le spectacle était encore plus révélateur que ma robe en soie noire décolletée, que Lucas avait fait livrer après avoir découvert que je n'avais pas apporté d'habits de soirée à Las Vegas. Ou plus précisément, que je ne possédais pas d'habits de soirée. Rien qui ne soit à la hauteur de ses standards en tout cas.

D'aussi loin que remontaient mes souvenirs, je n'étais jamais montée dans une limousine. Tout était recouvert de cuir avec des vitres teintées si sombres qu'elles ressemblaient davantage à une cloison intérieure qu'à de réelles fenêtres. Mon regard ne cessa de faire des aller-retours entre le toit ouvrant et les lumières de Vegas qui jouaient sur la vitre comme un genre de kaléidoscope. Je m'imaginai y sortir la tête et saluer de la main les autres voitures comme dans un film, mais je m'abstins. Ce n'était pas une virée dans une voiture volée, ou même un rendez-vous galant ; ça faisait partie du marché avec un homme dangereux pour retrouver mon amie disparue. Je ne pouvais oublier cela, peu importe à quel point tout était chic.

Ou à quel point mon ravisseur était magnifique.

Assis sur son siège à arranger les manches de son smoking, Lucas était l'incarnation de l'indifférence, du calme et de la sérénité. Oui, il portait vraiment un smoking. Même dans ma nouvelle robe, qui coûtait probablement plus chère que mon salaire mensuel, je ne me sentais pas du tout à ma place à ses côtés.

— J'ai décidé que chacune de nos sept nuits porterait sur un des sept péchés capitaux, dit-il avec un sourire espiègle qui me fit me sentir toute chose.

Je repris mon souffle en me remémorant la liste des péchés. La colère, l'envie, la *luxure*.

— Et ce soir, c'est... ?

Ses malicieux yeux verts virevoltèrent de plaisir, comme s'il savait exactement quel péché j'avais en tête.

— Ce soir, c'est la gourmandise. J'espère que vous avez faim.

Un discret soupir de soulagement m'échappa. La gourmandise, je pouvais gérer.

— Je suis affamée, même. Mon dernier repas remonte à ce matin.

Lucas exprima sa désapprobation.

— Je vous ai pourtant dit de commander au room service.

Mes mains se tordirent sur mes genoux.

— Je m'inquiétais trop pour mon amie pour penser à manger. Est-ce que vous avez des pistes sur ce qu'il lui ait arrivé ?

— Pas encore, mais mes gens passent au peigne fin les vidéos surveillances de l'hôtel en ce moment même. Je vous ai promis que je la retrouverais, et je le ferai. N'en doutez pas.

Il me regarda droit dans les yeux avec une totale confiance et un sérieux complet. J'acquiesçai lentement de la tête et me détournai avant de me perdre dans son regard sombre et brûlant. Mon inquiétude pour Brandy m'oppressait toujours, mais j'essayais de la mettre de côté. Il n'y avait rien que je puisse faire maintenant, sauf croire que Lucas était capable de la retrouver.

La limousine s'arrêta devant le Bellagio, un grand hôtel qui ressemblait à un château de conte de fées et qui encadrait une grande étendue d'eau et de magnifiques fontaines. La fenêtre devant moi se baissa doucement et on entendit de la musique flotter dans la nuit, pendant que les fontaines se mouvaient en rythme et que des lumières passaient sur l'eau.

— Regardez les fontaines, dis-je bouche bée.

Quand je me tournai vers Lucas, il m'observait avec une expression indéchiffrable sur son visage bien trop beau, et je me retournai rapidement vers les fontaines.

La voiture s'arrêta doucement, juste devant l'hôtel. D'autres voitures passaient à côté, mais je me perdis quelques instants face au spectacle et à la musique. Je n'avais jamais vu l'eau valser de cette façon avant. Comme si elle était vivante.

Lucas sortit de la limousine quand le chauffeur ouvrit la porte, puis il se tourna et me tendit la main. J'arrangeai autant que je le pouvais ma robe ajustée, essayant de ne pas la déchirer avec mes magnifiques talons. Ils étaient arrivés en même temps que la robe, et j'avais presque eu une attaque à la vue des semelles rouges : la signature emblématique de Christian Louboutin. Je ne m'y connaissais pas beaucoup en matière de mode mais Brandy oui, et elle avait toujours convoité ces chaussures. Peut-être pourrais-je ramener celles-ci à Vista quand tout serait terminé et les lui donner.

Je pris la main de Lucas pour sortir de la limousine, et ses yeux me sondèrent avec, comme qui dirait, un air affamé. Puis il porta lentement ma main à ses lèvres, pressant un long baiser à l'intérieur de mon poignet. Un soupir m'échappa et je croisai son regard par surprise. La chaleur de ses lèvres parcourut tout mon corps jusqu'au plus profond de mon être, brûlant probablement ma culotte au passage. Comment savait-il que c'était mon point sensible, celui qui me rendait folle et qui attisait mon désir comme aucun autre ?

— Vous êtes ravissante, me complimenta-t-il à voix basse.

— Merci, dis-je en lissant ma robe, les joues rougissantes. N'importe quelle femme serait belle dans une telle robe.

— Je ne parlais pas de la robe.

Il prit mon bras comme un parfait gentleman, même si le regard qu'il me jetait était tout sauf celui d'un gentleman. Être si proche de lui faisait accélérer mon cœur, et ce n'était pas dû qu'à la peur. Il était bien trop élégant, et la puissance et le danger qu'il dégageait m'intriguaient malgré mon envie de fuir.

Nous entrâmes dans l'hôtel et j'essayai de ne pas passer pour une touriste en nous engouffrant dans la magnifique entrée. Tout le monde se décala pour nous dégager le chemin, se séparant comme des vagues devant nous et plus d'une personne adressa à Lucas un signe de tête respectueux. Il se balada comme si l'endroit lui appartenait, même si ce n'était pas le cas. Cette démarche arrogante était toujours réservée aux milliardaires, supposai-je. Les gens murmurèrent sur notre passage et mes oreilles ne relevèrent que le bruit qu'ils faisaient et non les mots. Ils nous suivirent du regard, et plus d'une femme se désintéressa de leur rendez-vous galant quand Lucas passa devant elles. Les autres me jetèrent des regards curieux, voire de travers. Je me trouvais au bras du plus riche et du plus beau célibataire de Vegas et les badauds s'en rendaient nettement compte.

Aux côtés de Lucas, je me sentais comme la reine au bras de son roi ténébreux. Le plus surprenant dans tout ça était que j'appréciais secrètement cette sensation.

Nous nous arrêtâmes devant un restaurant nommé Picasso.

Je ne connaissais pas du tout l'endroit, à part que c'était l'un de ces restaurants qui affichaient le nom de leur chef sous le nom de l'enseigne, afin de montrer que ça allait être cher et qu'il s'agirait de plats impossibles à prononcer. Lucas me conduisit le long du carrelage brillant jusqu'à la serveuse, qui était postée devant l'entrée comme si elle nous attendait.

— Mr Ifer ?

Elle se montrait polie, car tout dans son langage corporel respectueux trahissait qu'elle savait exactement qui il était.

— C'est un plaisir de vous accueillir au Picasso. Nous avons préparé la terrasse rien que pour vous. Veuillez me suivre.

Nous la suivîmes à l'intérieur du restaurant qui, à part nous trois, était entièrement vide. Un peu louche, mais cela me permit de m'émerveiller de la beauté du lieu. Nous marchâmes sur de longs tapis colorés, sous des plafonds en mosaïque, entre des tables recouvertes de nappes blanches et à côté de murs décorés par de l'art géométrique peu habituel.

En repensant au nom du restaurant, la mâchoire m'en tomba.

— Ces tableaux. Ce sont d'*authentiques* Picasso ?

— Oui, répondit Lucas avec désinvolture, comme si nous ne nous baladions pas en résumé dans un musée d'art.

Je pensais que rien ne pouvait surpasser de voir d'authentiques Picasso de si près, puis nous atterrîmes sur la terrasse et la vue me coupa le souffle. Nous nous trouvions directement derrière les superbes fontaines qui nous surplombaient, avec comme arrière-plan les lumières de Vegas, suffisamment proches pour que je sente les fines gouttelettes d'eau dans l'air.

Il resserra son bras autour de moi tandis que je contemplais les fontaines, fascinée par leur façon de danser et de s'entortiller au rythme de la musique avec une grâce que je ne posséderais jamais. Les gouttelettes étaient telles des lutins ou des fées et une boule se forma dans ma gorge en imaginant quelle aurait été la réaction de Brandy face à cette vue extraordinaire.

— Votre juke-box pour les fontaines se trouve sur votre table.

La serveuse indiqua une table drappée de blanc avec deux chaises rouges de chaque côté. Le reste de l'immense terrasse, qui accueillait probablement de nombreux clients un soir normal, avait été complètement dégagée, nous laissant beaucoup d'espace et d'intimité, en plus de cette vue incroyable.

Lucas tira une chaise à mon intention, et je m'assis de la façon la plus gracieuse possible, priant de ne pas faire tache dans un endroit aussi exquis. Ce serait du moi tout craché de renverser mon plat ou mon verre sur ma robe. Tout cela me dépassait complètement, et il fut difficile de ne pas avoir l'air bête quand le serveur vint et se lança dans un monologue sur les authentiques œuvres d'art de Picasso du restaurant et sur la déliquescence des plats, inspirés des cuisines régionales espagnoles et françaises. Oh et sur la sélection des mille-cinq-cents bouteilles de vin importées des meilleurs vignobles européens ; non pas que je buvais du vin, mais ça semblait tout de même impressionnant.

Le serveur me tendit ensuite un minuscule menu, une simple feuille en papier gauffré avec six différentes choses dessus. Je la parcourus du regard et choisit le plat qui me semblait le moins étrange parce que la majorité était du charabia pour moi.

— Je vais prendre la salade de homard, s'il vous plaît.

Le serveur me lança un regard compatissant et parla avec son accent français.

— Oh non, vous n'avez pas besoin de commander. Six plats vous seront servis dans la soirée, une sélection personnelle de notre grand chef. Je vous garantie que c'est la meilleure cuisine que vous goûterez à Las Vegas.

Mes yeux se baissèrent à nouveau sur le menu. *Six plats ?* Oui, j'avais faim, mais quelqu'un pouvait-il manger autant ? Et à quoi correspondait donc la moitié des choses sur ce menu, de toute façon ? Soudain, je n'eus plus envie que d'un hamburger avec des frites, et d'être à nouveau chez Brandy, assise sur le canapé en legging, avec elle à mes côtés à regarder Netflix.

Le serveur donna la carte des vins à Lucas, et il la lut avec soin pendant que je fixais la table, pas du tout à ma place et complètement dépassée. Quand je dis au serveur que je ne boirais que de l'eau, il me lança un regard qui me fit me tasser dans mon siège. Heureusement, Lucas se commanda une bouteille de vin, et le serveur sembla satisfait de son choix, puis disparut.

Une seconde plus tard, un autre homme en uniforme nous apporta du pain grillé avec d'élégantes petites tomates et un filet de sauce ; notre premier plat. J'attrapai un morceau de pain et le grignotai, extrêmement attentive au positionnement de mes mains. Partout sauf sur ma robe. Je ne voulais pas salir cette chose avant de la rendre à Lucas.

Je levai la tête et remarquai qu'il m'observait encore de ses yeux insondables. Avec les fontaines en arrière-plan et son smoking, il était incroyablement beau, comme dans un rêve ou un conte de fées.

— Vous semblez nerveuse, dit-il d'une voix sexy et chantante.

Un rire aigu m'échappa.

— C'est si évident ? Les robes hors de prix, les tableaux de Picasso et les repas luxueux, ce n'est pas quelque chose auquel je suis habituée. Sans oublier...

— Sans oublier quoi ? demanda-t-il.

Je déglutis avec difficulté. J'étais sur le point de dire que je n'avais jamais été au bras d'un milliardaire avant, mais ça ne sembla pas poli.

— C'est juste que je ne comprends pas. Pourquoi ? Pourquoi faisons-nous ça ?

— Tout vous paraîtra plus clair plus tard, je vous le promets.

Il m'étudia un moment encore puis s'empara de la petite boîte au milieu de la table.

— J'adore ce restaurant, et pas seulement pour sa cuisine et ses toiles, mais pour cette attraction réservée aux clients les plus… prestigieux.

— C'est-à-dire ?

Il ouvrit le juke-box et me montra une liste de chansons à l'intérieur, un bouton à côté de chacune d'elles.

— Vous choisissez une chanson puis appuyez sur le bouton correspondant et cela lancera les fontaines au rythme de cette chanson. C'est spectaculaire.

Immédiatement, mon regard se focalisa sur *Con Te Partiro*. Elle me faisait pleurer à chaque fois que je l'écoutais, mais je la pointai quand même du doigt.

— Celle-ci, murmurai-je.

Lucas baissa les yeux vers mon doigt et sa mâchoire se contracta, de la plus infime des contractions musculaires.

— *Con Te Partiro*, dit-il avec dans sa voix un degré d'émotion auquel je ne m'attendais pas. Un choix approprié.

J'appuyai sur le bouton à côté du titre de la chanson et la musique commença doucement. Les fontaines illuminées se voûtèrent et s'enlacèrent comme des amants sur le point de se quitter. Une montée d'émotions se répandit immédiatement en moi, comme je m'y attendais, et je levai ma serviette aussi discrètement que possible pour tapoter le coin de mes yeux, faisant attention à ne pas faire baver mon mascara. J'aurais dû choisir une chanson différente, mais celle-ci avait retenu mon attention.

Nous étions assis, silencieux devant le fontaines qui marquaient le tempo de la musique, pendant que les voix des chanteurs d'opéra nous entouraient. Nous étions si proches des fontaines que nous nous serions crus à l'intérieur d'elles, et la brume dans l'air frais de la nuit me donna la chair de poule. Lucas regarda le spectacle d'un air stoïque, mais sa mâchoire se contracta quand la chanson arriva à son apogée et que les fontaines montèrent haut dans le ciel.

Quand la danse des fontaines se termina et que l'eau redevint stable, Lucas retourna son attention vers moi. Ce fut à ce moment-là qu'on nous servit notre deuxième plat, la salade de homard. J'avais déjà mangé la majorité du pain aux tomates – qui était délicieux – et j'étais prête à commencer celui-ci. Je n'étais juste pas sûre de savoir comment j'allais encore pouvoir manger quatre autres plats après ça.

— Racontez-moi votre vie, demanda Lucas en plantant sa fourchette.

Je me redressai dans mon siège, pas très à l'aise avec ce sujet de conversation.

— Il n'y a pas grand chose à raconter. Je vis à Vista, une petite ville près de San Diego. Je possède une boutique de fleuriste là-bas.

— Vous êtes fleuriste ? lâcha-t-il avec un rire amusé. Ça vous va bien.

Je n'étais pas certaine de ce qu'il entendait par là. Était-ce une insulte ou un compliment ? Je décidai de l'ignorer et pris à la place un morceau de salade. Les saveurs explosèrent dans ma bouche. Waouh.

Il toucha à peine son plat et continua plutôt à m'interroger.

— Et vous avez dit que vous viviez avec cette amie, Brandy ?

— Oui. Après son divorce, elle avait besoin qu'on l'aide avec son fils et j'avais du mal à payer le loyer de mon appartement. Ça nous arrangeait toutes les deux. Mais maintenant, sa mère est malade aussi et...

J'eus mal dans la poitrine en pensant à ma seconde famille et à quel point ils comptaient sur moi pour retrouver Brandy ; avant que ce ne soit trop tard.

— Je m'inquiète juste beaucoup pour elle.

Il inclina la tête pour m'étudier.

— Je vois que vous vous faites vraiment du souci pour ces gens-là.

— Ils sont tout ce que j'ai. Enfin, eux et ma sœur, mais elle vit à San Francisco et je ne la vois pas souvent. Elle dirige une entreprise et ça l'occupe beaucoup.

Des serveurs se dépêchèrent de débarrasser nos assiettes et un autre plat se dressa devant nous. Celui-ci, composé de noix de Saint-Jacques rafinées accompagnées de leurs pommes de terre, était vraiment délicieux.

— Donc vous n'êtes pas en couple dans ce cas, continua Lucas.

Je laissai échapper un rire nerveux.

— C'est quoi toutes ces questions ?

Il me cloua de son regard intense.

— Répondez-moi.

Son ton direct et son intérêt soudain pour ma situation amoureuse me surprirent, et je pensai à mentir pour me protéger, mais j'en fus incapable. L'honnêteté était importante à mes yeux et j'étais fière de ne jamais mentir. Pas même à quelqu'un qui n'avait probablement aucun scrupule à déformer la vérité... ou pire.

— Non, je ne suis pas en couple en ce moment.

Il se pencha en avant.

— Mais vous avez eu des relations par le passé. Combien ? Y en a-t-il eu de sérieuses ?

Son ton semblait si possessif que ma colonne vertébrale se raidit. Je secouai la tête en posant ma fourchette.

— Ça ne vous regarde vraiment pas.

Il se recula, à nouveau indolent et décontracté.

— J'essaie simplement de vous comprendre. Êtes-vous le genre de femme qui a des relations sur le long terme, ou plus des flirts bon enfant ?

Je grognai.

— Plus du genre à rester à la maison à lire des livres plutôt qu'à avoir des rencards.

Ma réponse le fit rire, un rire bas, rauque, et sexy comme l'interdit.

— J'ai de la chance d'avoir une si grande bibliothèque alors. Pourtant, j'ai toujours du mal à croire que vous êtes restée célibataire tout ce temps. Vous êtes une femme magnifique, Hannah. Des hommes ou des femmes ont bien dû s'intéresser à vous par le passé. Aucun d'eux ne vous a fait envie ?

— Je suis sortie avec quelques mecs avant, mais ce n'est jamais devenu sérieux, admis-je en rougissant à son compliment. Aucun ne m'a paru être le bon et, d'un autre côté, je consacre tout mon temps à gérer ma boutique.

Une lueur de satisfaction brilla dans ses yeux à ma réponse. Je m'attendais à ce qu'il continue son interrogatoire mais au lieu de cela, il sirota son vin rouge et demanda :

— Vous êtes la manager ? Ou la gérante ?

— Les deux.

Je me tus un instant, me demandant l'étendue de ce que je devais révéler. Qu'est-ce que cela pouvait faire ? Ce serait seulement l'affaire de sept nuits, puis je ne le reverrais plus jamais.

— C'était la boutique de mes parents mais ils sont décédés il y a cinq ans. Ma sœur et moi en avons hérité. Jo est trop occupée avec sa propre entreprise, donc je gère l'endroit toute seule.

— Je suis désolé pour vos parents.

Ma gorge se serra, de cette tristesse familière et de ce vide que je ressentais à chaque fois que je repensais à l'accident cinq ans auparavant. Pas parce que mes parents me manquaient, mais parce que je ne me souvenais pas du tout d'eux. Non seulement on me les avait enlevés, mais j'avais perdu tous mes souvenirs d'eux également, dans un coup de théâtre particulièrement cruel. Était-ce si surprenant que je me batte désormais corps et âme pour mes êtres chers ?

Avant qu'il ne m'envoie une autre série de questions, je demandai :

— Et vous ? Pourquoi le roi de Las Vegas a-t-il besoin de soudoyer une femme pour qu'elle passe la semaine avec lui ? Je croyais que vous étiez un playboy milliardaire. C'est ce qu'Internet dit de vous, en tout cas.

— Ne croyez pas tout ce que vous lisez sur Internet.

Son expression se fit distante lorsqu'il se détourna vers l'eau et les fontaines qui giclaient sur un rythme enjoué.

— J'ai connu le grand amour une fois. Le genre à écrire des histoires dessus.

— Que s'est-il passé ? demandai-je d'une voix feutrée.

Il posa à nouveau ses yeux hypnotiques sur moi.

— Je l'ai perdue.

— Je suis désolée, me surpris-je à dire, répétant les mots qu'il avait eu pour moi une minute auparavant.

Le ton de sa voix me fit penser que son grand amour s'en était allé, et mon cœur se serra de compassion. Je ne pouvais imaginer vivre quelque chose comme cela et ensuite le perdre.

Il me fixa avec une grande intensité et sans ciller.

— Peut-être que ce sera différent cette fois-ci.

Je n'étais pas sûre de savoir ce qu'il entendait par là alors je pris une grande gorgée d'eau, pile quand on nous servit notre plat suivant : des morceaux minuscules de steaks avec des figues au miel. J'avais déjà oublié à quel plat nous en étions. Tout ce que je savais, c'était que la nourriture continuait à arriver et que tout était incroyable.

Je poussai un autre bouton sur le petit juke-box et les fontaines se remirent à danser, cette fois-ci au rythme de la chanson de Céline Dion dans *Titanic*. Rapidement vint un autre plat, du veau avec du chou kale et des asperges, mais j'étais déjà si rassasiée que je ne pris que quelques bouchées.

— Racontez-moi votre vie, finis-je par dire une fois décidée à ne plus rien avaler. Elle est sûrement bien plus intéressante que la mienne.

Il arqua un de ses sourcils parfaits.

— Que voudriez-vous savoir ?

— Comment avez-vous fait tout cela ? demandai-je en montrant ce qui nous entourait. Ce restaurant est à l'évidence très cher, et nous avons le lieu pour nous tout seuls, plus le contrôle des fontaines du Bellagio. Comment est-ce possible ?

— Facile : tout m'appartient.

Je fronçai les sourcils.

— Je croyais que le Celestial vous appartenait.

— C'est ce que je veux que la majorité des gens croie mais pour vous, voici la vérité.

Il montra d'un geste le Strip, où je distinguai les enseignes lumineuses des autres casinos à travers les gouttelettes des fontaines.

— Je possède presque tous les hôtels casinos de luxe de Las Vegas. Certains au travers de sociétés écrans, pour ne pas sembler dominer le Strip autant qu'en réalité mais, à des fins pratiques, Las Vegas est ma ville.

Je m'affalai sur ma chaise, stupéfaite. Je savais que c'était un puissant milliardaire et qu'il contrôlait Las Vegas, mais de là à posséder tout ça – mince alors.

— C'est la raison pour laquelle on vous appelle le roi de Las Vegas ?

— Une des raisons, fit-il avant de marquer une petite pause en sirotant son vin. Mais ce n'est pas vraiment ce que vous souhaitez savoir, pas vrai ? Vous voulez savoir pourquoi on m'appelle le diable.

Mon visage s'empourpra, embarrassée que mes pensées soient si évidentes, ou qu'il puisse lire en moi si facilement. Bien sûr que c'était ce que je voulais savoir. J'avais entendu ces rumeurs – celles que les gens murmuraient quand ils pensaient que j'étais partie ou que je ne les écoutais plus. Il y avait aussi des rumeurs sur ce qui arrivait aux gens qui le contrariaient.

— Pourquoi ?

Ses yeux étincelèrent un instant de noirceur avant qu'il réponde :

— Parce que *je* suis le diable. Mon vrai nom est Lucifer.

Je ne pus m'empêcher de rire.

— Sérieusement ? C'est votre prénom sur votre acte de naissance ? Pas étonnant que vous préfériez Lucas. Vos parents devaient vous détester.

— Mon père oui, mais là n'est pas la question. Je suis *le* Lucifer, qui autrefois signifiait le porteur de lumières, aussi appelé Satan, le prince des ténèbres, Belzébuth, le roi de l'Enfer et de nombreux autres titres que m'ont attribués les gens au fils des ans.

Mon rire s'évanouit en réalisant qu'il était parfaitement sérieux.

— Pardon... Quoi ?

Notre serveur nous apporta notre dernier plat, une tarte aux fruits pour le dessert, alors que je fixais Lucas. Dès que nous fûmes seuls à nouveau, Lucas prit sa fourchette, comme si nous avions une conversation normale.

— Je me rends compte que c'est difficile à croire, mais c'est la pure vérité.

Pendant qu'il prenait un morceau, je ne pus que l'observer, l'estomac noué.

— Vous essayez de me dire que vous êtes *en vérité* le diable. L'ange déchu. Le mal incarné.

— Vous devez absolument goûter à cette tarte, elle est vraiment divine. Je sais de quoi je parle.

Il croisa à nouveau mon regard et cette fois-ci, l'expression de celui-ci me fit trembler.

— Le mal ? Sûrement. Déchu ? Assurément.

Merde, dans quoi je m'étais fourrée ? Mes pensées s'emmêlèrent et je tapotai ma tarte de ma fourchette en essayant de les ordonner. J'étais retenue en otage par un milliardaire fou qui croyait être le diable. Je devrais tout de suite me mettre à courir et ne jamais regarder en arrière. Mais je ne pus pas. C'était probablement le seul homme à Vegas qui pouvait retrouver Brandy, et je me sacrifierais autant de fois qu'il le faudrait pour que mon amie rentre chez elle, saine et sauve.

— C'est pour ça que vous faites des pactes ? demandai-je alors qu'un rire nerveux s'échappait de moi. Allez-vous voler mon âme ? Devrais-je m'inquiéter ?

— Oh, Hannah. Votre âme m'appartient déjà, déclara-t-il les yeux bouillonnant et un sourire ignoble sur les lèvres. Et vous devriez *beaucoup* vous inquiéter.

5

———

LUCIFER

Avec ma cuillère, je créai un lent tourbillon dans mon café – une épreuve dans ce chaos ordonné – en parcourant la première page du journal. Une relique d'un ancien temps, mais que je refusais d'abandonner, même si je gérais la majorité de mes affaires en ligne ces temps-ci. Mince, je me souvenais encore de l'époque où on avait inventé les journaux. Voir de nouvelles technologies changer le monde puis devenir obsolète des années plus tard ; telle était la malédiction d'un immortel.

D'un autre côté, les gros titres sur les derniers soucis sur Terre étaient un bon moyen de me faire penser à autre chose qu'à Hannah. Rien que le fait de savoir qu'elle était dans mon penthouse m'apportait un sentiment de paix que je n'avais pas connu depuis des années, mais j'étais certain qu'elle ne ressentait pas la même chose. Depuis que je lui avais raconté la vérité sur mon identité, elle s'était fermée et avait eu l'air nerveuse, puis elle s'était retirée dans la chambre d'amis aussitôt revenus du dîner. Elle ne me croyait pas. Pas encore. Mais elle finirait par me croire.

Tandis que je sirotais mon café, je fixai le soleil de midi. En général, je ne dormais pas la nuit mais la journée, ce qui convenait à mon rôle de seigneur des ténèbres, même si je n'avais pas besoin de beaucoup de sommeil après tout ce temps. Cependant, avec Hannah ici, j'avais réglé mon emploi du temps au sien en tenant compte de ses besoins de mortelle. De plus, j'avais des projets pour nous aujourd'hui.

L'ascenseur à l'extérieur du penthouse s'ouvrit de sa sonnette familière, détournant mon attention. Samaël entra quelques instants plus tard, ses sourcils brun foncé plissés alors qu'il s'approchait. Comme beaucoup d'anciens anges, on doutait de ses origines avec sa peau d'un bronze foncé et ses yeux d'un marron profond. De nombreux êtres humains pensaient qu'il venait du Moyen-Orient, ou alors d'Amérique du sud, mais la vérité était souvent trop déconcertante pour leur fragile cerveau de mortels. Comme moi, Samaël était né au Paradis, même si nous avions vécu en Enfer bien plus longtemps. Non pas que le Paradis et l'Enfer soient encore notre chez-nous.

— Bonjour, salua-t-il de son sérieux habituel. J'ai des nouvelles pour vous à propos de la femme disparue, ainsi que le compte-rendu complet sur Ms Hannah Thorn.

J'acquiesçai d'un signe de la tête et sirotai mon café tandis qu'il fit glisser vers moi un épais dossier beige avec le nom d'Hannah dessus.

— Qu'avez-vous trouvé ?

— Nos vidéos surveillances du Styx Bar ont montré Ms Brandy Higgins assise avec Asmodée la nuit de sa disparition.

Prêt à ouvrir le dossier, cette annonce suscita mon intérêt et je m'arrêtai au milieu de mon geste. Asmodée était un incube qui gérait la plupart des mes clubs de strip-tease dans la ville ; et le fils de Samaël, avec l'archidémon Lilith.

— Ah bon ?

— Ils ont parlé quelques temps, puis ils ont quitté le bar ensemble.

— As-tu interrogé Asmodée à ce propos ?

— J'ai essayé, répondit-il en contractant la mâchoire. Mon fils est aussi porté disparu.

Mes mains se resserrèrent sur le dossier. Asmodée était vieux et puissant, sans oublier sa loyauté à toute épreuve envers moi. S'il avait lui aussi disparu, cela indiquait un bien plus gros problème qu'une humaine disparue. Qui pourrait le kidnapper ? Et pourquoi faire une telle chose ? Asmodée était-il la cible, et l'amie d'Hannah avait-elle simplement été au mauvais endroit au mauvais moment ? C'était une bien trop grande coïncidence, et j'avais appris que c'était chose rare chez les immortels.

J'ouvris la bouche pour donner des instructions à Samaël, mais avant même de pouvoir parler, la porte de la chambre d'Hannah s'ouvrit silencieusement. À moitié endormie, elle traîna les pieds vers la cuisine et ses yeux s'élargirent quand elle vit que je m'y trouvais déjà. Son regard surpris vogua vers Samaël, avec une curiosité évidente d'après son langage corporel, puis atterrit directement sur mon torse nu. Ses yeux vacillèrent d'intérêt mais, les joues rouges, elle se dépêcha de porter son attention ailleurs que sur mon corps. Son désir indéniable pour moi provoqua une sensation de chaleur à la base de ma queue, mais j'avais besoin d'y aller doucement, de l'amener à moi de son plein gré. Toujours est-il qu'elle ne semblait pas être contre un peu de tentation, à en juger par sa façon de me reluquer. Et j'adorais tenter.

Je me levai rapidement et tirai une chaise, lui faisant signe de venir s'asseoir à côté de moi.

— Hannah, je vous présente un de mes plus proches conseillers, Sam.

— Ravie de faire votre connaissance.

Elle s'agrippa fermement au col de sa robe de chambre – robe qui avait l'air aussi vieille que mon âge – les yeux brillants d'espoir.

— Vous aidez à retrouver mon amie ?

— Oui.

Samaël se raidit, bien que ses mots soient polis. Ses yeux sombres l'examinèrent, retenant sans nul doute chaque détail et les conservant dans son grand esprit.

— Trouve Asmodée et la fille, lui ordonnai-je.

Son regard se tourna brusquement vers moi et de l'agacement traversa son visage.

— Bien sûr que je vais les trouver.

Il avait l'air presque offensé, et je n'étais pas sûr de savoir si c'était parce qu'il pensait que je remettais en question ses capacités ou si c'était à cause de son dévouement pour son fils. En vérité, je voulais juste qu'on les retrouve immédiatement tous les deux.

— Je ne doute pas de toi.

Il inclina la tête, quelque peu radouci, puis quitta la cuisine. Je pris une grande gorgée de café en tapotant mes doigts sur le rapport concernant Hannah. Une fois seul, je le lirais attentivement et en retiendrais chaque détail.

— C'était pour quoi ? demanda Hannah, toujours agrippée à son peignoir.

La chose était en coton rose pâle et si fin que je voyais presque au travers – non pas que ça me dérange. Cependant, c'était définitivement le signe qu'elle ne vivait pas dans des conditions de vie adaptées à sa juste valeur et qu'elle avait définitivement besoin de refaire sa garde-robe. Justement, c'était ce que j'avais prévu pour aujourd'hui.

Je pris une deuxième tasse et m'avançai vers la machine à café.

— Vous prenez votre café avec deux sucres et sans crème ?

— Oui, dit-elle avant que son cerveau encore endormi ne fasse tilt. Comment le savez-vous ? me demanda-t-elle en me fixant de ses yeux lourds de suspicion.

Je lui tendis la tasse et lui fis un clin d'œil.

— J'ai deviné.

Elle réfléchit un moment, la méfiance évidente dans son expression réservée. Puis, elle sembla en avoir conclu quelque chose.

— Je ne vous crois pas, mais je veux bien passer à autre chose et avoir des nouvelles de Brandy. Comme cela fait partie du marché.

Ces paroles étaient sèches. Presque comme une femme d'affaires et j'appréciai sa froide efficacité comme je mourrais d'envie de faire mouvoir sa bouche de façon plus sensuelle.

— Vous avez du nouveau ?

— Oui.

J'approchai ma chaise vers la sienne, m'asseyant sûrement trop près pour qu'elle soit à l'aise. Je ne pouvais pas m'en empêcher. Le désir d'être près d'elle était trop fort pour y résister.

— Nos caméras de surveillance montrent que Brandy est descendue à l'étage en-dessous du Styx Bar avec Asmodée. C'est un incube qui dirige mes clubs de strip-tease.

J'ajoutai ce dernier détail utile et lui jetai un regard de côté, dans l'attente d'une réaction.

Elle s'étouffa avec la gorgée de café qu'elle venait de prendre.

— Un incube ? Dans vos clubs de... strip-tease ?

J'aurais dû me douter qu'elle ne se souvenait pas des types de démon ou d'entité surnaturelle, mais peut-être pouvais-je l'aider à lui rafraîchir la mémoire.

— Oui, des clubs de strip-tease. J'en possède beaucoup dans la ville, proposant toutes sortes de thèmes et de bizarreries. Les

Lilim y sont autorisés à se nourrir sur les humains sans les blesser et, grâce à leurs dons, les humains sont extrêmement satisfaits. Après tout... fis-je en me rapprochant d'Hannah et en baissant la voix. J'aime que tous mes clients quittent les lieux satisfaits. Y compris vous.

Elle m'observa de sous ses cils sombres, la méfiance dans son regard s'agrandissant tandis qu'elle jetait un rapide coup d'œil en direction de la chambre et de la porte d'entrée comme si elle envisageait de s'échapper. Elle pouvait regarder le penthouse autant qu'elle le voulait, il n'y avait définitivement pas d'échappatoire pour elle. Les hommes derrière les portes le verraient si elle essayait, et Azazel était incontestablement *très douée* dans son travail.

— Les Lilim ? demanda-t-elle après quelques instants, choisissant clairement d'ignorer ma question.

Mince. Rien de ce que j'avais dit ne semblait lui faire écho.

— Le terme général pour les succubes et les incubes. C'est un genre de démon qui se nourrit de luxure.

— Hmm hmm.

Elle sirota son café, le ton lourd de doutes comme si elle se moquait un peu du milliardaire fou.

— Seulement, il y a un problème avec ce que vous dites. Brandy n'est pas le genre de personne à finir au lit avec un homme qu'elle vient de rencontrer dans un bar.

— C'est une humaine, dis-je en haussant les épaules. Elle ne serait pas capable de résister à un incube, même en essayant de toutes ses forces. Surtout s'il s'agit d'un démon aussi vieux et puissant qu'Asmodée ; il peut envoûter une humaine sans le moindre effort. Mais le problème, c'est qu'il a lui aussi disparu.

— Vous croyez qu'il l'a enlevée ? demanda-t-elle, ignorant de toute évidence la partie sur les démons et se concentrant sur la disparition d'Asmodée.

Ses yeux d'un bleu saphir étaient pleins de férocité et je ne doutais pas qu'elle essaierait de démolir quiconque serait une menace pour son amie, même si elle n'avait en vérité aucune chance de blesser un démon comme Asmodée.

— Non, je ne l'imagine pas faire une telle chose.

— Alors, il faut qu'on les retrouve. On devrait aller voir sur place, ou interroger des gens, ou...

Face à l'excitation, elle avait lâché sa robe de chambre, révélant la raison pour laquelle elle l'avait maintenue si serrée. Le tissu était si effiloché que le nœud à sa taille ne cessait de se défaire, et son décolleté apparaissait de façon séduisante entre les plis du col, découvrant la douce courbe de ses seins. J'avais à peine entendu ce qu'elle avait dit alors que mes doigts fourmillaient de toucher cette peau lisse et douce. Je posai ma main sur son genou, la figeant sur place.

— Hannah. On ne peut rien faire de plus. Mes meilleurs agents les cherchent en ce moment. J'ai l'entière certitude qu'ils retrouveront bientôt votre amie.

Ses épaules s'affaissèrent.

— On ne peut pas les aider ?

Les gens de Samaël retrouveraient Brandy, j'en étais sûr. Rien sur Terre ou dans aucuns autres royaumes n'était plus important pour moi que la femme assise à côté de moi, agrippée à sa robe de chambre. Nous avions fait un marché, et j'allais l'honorer, comme je le faisais toujours.

Je secouai la tête.

— Si nous nous impliquons, nous les ralentirons. Laissons-les faire ce qu'on leur a appris à faire. Ce n'est pas la première fois que Samaël doit rechercher quelqu'un et le sauver. La meilleure chose à faire, c'est continuer à vivre. En fait, j'ai prévu quelque chose aujourd'hui qui, je pense, vous changera les idées.

— La journée ? Je pensais qu'on ne faisait ça que la nuit, soupira-t-elle longuement. Quel est le péché d'aujourd'hui ?

— L'envie, lâchai-je en faisant un signe vers sa chambre. Il y a une tenue propre dans votre dressing dans une housse à vêtements noire. S'il vous plaît, portez-la aujourd'hui.

J'essayai de réprimer mon sourire, mais l'idée qu'elle porte ce que j'avais choisi pour elle envoya une décharge de désir possessif à travers mon corps. *Ma* femme. *À moi.* Je n'avais pas ressenti ça depuis... Eh bien, depuis la dernière fois.

— Qu'est-ce qu'on va faire ?

Et voilà, encore cette méfiance dans son ton. C'était une des raisons pour laquelle je l'aimais. Elle ne me laissait jamais m'en tirer en toute impunité.

— Les magasins. On va vous acheter de nouveaux vêtements.

Je conservai volontairement un air décontracté et elle leva le menton pour comprendre, puis grogna.

— Qu'est-ce qui ne va pas avec mes habits ?

Je regardai avec insistance sa robe de chambre usée.

— Tout.

Elle croisa les bras.

— Excusez-moi de ne pas m'être rendu compte que je jouerais le rôle de maîtresse de milliardaire cette semaine.

— Exactement. Vous avez besoin d'une garde-robe qui convienne à votre nouveau statut à mes côtés.

Je descendis le regard vers mon journal, de fait la congédiant. Mon manque d'intérêt feint n'étais pas parce que j'en avais fini de la regarder, mais parce que si je continuais à le faire, je voudrais la toucher, l'embrasser, la posséder, et elle n'était pas prête pour ça... pas encore.

Elle souffla puis tourna les talons et retourna dans sa chambre, pour se préparer avec un peu de chance. Je levai les yeux et croisai la vue de son cul parfait et le bruissement de ses longs cheveux dorés. Elle était différente d'avant, mais il n'y avait aucun doute sur son identité. Mon cœur tiraillé, la rapidité de ses battements et le tressautement de ma queue... Chaque partie de mon corps savait précisément qui elle était.

Elle avait dû le sentir, elle aussi : l'attirance, l'envie, le besoin. La connexion indéfectible entre nous qui remontait à une éternité. Elle devait cependant être enterrée profondément cette fois-ci.

Connaître la vérité sur nous et être le seul à le savoir était une délicieuse torture. Je voulais le lui dire, mais j'attendrais jusqu'à ce qu'elle soit prête à l'entendre. C'était bien entendu un jeu d'enfant pour un homme patient, et j'avais prévu d'attendre une semaine.

Les prochaines nuits, je lui rappellerais qui elle était vraiment, et pourquoi sa place était à mes côtés, en tant que reine.

6

HANNAH

Nous sortîmes du Celestial et descendîmes à toute allure le boulevard du Strip, dans une voiture qui au moins n'était pas une limousine cette fois-ci. L'Aston Martin racée argentée n'en était pas moins luxueuse cependant. Lucas conduisait, la main détendue sur le volant et les yeux fixés sur la route, ce qui me permit de l'étudier sans qu'il ne m'analyse de son regard intense en retour. Il était bien trop beau pour que ce soit réel, comme tout droit sorti d'un rêve, et chaque fois que je le regardais, je voulais le toucher pour me prouver que ce n'était pas mon imagination. Un parfum entêtant se dégageait de lui : un mélange de charme sensuel et de puissance sombre et dangereuse ; et j'étais incapable d'y résister. Cette fois-ci, il n'était pas en smoking, mais son costume noir était taillé à la perfection et coûtait assurément une fortune.

De toute évidence, ma tenue aussi, d'ailleurs. Dans mon dressing, j'avais trouvé un short blanc d'une marque que je n'avais pas reconnue, mais que j'étais sûre de ne pas pouvoir m'offrir, et un chemisier lavande sans manches et à boutons. J'avais l'air de m'être apprêtée pour sortir au country club et manger de stupides petits sandwichs ou boire du thé, le petit doigt levé en me moquant des pauvres gens comme moi.

Et puis il y avait ces chaussures, des chaussures plates noires et pailletées avec marqué Miu Miu dessus. J'avais entendu parler de cette marque et dû m'empêcher d'aller chercher leur prix sur mon portable. Je ne supportais pas l'idée de marcher sur les trottoirs de Las Vegas avec des chaussures qui valaient plus cher que ma voiture. Je choisis de croire qu'elles n'étaient pas si onéreuses. Je ne pouvais y penser différemment, sinon je ressentirais le besoin de les porter à la main et de marcher pieds nus. Je vivais tellement au-dessus de mes moyens que ce n'en était même pas drôle, et mon ventre se noua à l'idée de ce qu'il demanderait en retour de toute cette... gentillesse.

Et de comment j'allais sûrement lui accorder ces choses.

Au moins Lucas honorait sa promesse de retrouver Brandy. Pendant notre trajet le long du boulevard, je fixai les touristes qui passaient devant les magasins, les casinos et les restaurants éblouissants tout en repensant à ce que j'avais entendu cette après-midi. J'avais du mal à croire que Brandy était du genre à quitter un bar au bras d'un étranger, peu importe le degré de son charme, et l'explication de Lucas déclarant que l'homme était un incube n'arrangeait pas les choses. Néanmoins, ils avaient une piste, ce qui était plus que ce que j'avais été capable d'obtenir. Je devais juste me faire à cette étrange expérience encore quelques jours jusqu'à ce qu'on la retrouve et que l'on retourne à nos petites vies ordinaires.

Et toute cette histoire sur Lucas qui prétendait être le diable ? Ouais, j'avais essayé de l'oublier tant bien que mal depuis qu'il l'avait évoquée la nuit dernière. L'unique explication que j'avais trouvée, c'était qu'il l'utilisait comme métaphore pour essayer de m'intimider.

Ou qu'il le croyait vraiment, ce qui était encore plus dérangeant.

Nous entrâmes dans un parking souterrain, descendîmes plusieurs niveaux jusqu'à atterrir dans un endroit envahi d'un assortiment des voitures les plus criardes qu'il m'avait été donné de voir. J'avais seulement entendu parler de certaines d'entre elles ; leurs noms presque toujours italiens et mentionnées avec respect.

— Où sommes-nous ? demandai-je quand un homme en costume s'approcha pour ouvrir la porte côté passager et qu'un voiturier vint pour garer la voiture pour Lucas.

J'appris rapidement que les gens riches ne se garaient jamais.

Lucas sortit de la voiture et se dirigea vers moi, devançant le voiturier pour prendre ma main et m'aider à m'extirper de la voiture, presque comme s'il mettait les autres hommes au défi de m'approcher.

— C'est une entrée spéciale pour le Crystals, réservée aux clients vedettes. C'est un centre commercial qui ne possède que des magasins de luxe. J'en suis le propriétaire au travers d'Abaddon Inc, qui détient également des milliers de centres commerciaux dans le monde.

— Cet endroit vous appartient ? Et d'autres milliers de centres commerciaux ?

La mâchoire m'en tomba. Pendant mon court séjour à Vegas et pendant que je faisais mes recherches sur Brandy, j'étais passée devant le Crystals et m'étais émerveillée devant les vitrines des magasins, tout en sachant que je ne pouvais me permettre d'acheter quoi que ce soit à l'intérieur.

Il boutonna sa veste et répliqua :

— Juste un autre lieu en ma possession. On y va ?

Il me conduisit sur un tapis rouge – un véritable tapis rouge – jusque dans une galerie marchande qui ne ressemblait en rien à ce que j'avais vu auparavant. Nous marchâmes le long du carrelage étincelant, veiné de doré sur les bords, et de murs couleur champagne dotés d'appliques élaborées situées tous les quelques mètres pour éclairer le chemin. Au bout se trouvaient des marches qui avaient vraiment l'air plaquées or, de la végétation luxuriante de part et d'autre. Je reconnus de l'ophiopogon noir, des pervenches roses et blanches et des hibiscus couleur lilas. Je pris une profonde inspiration en passant devant, ma boutique de fleurs me manquant un petit peu.

— C'est un centre commercial ? demandai-je d'une voix étouffée.

Les lèvres de Lucas se retroussèrent, l'air amusé en marchant à côté de moi.

— C'est une partie secrète de la galerie, un tunnel spécial réservé aux VIP. Vegas attire de nombreuses célébrités et de gros parieurs qui aiment faire du shopping sans être dérangés. Chaque magasin possède une entrée séparée pour préserver leur vie privée.

Personnellement, j'aurais préféré observer les gens dans le centre, mais je supposai qu'un homme comme lui désirait ce genre d'intimité, vu ses relations sombres et évidentes avec la pègre ; par quel autre moyen aurait-il pu obtenir autant de pouvoir ? Rien chez Lucas Ifer ne ressemblait à ce que j'avais connu. On m'avait dit comment vivaient les riches, mais je ne m'étais pas préparée à une différence aussi grande. Qu'il s'attende à ce que le monde s'agenouille devant lui était évident pour lui. Et le monde s'exécutait.

Le tunnel où nous nous trouvions était vide, à l'exception de nous deux, mais je lisais toutes sortes d'enseignes comme Gucci, Dior, Louis Vuitton et d'autres dont je n'avais jamais entendu parler. S'attendait-il à ce que je m'achète des vêtements ici ?

Je m'éclaircis la gorge.

— Vous êtes au courant que je ne peux pas me permettre tout cela, n'est-ce pas ? J'avais à peine assez d'argent pour me payer l'essence pour Vegas.

Il enroula sa main autour de mon coude, et même ce léger contact me fit suffoquer et resserrer les cuisses.

— Hannah, je ne m'attendrais jamais à ce que vous payiez quoi que ce soit. C'est un cadeau de ma part.

— Et que voulez-vous en échange ? demandai-je en me mordant la lèvre.

— Seulement le plaisir de votre compagnie.

Il me conduisit dans un premier magasin, où l'enseigne sur la porte indiquait Versace. Tout était immaculé de blanc : des canapés en cuir blanc, du carrelage blanc et des tables blanches. La seule chose qui n'était pas blanche dans toute cette pièce, c'étaient les habits que nous portions et le nom du magasin gravé à maintes reprises en imprimé or sur le sol.

Aussitôt entrés, une vendeuse accourut depuis le fond de la boutique, son joli petit carré rebondissant dans sa hâte.

— Mr Ifer, s'exclama la vendeuse et je crus pendant une seconde qu'elle allait faire une révérence. C'est un vrai plaisir de vous revoir. Comment puis-je vous aider aujourd'hui ?

— S'il vous plaît, prenez les mesures de ma compagne et apportez-nous plusieurs vêtements pour qu'elle les regarde.

Avec de grands yeux, la vendeuse se tourna et se précipita hors de la pièce, me donnant l'impression d'une biche surprise. Il la terrifiait, me rendis-je compte. Comme tout le monde dans cette ville ?

Il s'assit au bord d'un des canapés, puis tapota la place à côté de lui. Je secouai la tête, trop intimidée pour m'asseoir.

En quelques instants entrèrent et sortirent de la pièce davantage de vendeurs, apportant des habits sur des portants qu'ils laissaient devant moi. Je ne pus que regarder bouche bée les habits luxueux, les tissus soyeux et les étoffes brillantes. Quelqu'un me tendit une bouteille d'eau glacée avec une étiquette à l'allure sophistiquée que je ne reconnus pas et j'en pris une gorgée, la gorge sèche. Je détestai admettre que l'eau était de loin meilleure que celle contenue dans toutes les bouteilles que j'avais l'habitude de m'acheter. Merde, habituellement je buvais de l'eau du robinet, même quand elle avait le goût de boue ou qu'elle était si chaude qu'elle rivalisait avec la chaleur de mon café.

Lucas fit un vague geste en direction des habits.

— Essayez tout ce qui vous fait envie. Tout est pour vous si vous le souhaitez.

Soudain, je me sentis toute petite et très seule, entourée de toutes ces belles choses que je ne pouvais m'offrir, et sous l'entière domination d'un homme qui pouvait tout aussi bien me couvrir de richesses et de cadeaux que mettre un terme à ma vie, s'il le voulait.

— Lucas, commençai-je en essayant de lui parler au milieu de l'effervescence des vendeurs. Je ne peux pas accepter tous ces vêtements luxueux.

Il se leva et traversa la pièce pour me rejoindre, puis il prit mon menton dans sa main en me regardant dans les yeux.

— Vous le pouvez et vous le ferez. Après tout, si on vous voit en public avec moi ces prochains jours, vous devez avoir la tête de l'emploi.

Je déglutis, la gorge à nouveau sèche, cette fois-ci à cause du mélange de désir et de peur palpitant en moi.

— Est-ce qu'on est dans un genre de *Pretty Woman* ?

— Pas du tout. Je ne vous paie pas pour votre corps. Je vous paie juste pour votre temps.

Son pouce sillona ma lèvre inférieure, traçant des motifs sensuels qui me coupèrent le souffle.

— Et comme nous passons du temps ensemble, je vous

demande de vous habiller convenablement pour l'occasion. Je vous assure que cet argent ne me manquera pas et que les cadeaux vous sont donnés sans condition.

Je hochai doucement la tête, hypnotisée par son regard et le son mélodieux et bas de sa voix, sans oublier sa façon de me toucher ; comme si je lui appartenais déjà. Il me regarda comme si rien d'autre dans toute la ville n'existait et il était difficile de ne pas vouloir lui appartenir toute entière.

J'essayai quelques vêtements et mis de côté ceux que j'aimais, mais ensuite je me découvris à vouloir en reposer. Cela semblait juste trop, surtout quand je jetai un œil au prix. Le loyer mensuel que je versais à Brandy pouvait payer des manches de chemise et c'était tout.

— Elle va tout prendre, annonça Lucas d'un ton autoritaire. Emballez-les et envoyez le tout à mon penthouse.

La même chose se répéta dans les magasins suivants, me donnant le tournis et l'impression d'être une femme entretenue. Ou la femme d'un parrain de la mafia. C'était sûrement plus précis.

Nous ne restâmes pas longtemps chez Louis Vuitton, où il insista pour acheter le sac le plus rare qu'ils avaient. Apparemment, il n'en existait que trois au monde et j'en possédais un sur les trois. Je le transportais à mon bras, vide, jusqu'au prochain magasin, raide comme un piquet comme Lucas me tenait par la taille. J'essayais de ne pas m'appuyer sur lui, mais cela s'avérait impossible, surtout parce qu'il en imposait bien plus que moi et que mon corps semblait déterminé à se fondre sur lui, même quand mon cerveau lui disait que ce n'était pas une bonne idée.

Fendi, Prada, Chanel. Nous achetâmes d'autres habits, plus les chaussures et les accessoires assortis, créant une garde-robe digne d'une princesse, mais que je ne pourrais jamais porter dans ma vie normale. Pourquoi aurais-je besoin de tant de vêtements pour seulement une semaine de mon temps ? Je m'efforçais de dire à Lucas qu'il y en avait assez, mais il m'ignorait. À un moment donné, je vis une tenue que j'adorais et il dut lire en moi, ou quelque chose dans ce style parce que j'étais très *attentive* à ne pas montrer la moindre émotion. Je ne voulais pas qu'il pense que je profitais de sa générosité quand en vérité ce fardeau me pesait, mais il dit aux vendeurs de l'emballer comme tout le reste.

Le prochain arrêt fut chez Tiffany. J'hésitai au pas de la porte, sous l'enseigne de ce bleu emblématique.

— Lucas, vraiment. C'est trop.

— J'insiste.

Il prit ma main et je ne réagis pas assez vite pour l'arrêter. D'un léger coup sec, il me fit passer la porte et entrer dans un autre showroom privé, aussi luxueux que les cinq ou six derniers, ou peu importe combien on en avait visité à ce stade. J'essayai de tout refuser, même si je m'émerveillais devant les bijoux, mais Lucas choisit différentes pièces, dont des colliers et des clous d'oreilles en diamants.

— Pour tous les jours, dit-il.

— Mon quotidien ne possède pas de diamants, grognai-je.

— Ah non ? Je croyais qu'ils étaient le meilleur ami d'une femme.

Il me sourit d'un air charmant qui mit mon cerveau sens dessus dessous.

— Pas cette femme, murmurai-je. Donnez-moi des livres quand vous voulez, plutôt que des diamants, merci.

— Je peux faire ça aussi, vous savez. Mais peut-être pourrions-nous trouver quelque chose qui vous ressemble davantage.

Il s'arrêta devant une vitrine qui contenait une parure en émeraude composée d'un collier, de boucles d'oreilles et d'un bracelet. Les pierres étaient exactement de la même couleur que les yeux de Lucas.

Je levai une main.

— Elles sont magnifiques, mais...

— Oui, celles-ci sont parfaites, dit Lucas sur un ton définitif.

Il regarda les bijoux puis moi et ajouta :

— Les émeraudes sont vos préférées, non ?

Je repris mon souffle. D'abord le café, puis ça. Est-ce qu'il me suivait ?

— Comment le savez-vous ?

Il m'accorda un sourire diabolique.

— Dites-vous que je l'ai deviné sans le savoir.

— Mais où est-ce que je pourrais les porter ?

La faim dans son regard fit accélérer mon cœur.

— Vous pouvez les portez pour moi dans mon lit, sans rien d'autre.

— Ça n'arrivera pas, répliquai-je avec un rire très peu convainquant.

Il fit signe aux vendeurs d'emballer la parure pour lui, puis il aperçut quelque chose derrière moi qui lui fit plisser les yeux.

— Veuillez m'excuser un instant.

Il passa en vitesse à côté de moi puis la porte comme s'il s'apprêtait à se battre, et le rapide changement dans son comportement me donna mal à la tête. J'observai les employés de Tiffany emballer mes affaires dans de jolies boîtes et pochettes bleu clair, me demandant comment c'était possible que tout ça soit ma vie.

— Devrions-nous mettre cela sur le compte de Mr Ifer ? demanda un vendeur.

— Je suppose que oui.

Je jetai un œil derrière moi. Aucun signe de Lucas nulle part.

Je passai la tête par la porte du magasin à la recherche de Lucas et le découvris plus loin dans le hall. Il parlait à voix basse avec un autre homme aux cheveux rouges, et leur langage corporel me disait que ce n'était pas une conversation amicale.

Puis soudain, Lucas attrapa l'homme par le cou, le souleva dans les airs et l'écrasa contre le mur.

Non. *Dans* le mur.

Du plâtre vola et l'homme laissa un trou de la taille de son corps dans le mur. Pendant ce temps, la main de Lucas se trouvait toujours autour de son cou, le maintenant avec une force surhumaine. Je ne voyais que son dos, mais cela suffisait pour envoyer une froide vague de peur en moi.

Lucas posa l'homme dans les décombres à ses pieds.

— Ne vous avisez pas de me mettre à nouveau en colère, ou je ne me montrerai pas aussi clément la prochaine fois.

— Oui, mon seigneur.

L'homme s'agenouilla au sol et acquiesça, la tête basse. Il ne paraissait pas blessé, même si on venait de l'enfoncer dans un mur.

Lucas balaya la poussière de plâtre de ses mains et se tourna vers moi, laissant l'homme à genoux là. Il me vit en train de regarder la scène la bouche grande ouverte et me fit un sourire éblouissant, comme si tout ce que je venais de voir était parfaitement normal.

Il me rejoignit devant Tiffany et reboutonna sa veste de costard.

— Désolé ma chère, des affaires de démons. Bon, où en étions-nous ?

— Comment ?

Je fis un geste en direction de l'homme, qui se leva et s'enfuit d'ici aussi rapidement qu'il le put.

— Ne vous inquiétez pas, c'est un métamorphe. Un renard, si vous souhaitez savoir. Je l'ai à peine égratigné.

Il me prit à nouveau par le coude, ses doigts puissants et possessifs s'enfonçant dans ma peau.

— On continue ? Il y a une dernière boutique que j'aimerais

visiter.

J'acquiesçai vaguement, la gorge serrée tandis que Lucas me conduisait, les gravats de plâtre laissés derrière, vers une autre boutique : Alexander McQueen. Je dus presque ramasser ma mâchoire au sol en passant devant les magnifiques vêtements, chaussures et sacs. De véritables robes de défilé étaient exposées dans cette arrière chambre secrète ainsi que des capes, des plumes et des bijoux. De vrais bijoux, pas des paillettes de mauvais goût. Cela me fit presque oublier ce que je venais de voir.

Lucas avait attrapé cet homme par le cou et l'avait balancé contre un mur. Quel était cette force qu'il possédait ? Et comment cet homme s'était-il enfui sans la moindre égratignure ?

Toute cette histoire de démons était-elle vraie en fin de compte ?

Non. Impossible.

Je ne trouvais pas d'explication à tout cela, mais ce que j'avais vu confirmait une chose : Lucas était plus dangereux que ce que je pensais.

— J'ai besoin d'une robe pour une reine, dit Lucas au vendeur. Unique. À sa taille.

— J'ai la robe parfaite, répondit l'homme habillé de façon élégante d'un ton respectueux. Je vous l'apporte tout de suite.

Lucas fit oui de la tête et l'homme disparut. Je fixais Lucas, la peur sillonnant ma colonne vertébrale, me demandant comment il pouvait paraître si désinvolte après un tel acte de violence. Et si superbement effrayant. Putain, peut-être était-il le diable. Ou du moins, ce qui s'en rapprochait le plus.

Le vendeur revint, une robe de bal délicate dans les bras. Celle-ci était entièrement noire, à l'exception des minuscules étoiles en cristal descendant vers les différentes phases de la lune, représentées le long de l'ourlet inférieur. Elle semblait moelleuse et ample, sauf au niveau du corset, qui était décolleté et ajusté. C'était la plus belle robe que j'avais vue de ma vie.

Lucas hocha la tête.

— Ajustez-là à sa taille.

Je tendis tout de suite la main pour toucher les cristaux sur la robe, mais je me ravisai ensuite.

— C'est joli, mais je ne crois pas que j'aurai l'occasion de la porter.

Son regard sombre pénétra le mien.

— Pour votre dernière nuit, vous assisterez au Bal de la Nuit du Diable en tant que mon invitée.

Je comptai les nuits dans ma tête. C'était la veille d'Halloween.

— Qu'est-ce que le Bal de la Nuit du Diable ?

— C'est lorsque les démons m'honorent comme leur roi.

Je n'eus pas le temps de digérer ses paroles absurdes car on m'emmena rapidement dans une loge d'essayage, où une femme m'aida à enfiler la robe. Puis, je fixai mon reflet dans le miroir, le visage pâle et les yeux apeurés, dans la plus belle robe qu'il m'avait été donné de porter. Était-ce ce que Perséphone ressentit quand Hadès l'enleva ? Lucas pensait-il que toutes ces strass et ce glamour cacheraient les profondeurs noires et sordides de ses Enfers ?

Il se déplaça derrière moi et croisa mon regard dans le miroir, puis posa ses mains sur mes épaules avec possessivité.

— Oui, c'est la bonne. Et quand vous la porterez à mes côtés, tout le monde saura que vous êtes à moi.

— Seulement pour sept nuits, lui rappelai-je d'un air de défi, même si je me demandais en secret si je pouvais encore décider de prendre la fuite.

Ses lèvres se retroussèrent en un sombre sourire.

— C'est ce qu'on verra.

HANNAH

Une fois revenus de notre virée shopping, tout un festin nous attendait à l'appartement : des sandwichs raffinés, des viandes et des fromages de luxe, et une salade à la feta. J'avais besoin de me retrouver seule après les événements de la journée alors je pris un peu de nourriture et me repliai dans la chambre d'amis. Mais lorsque j'ouvris la porte, j'eus le souffle coupé et manquai de faire tomber la totalité de mon assiette.

Des fleurs et des plantes remplissaient à présent ma chambre d'amis autrefois clairsemée, et j'inspirai les senteurs fraîches et florales que j'aimais tant. Dans chaque coin se trouvait un figuier pleureur, et des fleurs poussaient dans des pots posés sur les rebords de fenêtres, le bureau, les chevets et dans la salle de bains. Je remarquai des lys blancs, des violettes, des iris bleus et des jonquilles jaunes et blanches. Pas de roses, ce que je trouvai curieux, mais je m'en fichais. J'avais toujours pensé que l'opinion sur les roses était surfaite et exagérée, surtout quand il existait tant de jolies plantes.

Puis la chose me frappa : toutes ces fleurs étaient mes préférées.

Comment pouvait-il le savoir ?

Comment pouvait-il toujours *tout* savoir ?

La voix de Lucas dans mon dos me fit sursauter.

— J'ai pensé qu'elles vous aideraient à vous sentir un peu plus chez vous.

— Elles sont jolies, dis-je en essayant de garder mon calme.

Entre ça et ses propos tout à l'heure, je commençais à croire qu'il avait l'intention de me garder plus que sept nuits. C'était hors de question. Dès qu'on aurait retrouvé Brandy et que mon temps ici serait écoulé, je m'en irais. Peu importe à quel point il était riche, puissant et sexy à se damner. Ou à quel point il se montrait prévenant et généreux.

— Merci.

— Essayez de vous détendre et de profiter du reste de la journée, ronronna-t-il. Prenez un bain, peut-être. Mangez tout ce qui vous fait envie. Nous nous retrouverons à neuf heures pour les festivités de ce soir.

Je déglutis, hochai la tête, et il prit silencieusement congé. Une fois parti, je fermai la porte, soufflai un bon coup et m'assis au bureau pour manger mon sandwich et ma salade. Un petit pot de jonquilles reposait sur la table à côté de mon assiette, et j'admirai les pétales blancs en forme d'étoile autour de leur centre jaune.

Même si ce n'était pas rare, les jonquilles étaient mes fleurs préférées parce qu'elles me mettaient toujours de bonne humeur. Telles des sentinelles du printemps, elles sortaient de terre quand rien dans le jardin n'avait encore osé déclarer victoire sur l'hiver. De plus, une fois coupées, elles sécrétaient une sève toxique pour les autres plantes, ce qui impliquait de les garder séparées dans leur propre vase. C'étaient les versions végétales des introverties, sauf qu'elles empoisonnaient quiconque envahissait leur espace. Mon genre de plante, en effet.

Les jonquilles étaient aussi appelées narcisses, quand on voulait paraître sophistiqué. La narcisse était connue pour être la fleur que Perséphone avait cueillie juste avant que la Terre s'ouvre et que Hadès l'enlève et l'emmène dans les Enfers. À cette pensée, je me rappelai l'antique vase grec dans la bibliothèque de Lucas et me demandai si la présence des narcisses y étaient liées.

Je me débarrassai de mes sombres pensées et finis mon repas, tout en consultant mon téléphone pour voir si j'avais de nouveaux messages, ce qui finit par m'amener à jeter un œil à de vieilles photos de Brandy en priant qu'elle soit toujours en vie. Puis je suivis le conseil de Lucas et pris un bain dans l'immense baignoire, savourant les shampoings et les savons et me perdant dans les parfums floraux d'une richesse bien supérieure aux senteurs écœurantes que j'achetais dans la supérette pas chère à côté de chez moi.

Quand j'en sortis, je découvris toute une panoplie de maquillage alignée pour que j'y jette un œil et arrangée comme sur les comptoirs des grands magasins les plus chers.. Je fixai les pots, les tubes et les pinceaux plusieurs minutes. Ça m'était difficile d'ouvrir leur opercule parfaitement scellé et de gâcher les poudres pressées dans leur petit écrin. Une fois utilisés, c'était trop tard et je ne pouvais qu'éprouver le sentiment que ce serait du gâchis sur moi. J'étais le genre de filles à porter de l'eyeliner et du gloss, et je ne savais même pas à quoi servait la majorité de ces choses. Est-ce qu'il y avait un tuto avec tout ça ?

Et puis merde. Si je devais être retenue en otage par un dangereux milliardaire qui se surnommait lui-même Lucifer, alors je méritais de profiter de tous les avantages que me procurait cette situation. Comme les produits de toilettes et le maquillage de luxe, mais aussi les habits et les bijoux. Même les chaussures chics. Dans le pire des cas, je les rendrais à la fin de ma peine de sept jours.

J'ouvris le maquillage, trouvai une vidéo Youtube qui expliquait comment l'utiliser, et me lançai. Un moment plus tard, je sortis de la salle de bain et découvris tous les vêtements de notre virée shopping pendus aux cintres de l'imposant dressing. Pendant que je jouais avec l'eyeliner et le fond de teint, quelqu'un était venu dans ma chambre sans même que je le sache. Je n'aurais jamais pensé qu'avoir du personnel me ferait en vérité me sentir encore *plus* vulnérable. À partir de maintenant, je m'assurerais de verrouiller la porte.

Puis, après avoir établi que j'étais en sécurité, je reportai mon attention sur les habits et essayai de décider de ce que j'allais porter ce soir. Lucas avait dit sur le chemin du retour que nous nous rendrions dans une boîte de nuit sélecte, ce qui n'était tellement pas dans mes habitudes. Je ne plaisantais pas quand j'avais dit à Lucas que j'avais l'habitude de passer mes soirées à la maison, emmitouflée dans un plaid avec un bouquin.

Je finis par choisir quelque chose qui était plus vif et sexy que ce que j'avais l'habitude de porter. J'avais trouvé comment rendre la soirée moins intimidante : si je me sentais comme dans un déguisement, je pourrais prétendre être quelqu'un d'autre le temps de la soirée, et laisser toutes mes inquiétudes ici pour y revenir plus tard.

Après une lutte acharnée avec l'étroite robe rouge et une grande inspiration, j'ouvris la porte et débarquai dans le salon du penthouse.

Lucas se retourna, la vue de la ville de nuit l'encadrant d'une lueur néon qui contrastait avec son élégant costume cintré et ses cheveux sombres. Il m'inspecta soigneusement et un muscle fit contracter sa mâchoire, le regard désormais avide.

— Vous êtes...

Il marqua une pause, cherchant ses mots. Puis, ses lèvres se retroussèrent avec malice quand il les trouva :

— L'incarnation du péché.

Je me trouvai incapable de quitter sa bouche des yeux, quand le mot « péché » se posa sur moi comme une caresse charmeuse sur ma peau exposée. S'il y avait bien un homme qui incarnait le péché, c'était lui.

— On y va ? demanda-t-il en m'offrant sa main.

Je posai légèrement mes doigts sur les siens, et laissai échapper un soupir face au petit électro-choc qui me parcourait à chaque fois que nous nous touchions.

— Où allons-nous ?

— À la boîte de nuit qui se trouve sur mon toit : le Pandemonium. Un groupe s'y produit ce soir et je pense que ça va vous plaire.

Nous quittâmes le penthouse, ignorant les gardes, et entrâmes dans l'ascenseur. Je ne savais pas si j'allais un jour m'habituer aux beaux hommes costauds debouts devant la porte, mais au moins je n'avais plus que quelques nuits à m'en soucier. Bientôt, tout cela ressemblerait à l'un de ces sombres contes de fées, une fable que je raconterais et qui relaterait ces quelques nuits vécues aux côtés d'un milliardaire.

— Merci pour les fleurs, dis-je une fois dans l'ascenseur. Mais comment saviez-vous que c'étaient mes préférées ? Ça puis le café ce matin, et les émeraudes... Vous me suivez ?

— J'ai fait mes recherches, répondit-il en levant un de ses parfaits sourcils noirs. J'aime savoir avec qui je passe des marchés et qui j'accueille chez moi. Ai-je besoin de vous rappeler que c'est vous qui êtes venue à moi pour me demander une faveur ?

Mes joues rougirent, mais je n'étais pas satisfaite de la réponse. Ni de la sensation omniprésente qu'il m'était familier.

— Nous nous connaissions avant l'accident ?

Il inclina la tête.

— L'accident ?

L'ascenseur s'ouvrit sur le toit avant que je ne puisse répondre. La musique et les lumières s'abattirent sur mon visage dès que nous nous avançâmes, et toutes mes précédentes pensées s'évanouirent quand je vis qui jouait sur une petite scène.

— Ce sont les Hellions ? demandai-je en levant la voix pour être entendue.

Sans attendre de réponse, je m'avançai précipitamment pour mieux voir. La boîte de nuit sur le toit possédait une piscine d'un côté de la scène et un bar de l'autre, comme offerte au ciel noir au-dessus de nous et aux lumières clignotantes de Vegas tout autour. Elle était également si sélecte que je n'eus pas à jouer des coudes dans la foule pour me faufiler vers la scène. Les gens se tenaient là, à danser sur le rythme des dernières chansons des Hellions, mais je fus capable d'atteindre le devant de la scène.

Comment était-ce possible ? Les Hellions étaient super connus, du genre à donner des concerts dans des salles géantes, mais là, ils se produisaient dans une minuscule salle intimiste. Je pouvais presque lever la main et toucher les rangers noires du chanteur pendant qu'il fredonnait un air sur un amour perdu.

Alors que je bougeais en rythme avec le tempo, je remarquai que Lucas se tenait à mes côtés et m'observait avec une intensité imperturbable. Je me tournai vers lui.

— C'était dans votre rapport ça aussi ? Mon groupe préféré ?

Il se pencha près de moi, une main dans le bas de mon dos, à l'endroit où la robe était découpée et finement ouvragée. Quand ses doigts touchèrent ma peau nue, je m'immobilisai, incapable de me concentrer sur la musique, la chaleur se précipitant entre mes cuisses. Sa voix sensuelle se fit forte et claire dans mon oreille, comme si nous étions seuls dans une pièce.

— Je suis très minutieux. Vous l'apprendrez très vite.

— Vous êtes parvenu à les faire se produire ici, dans votre boîte de nuit, au tout dernier moment ? Pour moi ?

J'inhalai en tremblant. Il laissa cette main traîner un tout petit peu plus bas, rôdant juste au-dessus de la courbe de mes fesses.

— Oui.

Je ne pus m'empêcher d'être impressionnée. Je détestais l'admettre, mais il me charmait un petit peu, peu importe à quel point j'essayais de résister. Les habits, les bijoux, les chaussures ; il avait semblé m'acheter. Mais mes fleurs préférées ? Mon groupe préféré ? C'était tout autre chose.

— Ils n'ont pas pu me dire non, enchaîna Lucas comme si mes pensées n'avaient pas continué à défiler à un million de kilomètres à l'heure. Ce sont des démons, vous savez. Des diablotins pour tout vous dire. Ils sont du style à devenir musiciens, acteurs, ce genre de chose. Les diablotins cherchent toujours le feu des projecteurs. Ne vous inquiétez pas, je les ai aussi gracieusement payés.

Et c'était reparti pour une conversation sur les démons. Ce devait être une sorte de lubie bizarre de milliardaire ; une façon de s'occuper comme il pouvait s'offrir toute sorte d'amusements existants, sans aucun doute ; mais ça devenait lourd à la fin. Bien sûr, cela expliquerait ce que j'avais vu plus tôt dans la journée... Mais non. Il devait y avoir une explication plus raisonnable que ça.

Lucas s'empara de ma main et m'attira près de lui, encore en train de rire.

— Une danse avec le diable ?

Peut-être était-il fou, mais alors qu'il attirait mon corps contre le sien, je me retrouvai à fondre dans ses bras. Peu importe à quel point j'essayais, je n'arrivais pas à vouloir me détacher de lui. Je me perdis rapidement dans la chanson et la sensation du torse ferme de Lucas contre moi. Même s'il était bien plus grand que moi, son corps masculin se moulait au mien à la perfection, et le sentiment d'être à ma place dans ses bras n'avait pas son pareil.

La main sur mon dos, il me mena sur la piste, et pendant quelques minutes, tout ce que je connus fut le battement de la grosse caisse et le picotement à l'endroit où Lucas me touchait. Je ne pouvais nier le désir que je ressentis pour lui à ce moment-là, même si fréquenter une personne comme Lucas était une très mauvaise idée. Malgré ses excentricités flagrantes, il était puissant, et c'était le genre de puissance teintée de danger. Il marchandait pour les choses qu'il désirait mais qu'il ne pouvait acheter, et la peur autant que la luxure glissaient de ses doigts froids le long de ma colonne pendant que je songeais à ma situation à ses côtés.

Quand la chanson se termina et qu'une autre commença, Lucas détacha sa main posée dans mon dos et me tourna vers le bar.

— Venez, allons boire un verre.

Nous nous dirigeâmes vers le bar, et de nombreuses personnes s'arrêtèrent pour nous observer, en particulier la manière qu'il avait de me revendiquer avec sa main. Il n'y aurait aucun doute dans l'esprit des gens que j'étais la femme de Lucas, pour ce soir en tout cas. De ce que je savais, il avait une nouvelle femme à ses bras toutes les semaines.

Alors que cette pensée me nouait l'estomac, quelqu'un cria dans la foule. Nous nous retournâmes tous les deux et observâmes quelque chose exploser sur la scène dans un éclair et un bruit assourdissant, ce qui provoqua quelques cris dans le public et peut-être chez moi aussi.

Les membres des Hellions se dépêchèrent de quitter la scène quand des flammes bleues jaillirent dans les airs et envahirent rapidement tout sur leur passage, se propageant à une vitesse anormale le long des câbles et dans le public. Les gens se mirent à se précipiter vers la sortie, paniqués. Lucas entoura mes épaules de son bras et nous détourna de l'incendie.

— Ignorez ça, dit-il en signalant à une personne sur le côté de s'occuper du feu. Ce n'est qu'une illusion.

— Quoi ?

La tête qui tournait et le cœur battant, je jetai un œil par-dessus mes épaules alors que les flammes dansaient sur l'eau de la piscine.

— Une illusion. Les diablotins peuvent en créer. Quelqu'un crée une distraction, mais je ne suis pas sûr de savoir pourquoi.

Tandis qu'il m'éloignait de la scène en feu, j'aperçus Zel s'avancer avec Gadrel et d'autres, pour éteindre le feu, présumai-je… ou ces illusions, comme il disait. Puis la foule paniquée nous avala et plusieurs personnes se cognèrent contre moi. Au milieu du chaos, Lucas et moi fûmes séparés et je fus entourée d'étrangers. Les flammes bleues surgirent près de nous, si près que beaucoup de gens sursautèrent et crièrent. Je reculai, jusqu'à me retrouver contre le bord du toit, mais les flammes continuaient à se propager vers moi pendant que les gens essayaient de s'échapper.

Puis, une chose dure et rapide me percuta avec une telle force que cela me fit voler.

Non, pas voler. Tomber.

La force soudaine de la collision aspira tout l'air dans mes poumons et me fit passer par-dessus bord dans un plongeon mortel. Je ne pus même pas crier, parce que je fus incapable de respirer. Le temps se ralentit à mesure que je m'asphyxiais dans ma propre panique. Mes membres s'agitaient dans tous les sens en essayant de s'agripper à quelque chose, quoi que ce soit, pendant que mon corps tombait vers le Strip qui s'étendait sous moi.

Puis ça me frappa : j'allais mourir.

Ma vie ne défila pas devant mes yeux. Je n'eus pas d'éclair de lucidité. À la place, je ne ressentis que du regret pour toutes les choses que je n'avais pas faites, comme retrouver Brandy, et puis un pincement au cœur inattendu de n'avoir pas pu finir mes sept nuits avec Lucas.

Il y avait autre chose aussi, un sentiment de fatalité. Comme si j'avais toujours su que ma mort viendrait rapidement et violemment, plus tôt que prévu.

Comme dans mes rêves.

La vitesse de l'air me fit monter les larmes aux yeux, mais à travers le voile, je vis quelque chose de sombre me suivre dans ma chute. Pendant une seconde, je crus qu'un homme avait sauté du toit, mais c'était absurde. Jusqu'à ce que l'homme se rapproche et que je devine Lucas dans son costume noir. Je vis ses yeux briller d'une lumière rouge, son visage déterminé s'approcher et je ris, parce que cette expérience de mort imminente me faisait sûrement délirer. Ou peut-être étais-je déjà morte ?

Quand il m'entoura de ses bras forts, d'énormes ailes noires surgirent de son dos. Mon estomac tangua quand nous nous arrêtâmes de tomber, et j'aspirai une énorme bouffée d'air, mon corps s'arrachant presque de ma poitrine sous l'impact.

— Je te tiens, dit-il en me plaquant fermement contre son torse.

L'air choquée et émerveillée, je ne pouvais que fixer ses ailes qui se mouvaient telles des ombres contre les vives lumières de la ville. Telle de la fumée, une traînée de ténèbres s'échappait de chaque plume pendant que nous volions, nous élevant dans les airs jusqu'à atteindre le balcon du penthouse. Il atterrit avec aisance à côté de la piscine, mais ne me lâcha pas, ses bras me recouvrant d'un geste protecteur alors que j'étais appuyée contre son torse. C'était sûrement une bonne chose, vu que je n'étais pas sûre de pouvoir tenir debout.

Je levai le regard vers le visage incroyablement beau de Lucas. Ses yeux avaient perdu leur éclat rougeâtre, ou peut-être l'avais-je imaginé, mais les ailes noires étaient toujours là. Elles semblaient avoir été découpées dans la nuit même, et j'observai la manière que les ténèbres avaient de l'entourer, les ombres se raccrochant à son corps et prenant même la forme de ce qui semblaient être des cornes au-dessus de sa tête.

— Je suis morte ? réussis-je à demander. Vous êtes un ange ?

Il baissa les yeux vers moi avec un tel instinct protecteur que j'en eus le souffle couper.

— Tu n'es pas morte. Et je ne suis absolument pas un ange. Plus maintenant, en tout cas.

Mon cœur battait toujours la chamade, mais je devais voir si tout cela était réel. D'une main tremblante, je touchai une des ailes de Lucas, parcourant d'un doigt hésitant l'une des plumes couleur nuit. Il inspira et ferma les yeux un très court instant, et cela me surprit de voir à quel point un léger effleurement pouvait l'affecter. À quel point *je* l'affectais.

Notre conversation de la nuit précédente me revint comme une voix dans le vent, comme si, dans un éclair de lucidité, tout ce qu'il m'avait dit faisait sens à tout ce que j'avais vu.

« *Parce que je suis le diable. Mon vrai nom est Lucifer.* »

« *Vous essayez de me dire que vous êtes en vérité le diable. L'ange déchu. Le mal incarné.* »

« *Le mal ? Sûrement. Déchu ? Assurément.* »

Je ne pouvais le nier plus longtemps.

Lucas Ifer était vraiment le diable.

Et j'avais fait un pacte avec lui.

8

———

LUCIFER

Je jetai un dernier regard au ciel rempli d'étoiles dont j'avais arraché Hannah et aux lumières éclatantes qui se trouvaient en dessous, là où tout aurait pu se terminer. Je la berçai davantage contre mon torse en entrant à grandes enjambées dans le penthouse jusqu'au canapé où je la déposai. Ses cheveux blonds s'étalaient sur les coussins en cuir noir comme des fils d'or et son regard bleu m'observait, exprimant un mélange de choc et de quelque chose d'autre. De la peur ? De la curiosité ?

Le feu se propagea dans mes veines tandis que je tournais en rond, une main dans les cheveux, en essayant de déterminer la démarche à suivre. De l'eau. Elle en avait besoin. Je me dirigeai vers le bar et versai de l'eau pour elle dans un verre et du whisky pour moi dans un autre. Cela méritait naturellement un verre.

Ce n'était pas passé loin. Je l'avais presque perdue. Comment était-elle tombée ? Il était déjà trop tard quand je l'avais vue dans la foule en panique. Si elle n'avait pas crié, je ne l'aurais pas vue à temps. Quelqu'un avait dû la pousser, et violemment. Seule une force surnaturelle aurait pu la faire basculer par-dessus le mur.

Était-il déjà après elle ? Ou cela n'avait-il rien à voir ? Merde.

Je n'avais même pas pu la protéger sur le toit de mon propre immeuble. Vaudrait-il mieux l'éloigner ? Serait-elle plus en sécurité ?

Non. *Non.* Elle était plus en sécurité à mes côtés. Cette fois, ce serait différent. Ça devait l'être.

Quand je revins avec l'eau, Hannah était toujours assise sur le canapé, dans la même position que je l'y avais laissée. Elle n'avait pas bougé ou dit un seul mot, se contentant de contempler l'espace, ses lèvres parfaites légèrement entrouvertes. Elle était de toute évidence sous le choc. Tomber d'un toit provoquerait ça chez tout le monde, d'autant plus si on venait d'être sauvé par le méchant le plus notoire du monde.

Dès que je me rendis compte qu'elle tremblait, je fis un geste vers l'âtre de la cheminée et celui-ci s'embrasa immédiatement. Puis, je saisis un plaid de velours sur la chaise à côté du feu et l'en recouvris. En le passant sur ses épaules, elle leva enfin les yeux, concentrée sur un point derrière moi. Je me retournai, m'attendant à trouver quelqu'un, mais nous étions seuls. Retournant mon attention sur Hannah, je me rendis compte que ses grands yeux étaient fixés sur mes ailes. Je les repliai, les faisant disparaître.

— J'avais prévu de te montrer mes ailes et de te prouver que tout ce que je disais était vrai. Mais pas comme ça.

Je dis cela de ma voix la plus douce, celle que je réservais à Hannah, en écrasant toute la fureur qui tourbillonnait en moi.

Elle se risqua à regarder mon visage, et sa petite bouche parfaite s'arrondit.

— C'est vrai. Tout est vrai.

— Oui. Tu sais ce qu'il s'est passé là-bas ? Comment tu es tombée ?

Je levai la main pour lui caresser la joue mais elle eut un

mouvement de recul et je m'en empêchai. Elle secoua la tête, les yeux toujours grands ouverts.

— Celui ou celle qui t'a attaquée en paiera le prix.

Cette fois-ci, je fus incapable de masquer mon ton menaçant et elle recula à nouveau. J'inspirai avec difficulté et repris mon sang-froid.

— Hannah, tu n'as rien à craindre de moi.

La poitrine d'Hannah commença à se soulever sous le plaid lorsqu'elle prit plusieurs inspirations rapides.

— Mais vous êtes le diable !

Sans attendre de réponse, elle jeta le plaid sur le côté et se redressa. Le mouvement fit remonter sa robe rouge sur ses jambes et révéla sa peau douce et pâle, centimètre après centimètre. Ma queue remua, toujours consciente de sa perfection, intérieure comme extérieure, même au beau milieu d'une crise existentielle. Je détournai les yeux.

— Dieu... murmura-t-elle.

Ah, elle avait découvert ce que ça entraînerait comme complications que je sois... eh bien, le diable.

— Est-ce que Dieu existe ? Et la Bible alors ?

— J'ai connu beaucoup de dieux durant mon existence et j'ai aussi été un dieu ou deux, mais je ne sais pas si *le Dieu*, la divinité toute puissante au grand savoir, existe vraiment. Personne ne le sait.

Elle se leva subitement et se précipita dans la pièce, mais ne partit pas, ce qui était encourageant. J'avais l'infime espoir de ne pas l'avoir complètement effrayée.

— Et les autres démons dont vous avez parlés. Les diablotins, les succubes, les incubes... Ils existent aussi ? Et les anges alors ?

— Oui, ils existent tous. Tout ce que je t'ai raconté est vrai.

Je voulais la toucher, l'aider dans cette prise de conscience difficile, mais je me ravisai. Elle était toujours là. Elle savait où se trouvait la sortie et elle n'était pas partie. C'était ce qui comptait.

Hannah arrêta de faire les cent pas et me fixa, la bouche ouverte.

— Mais... comment ?

Comment expliquer cela ?

— Les démons proviennent de... d'une sorte d'univers parallèle, connu sous le nom de l'Enfer. Les anges proviennent d'un autre royaume connu sous le nom de Paradis, et les fées du royaume des fées.

Elle leva un peu plus les sourcils à chacune de mes phrases. Si je continuais comme ça, elle les perdrait quelque part dans ses cheveux.

— Les fées ?

— Concentrons-nous pour l'instant sur les anges et les démons et nous nous occuperons des fées plus tard.

Je me dirigeai vers le bar et me versai un autre whisky. J'avais bu le mien sans m'en rendre compte, à un moment donné pendant ces dernières minutes.

— Un verre ? S'il y a bien un moment pour boire, c'est quand on se rend compte que toute la vision qu'on avait de la vie a été bouleversée.

Elle se rendit au fauteuil près de la fenêtre et s'y effondra, pas du tout consciente que sa robe avait tourné et exposait ses cuisses, sans oublier la moitié de son ventre. Encore un centimètre et je verrais la courbe de ses seins. Non pas que je m'en plaignais.

— Non merci. La dernière chose dont j'ai besoin, c'est de noyer cette révélation dans l'alcool.

— De nombreux êtres humains préfèrent noyer leur vie dans l'alcool. Hélas, ça n'a pas d'effet sur moi.

Je pris tout de même une gorgée de whisky, surtout parce que j'en aimais le goût. La brûlure me rappelait l'Enfer.

Hannah finit par se rendre compte qu'elle avait un verre dans la main et but une gorgée. Ses yeux semblèrent légèrement regagner en lucidité et je pouvais presque voir ses pensées s'affairer dans son cerveau futé. Sa véritable nature lui permettrait d'accepter ces révélations plus facilement qu'un être humain normal ; certains ne se remettaient jamais d'apprendre la vérité sur les êtres surnaturels. Je n'avais aucun doute qu'Hannah irait bien après cette nuit. C'était toujours le cas.

Elle tourna ses grands yeux bleus vers moi, me regardant sous ses cils soyeux.

— Vous étiez un ange avant.

— Un Archange, la corrigeai-je. Mais je me suis rebellé contre le Paradis, comme le dit la rumeur.

— Pourquoi ?

La réponse à cette question était trop dure à assimiler pour elle ce soir.

— Disons simplement que je n'étais pas d'accord avec certaines de leurs règles au sujet de la Terre.

— Alors vous êtes devenu le diable ? demanda-t-elle.

— Alors j'ai quitté le Paradis pour l'Enfer, déclarai-je en passant la main sur mon costume pour lisser le tissu rugueux. Là-bas, j'ai unifié les tribus chaotiques de démons qui étaient en guerre et me suis moi-même proclamé roi. Je gouverne les démons depuis lors.

Je me demandai si je devais lui raconter sa part d'implication dans tout cela, mais elle était déjà bien assez sous le choc. Elle en avait assez entendu pour ce soir. Elle saurait tout très vite, il n'y aurait plus de secrets entre nous et j'avais hâte d'être à ce jour. Mais elle avait besoin de digérer tout cela avant.

Je m'avançai et lui offris ma main.

— Je vois que tu as d'autres questions, mais je pense qu'il est temps pour toi de te reposer. Tu as eu une soirée... mouvementée.

— Mais j'ai d'autres questions, dit-elle en glissant sa main dans la mienne.

— Et je promets d'y répondre. Demain.

Elle chancela un peu en se levant, et je me penchai pour la porter. Dès qu'elle fut dans mes bras, tout sembla être à sa place.

— Que faites-vous ? couina-t-elle en agitant les jambes tandis que je traversais le salon.

— Je te porte jusqu'à ta chambre.

— Je peux marcher !

— Ça se discute.

J'ouvris la porte du pied et la posai sur le lit.

— Tu viens d'avoir le choc de ta vie et tu as failli mourir aussi. Permets-moi de t'aider à te déshabiller.

Elle se leva sans trembler cette fois-ci.

— Je peux très bien le faire toute seule merci, dit-elle avant de marquer une pause. Mais si vous pouvez défaire la fermeture éclair de ma robe, ce serait parfait. J'ai à peine réussi à la remonter toute seule tout à l'heure.

Un rire bas m'échappa alors qu'elle se tournait, et je défis la fermeture éclair dans son dos, laissant entrevoir sa peau pâle et parfaite. Oh, comme je mourrais d'envie d'y déposer mes lèvres et de faire glisser cette robe au sol. Je devais la posséder. Bientôt.

Elle se retourna, me lança un regard qui me rappela l'attitude d'un chaton qui essayait de paraître méchant, et murmura un merci. Puis elle attrapa quelque chose dans son dressing et s'en alla dans la salle de bain, fermant la porte derrière elle.

Je traînai sur le lit à l'attendre, admirant les fleurs dans la pièce. Gadrel avait fait du bon travail avec les ordres que je lui avais donnés, comme je m'y attendais. J'inspirai leurs parfums, me rappelant une époque jadis où nous étions aussi entourés de narcisses.

Quand Hannah sortit, elle marqua un temps d'arrêt lorsqu'elle me vit sur son lit. Son visage se montrait hésitant mais elle se lécha les lèvres et je sus qu'elle aussi me désirait. Elle n'avait jamais pu me résister, peu importe à quel point elle avait essayé. Elle avait détaché ses cheveux, retiré son maquillage et enfilé une chemise de nuit noire et légère à fines bretelles. C'était une vraie torture de me retenir de faire glisser ces bretelles de ses épaules, mais j'y parvins et me levai.

— Je te laisse, dis-je en déboutonnant ma veste de costume. Je voulais simplement m'assurer que tu allais bien avant de te laisser seule.

Elle laissa échapper un long filet d'air.

— J'ai l'impression qu'on m'a arraché la tête, qu'on me l'a secouée puis remise.

Je ris doucement.

— Ça m'en a tout l'air. Viens. Allonge-toi.

Je m'avançai doucement et lui pris la main, l'attirant vers moi. Elle m'y autorisa, à ma grande surprise, ce qui ne fit que confirmer à quel point elle était fatiguée. Vivre une expérience de mort imminente épuisait un être humain, même aussi extraordinaire qu'Hannah. Je relevai ses couvertures et, quand elle se glissa dans le lit, je la recouvris. Lorsqu'elle leva les yeux vers moi, ses cheveux dorés étalés sur son coussin, je dus faire appel à toute ma volonté pour ne pas grimper dans le lit avec elle. Elle avait les yeux grands ouverts cependant, et je sentais que son cerveau fatigué luttait contre le sommeil, soulevant davantage de questions à me poser.

— Dors. Nous avons une grande journée qui nous attend demain.

J'ajoutai un peu de pouvoir à mes paroles en utilisant à peine mes capacités, juste assez pour la faire bâiller et que ses paupières se fassent lourdes. L'ordre n'était pas très fort, mais permettrait aux besoins de son corps de reprendre le dessus et de l'aider à dissiper une grande partie de son état de choc en dormant.

Elle bâilla et tira les couettes jusqu'à son menton avant de murmurer :

— Pourquoi moi ?

Je déposai un baiser sur son front tandis que ses yeux se fermaient.

— Parce que tu es à moi. Tu l'as toujours été. Et tu le seras *toujours*.

9

HANNAH

À mon réveil, les draps étaient enroulés autour de moi comme si j'avais été attachée au lit avec des serpents.

Il restait sur mon corps encore un peu de transpiration froide, et des mèches de cheveux humides étaient collées à mon front. Je gémis et pris une longue inspiration, en vain. Ça ne suffisait pas. Mon corps réclamait de l'oxygène comme si j'avais passé presque toute la nuit à courir.

J'avais toujours eu des problèmes de sommeil, rongée par d'horribles rêves pour ensuite me réveiller, le corps serré contre mon coussin et les muscles engourdis par la tension dans mes membres. Mais j'avais vraiment passé une mauvaise nuit aujourd'hui.

De petits bouts de rêves flottaient dans ma tête. Du feu et des cendres, des ombres et de la fumée, les ténèbres entourant des plumes et des cornes. Tant de peur, de douleur et de mort. Et Lucas... encore et toujours. Son visage se faisait net puis flou avant d'être remplacé par celui d'un autre, bien que celui-ci soit indistinct.

Dans le seul rêve dont je me souvenais très bien se trouvait

Lucas – non, Lucifer – assis sur un trône noir puis, plus j'essayais de le regarder, plus il semblait percevoir ma présence. Trop tard, je reculais mais ses yeux rouges se rivaient sur les miens et il courbait le doigt pour me faire signe d'approcher. C'était juste avant que je me réveille et mon cœur battait toujours la chamade à ce souvenir.

Je m'assis et secouai la tête, essayant de m'éclaircir les idées, mais la peur issue de mes rêves restait. J'hésitai à quitter la chambre parce que Lucas serait là, et il aurait déjà planifié ce troisième jour pour moi. Quel serait le péché du jour ?

J'avalais la terreur qui asséchait ma gorge. Comment pouvais-je passer plus de temps avec cet homme maintenant qu'il m'avait révélé son secret ? Quand je le pensais chef de la mafia, j'avais douté de mes décisions. À présent, je les condamnais.

Je sortis du lit telle une vieille dame : avec douceur et délicatesse comme si je m'étais cassé quelque chose. J'avais failli mourir hier soir et j'avais l'impression que mon corps était sensible, comme s'il n'avait pas reçu le message que j'étais toujours en vie. J'allai dans le dressing sans regarder et les cintres claquèrent entre eux quand je les déplaçai de gauche à droite. Comme tout ce que je touchais dans cette pièce, ils étaient chers et de bonne facture. Et ils appartenaient au diable.

Est-ce que je lui appartenais aussi désormais ?

Je sortis la première tenue que mes mains touchèrent : un ensemble veste-pantalon sans manches et en lin. Je me demandai brièvement si cela allait convenir aux activités d'aujourd'hui mais en fis peu de cas. Je me fichais des activités. Je faisais tout ça uniquement pour Brandy.

Une fois habillée, je ne pouvais pas retarder davantage l'inévitable : je devais faire face à Lucas.

Non, pas Lucas.

Lucifer.

Lu-ci-fer.

Le son des syllabes roula encore et encore dans ma tête, suffisamment pour que j'en devienne folle. Même après tout ce que j'avais vu la nuit dernière, il m'était difficile d'accepter que tout cela était réel.

Quand enfin je pénétrai dans la cuisine, il était là, déjà vêtu d'un de ses costumes noirs impeccables, qui sirotait son café et lisait le journal.

— Bonjour.

Sa voix chaleureuse glissa sur moi, comme si rien de fâcheux ne s'était passé hier soir. Sauf que j'avais failli mourir dans ma chute, et que deux ailes aussi noires que les ténèbres en personne étaient sorties de son dos. Mais le diable ne s'en souciait sûrement pas le moins du monde. Pourquoi le devrait-il ?

— 'jour, murmurai-je même si je le saluais tardivement puisqu'on approchait midi.

Il me jeta un regard ; ses yeux étaient sombres et indéchiffrables.

— Tu es toute en beauté.

— Merci.

Je ne pus regarder Lucifer sans que ne me reviennent à l'esprit les souvenirs de mes rêves ou la sensation du soubresaut de mon estomac quand il m'avait rattrapé dans les airs et sauvé la vie. Je m'éclaircis la gorge et me concentrai sur la nourriture à la place.

Tout un buffet de brunch se trouvait sur la table, aux choix variés en passant par des œufs et des pancakes jusqu'aux fruits. J'en pris un peu dans mon assiette puis regardai les pommes. Rouge vif, juteuses, elles me tentaient comme elles avaient sûrement tenté Ève un jour. Cette histoire était-elle aussi vraie ? Je secouai la tête, la rejetant.

Lucifer m'observa avancer vers la table et il me lorgna quand je me mis à manger les petits morceaux d'œufs dans mon assiette, mais j'évitai son regard. Chaque fois que je regardais dans sa direction, mon souffle se coupait au souvenir de son regard protecteur baissé sur moi, de ses bras m'agrippant fermement et de ses ailes déployées derrière lui. Les immenses ailes sombres et incroyablement belles qui m'avaient sauvé la vie. S'il avait des ailes et des yeux rouges — car je ne les avais certainement pas imaginés — qu'avait-il d'autre ? Des cornes ? Une queue fourchue ? Des jambes de bouc ? Dans mon esprit apparurent toutes sortes d'images horrifiantes de films et de séries, et je repoussai mon assiette, mon appétit disparu.

Hier, j'avais essayé de me moquer du milliardaire sexy et de sa lubie avec le diable. Aujourd'hui, je dînais en tête à tête avec Lucifer en personne. Ça faisait beaucoup à assimiler. Je devais juste survivre aux prochains jours, puis Brandy serait de retour et je pourrais passer le reste de ma vie à essayer d'oublier que j'avais rencontré le diable.

***

Cette après-midi-là, nous prîmes la route sur le Strip dans une autre voiture de sport de Lucas. Je ne demandai pas où nous allions et Lucifer me laissa dans mon silence, comme s'il savait que je n'étais pas prête à discuter. Nous quittâmes le centre-ville de Las Vegas et roulâmes jusqu'au bord de la périphérie, juste avant que le désert ne puisse nous avaler. Il prit un chemin qui conduisait à un panneau indiquant « Le Terrain de jeu du diable », et nous arrivâmes très vite devant un bâtiment rectangulaire posé contre un grand circuit, les montagnes sèches et arides en arrière-plan.

— Qu'est-ce qu'on fait là ? demandai-je en regardant la piste.

— On décompresse un peu. J'ai pensé que vous aviez besoin de vous distraire un peu.

Lucifer me fit un vilain sourire. Il se gara devant le bâtiment et enfila des lunettes de soleil noires. Je sortis de la voiture sous le soleil brûlant du désert. J'étais habituée à la chaleur après avoir vécu en Caroline du sud mais ici, c'était violent. Une autre voiture de sport arriva derrière et s'arrêta à côté de nous, puis Zel et Gadrel en sortirent. Zel portait sa tenue de combat en cuir, des armes attachées à elle, et elle regardait tout d'un air furieux comme si même le soleil la dérangeait. Gadrel sourit et passa la main dans ses cheveux blonds couleur sable en contemplant l'endroit, comme un touriste en vacances.

— Nous avons de la compagnie aujourd'hui, fis-je remarquer.

Un muscle se contracta dans la mâchoire de Lucifer.

— Tu as été attaquée hier soir. Je veux que tu sois en sécurité tout le temps à partir de maintenant.

J'en eus le souffle coupé.

— Attaquée ? Je croyais que c'était un accident.

Il fit signe à ses deux compères tandis qu'ils approchaient.

— On est en train de faire nos recherches. Je crois que tu as déjà fait la connaissance d'Azazel et Gadrel, deux de mes plus loyaux Déchus.

— Ce sont des démons aussi ? demandai-je en baissant la voix.

Lucifer passa un bras sur mes épaules et je me raidis, pendant qu'il me conduisait dans un endroit à l'ombre.

— Pas tout à fait. Les Déchus étaient autrefois des anges, comme moi, mais ils m'ont suivi en Enfer et sont devenus... quelque chose d'autre. Pas tout à fait des démons, mais plus des anges non plus.

Je déglutis, digérant cette nouvelle information annoncée de façon si décontractée, comme si nous discutions de la météo.

— Ils ont des ailes eux aussi ?

— Oui, mais les miennes sont plus grandes.

Il baissa ses lunettes pour me faire un clin d'œil coquin.

— Et au cas où tu te demanderais, oui, la taille des ailes est proportionnelle à la taille d'autres parties du corps.

Un rire étonné m'échappa à ses dires, et je baissai un peu ma garde. Je ne pouvais pas m'en empêcher. Cet homme était tout simplement trop séduisant. Sans oublier que lorsque je me trouvais avec lui, j'avais l'impression de le connaître de façon très intime. Mais... comment était-ce possible ?

Un homme mince et charmant sortit du bâtiment, deux casques dans les bras, et inclina la tête en direction de Lucifer.

— Mon seigneur, tout est prêt.

— Parfait. Le casque sera uniquement pour la jeune femme aujourd'hui.

Il dit cela en faisant signe dans ma direction. L'homme devant nous haussa les sourcils et me regarda avec une curiosité à peine dissimulée.

— Elle sait ?

— Elle est sous ma protection, dit Lucifer avec un léger grognement dans la voix.

— Bien sûr, mon seigneur.

Il me tendit le casque puis recula en effectuant une demi-révérence.

— Je vais chercher les clés.

Après le départ de l'homme, Lucifer se pencha encore plus près de moi.

— Un autre de mes démons. Un métamorphe qui se transforme en guépard.

— C'est quoi ça encore ?

— Les métamorphes sont un autre type de démon. Ils peuvent se transformer en animal.

Il me fit signe de le suivre et nous fîmes le tour du bâtiment, là où toute une rangée de voitures de sport nous attendaient. Des voitures rutilantes, magnifiques et aérodynamiques aux couleurs vives qui allaient du vert anis au rose vif. Certaines semblaient tout droit sorties d'une course de Nascar, avec leurs grands becquets et leurs autocollants, tandis que d'autres seraient à leur place dans le garage de Lucifer, garées à côté de son Aston Martin argentée.

— On va les conduire ? demandai-je pendant que Lucifer me mettait mon casque.

Je garderais la marque du casque sur les cheveux toute la journée. Lorsque je me rendis compte de ce que nous allions faire, mon excitation prit le dessus sur les quelques appréhensions que j'avais.

— Oui, affirma-t-il en me guidant jusqu'à la première voiture, une Lamborghini vert anis.

Il ne laisserait personne d'autre m'attacher au siège passager, mais il savait exactement ce qu'il faisait. À peine installés, nous étions partis, Gadrel et Zel nous observant sous un auvent à côté de la piste.

Lucifer appuya fortement sur l'accélérateur et nous fit décoller en quelques secondes comme un pro, filant sur la piste. La force de l'accélération me plaqua contre mon siège et me coupa le souffle, mais je détestais admettre à quel point j'étais ravie de cette sensation forte.

— Vous avez déjà fait ça avant, dis-je dans le micro du casque, mais j'avais oublié que lui n'en avait pas cependant.

Lucifer m'entendit malgré le bruit du moteur et me fit un grand sourire. Puis, il accéléra davantage.

Je poussai un cri, sauf que ce n'était pas de peur cette fois-ci mais d'euphorie, comme dans un grand huit qui descendrait subitement. Même si je tenais à ma vie, je ne me souvenais pas d'un moment où je m'étais autant amusée. La vitesse m'avait toujours rendu nerveuse depuis l'accident de voiture, mais je me sentais en sécurité avec Lucifer. Comme s'il avait tout le contrôle et que rien ne pouvait me blesser quand il était à mes côtés.

À la fin du circuit, nous ralentîmes. Lucifer me jeta un œil et lâcha un rire rauque. Il était si sexy qu'il me fit fondre sur mon siège.

— Ça t'a plu, n'est-ce pas ? demanda-t-il.

— Plus que ce à quoi je m'attendais.

Il m'aida à m'extirper du système de sécurité élaboré et prit ma main pour me sortir de la voiture. Son toucher envoya un frisson inattendu dans mon corps quand il m'attira contre lui. Il resta là, à me tenir presque dans ses bras, proche, même si ses yeux étaient cachés derrière ses lunettes.

— Je savais que tu aimerais ça.

— Comment ?

— Je suis le diable, chérie. Montre-moi un peu de respect.

Il leva ma main et m'embrassa dans le creux du poignet, comme la dernière fois, et tout en moi se transforma en lave en fusion.

C'est le diable, murmura une voix dans ma tête.

Ouais, mais il est aussi super sexy, répondit une voix plus forte.

Ok, j'étais sûrement en train de perdre les pédales, mais qui ne le ferait pas dans cette situation ?

Nous fîmes encore trois tours de circuits dans trois autres voitures, testant chacune d'elles, et il fut facile de me perdre dans la vitesse et l'adrénaline. Chaque fois que je jetais un œil à Lucifer, il me souriait, comme s'il savait exactement à quel point je m'amusais. C'était encore une fois du Lucas Ifer tout craché : un homme avec beaucoup trop d'argent et beaucoup trop de jouets.

Quand nous sortîmes de la quatrième voiture, Lucifer me demanda :

— Tu veux en conduire une ?

Mon cœur s'accéléra en levant les yeux.

— Je peux ? Vous ne pouvez pas savoir à quel point j'aimerais en conduire une. Ou peut-être que si.

Il rit doucement.

— Alors choisis ta voiture. Et j'aimerais que tu me tutoies, d'accord ?

J'acquiesçai et optai pour la Ferrari rose vif, non pas parce qu'elle était rose, mais parce que c'était une Ferrari, bon sang. Je n'aurais sûrement jamais la chance d'en conduire une, alors je n'allais pas rater ça. Encore une fois, Lucifer m'attacha et me fit un rapide résumé de tout ce que je devais savoir. Une énergie nerveuse me parcourut et je me ravisai presque de le faire, lorsque Lucifer monta côté passager et me fit un signe de la tête. Je ne pouvais plus faire marche arrière désormais. Je pris le volant, changeai de vitesse et posai le pied sur la pédale. La voiture se précipita, trop doucement au début, mais je gagnai vite en confiance et appuyai encore d'un cran. De l'adrénaline pure se déversa dans mes veines et l'euphorie fit échapper un rire de mes lèvres tandis que la voiture s'avançait sur la piste, avec une tenue de route que je n'avais jamais vue auparavant. Ma pauvre Honda toute cabossée ne pourrait jamais rivaliser.

Lucifer me laissa enchaîner les tours jusqu'à ce qu'une voix d'homme dans l'interphone me dise de rentrer. Je n'avais presque plus d'essence. Quand je m'arrêtai, j'expirai longuement en laissant l'excitation s'atténuer. Puis je tombai presque de la voiture, rattrapée à mi-course par Lucifer, alors que mon corps avait toujours l'impression de bouger à des centaines de kilomètres à l'heure.

Lucifer m'aida à me stabiliser dans ses bras et je levai la tête vers lui avec un sourire.

— J'avais l'impression de voler.

À ces mots, une ombre passa sur le visage de Lucifer et il détourna les yeux. Peut-être que ce n'était pas poli de prendre comme référence le vol devant un homme qui possédait sa propre paire d'ailes quand il le souhaitait. Ou était-ce autre chose ?

Pendant que je soufflais à l'ombre avec de l'eau, Gadrel et Zel firent un tour de piste, choisissant de le faire en même temps pour pouvoir faire la course. Sur le côté, je regardai avec grand plaisir Zel mettre une raclée à Gadrel, mais je poussai ensuite un cri de surprise quand quelque chose, ou plutôt quelqu'un, tomba du ciel à une allure phénoménale. Je me reculai rapidement alors que des ailes d'un gris charbonneux remplissaient ma vision et qu'un autre des hommes de main de Lucifer atterrissait avec bruit devant nous. Sam, me rappelai-je. Celui qui enquêtait sur la disparition de Brandy.

De tout évidence, il s'était hâté de nous rejoindre ici en volant. La sueur luisait sur sa tête rasée tandis que ses ailes sombres se fermaient derrière lui puis disparaissaient complètement. Waouh. Je ne pensais pas m'y habituer un jour.

— Que se passe-t-il, Samaël ?

Lucifer s'avança et Zel et Gadrel sortirent de leurs voitures pour se précipiter vers nous.

— Je les ai trouvés, déclara Sam.

Maintenant que la surprise de voir un autre homme ailé avait disparu, je me jetai vers lui, le cœur battant, effrayée de poser la question qui me brûlait les lèvres.

— Est-ce que Brandy est en vie ?

Sam s'approcha et acquiesça :

— Oui. Et Asmodée aussi.

Une énorme vague de soulagement m'envahit, si forte que

mes genoux se dérobèrent presque. En vie. *En vie* ! Dieu merci elle était en vie. Même si je devrais peut-être remercier Lucifer, comme c'était lui qui avait fait tout ça, du moins indirectement. Je fermai les yeux, tandis que la crainte qu'elle soit morte me quittait.

— Où ça ? demanda Lucifer.

— Ils sont retenus en otage dans un motel abandonné dans le désert, dit Sam. Par des démons. Des métamorphes, je crois.

Et juste comme ça, mon inquiétude revint.

— Elle est blessée ? Pourquoi l'ont-ils enlevée ?

Sam tourna ses yeux sombres vers moi.

— Nous n'avons pas encore déterminé la raison.

Lucifer empoigna une des épaules de Sam d'un geste qui sembla affectueux.

— Bien joué. Je savais que tu les retrouverais. Nous organiserons leur sauvetage ce soir. Samaël, Gadrel, avec moi. Azazel, reste avec Hannah et assure-toi de sa sécurité.

Zel et Gadrel se regardèrent, les sourcils levés.

— Vous mènerez l'assaut, mon seigneur ? demanda Zel, à l'évidence surprise.

Lucifer me jeta un rapide coup d'œil.

— Oui, j'en fais une affaire personnelle. Je t'ai promis de ramener Brandy et je tiens toujours mes promesses.

Je fis quelques pas vers lui.

— Je veux venir aussi.

Lucifer retira ses lunettes de soleil et les rangea.

— Je ne peux que saluer ta bravoure mais je ne peux pas t'y autoriser. C'est dangereux. Tu es humaine, après tout.

Gadrel acquiesça.

— Laissez les démons faire le travail de démon.

Je lui lançai un regard de défi.

— Aucun de vous ne serait au courant de tout ça si je ne vous l'avais pas dit.

Lucifer posa les mains sur mes épaules et me cloua au sol avec son regard intense.

— Et nous te remercions pour ça mais il n'y a rien que tu puisses faire. Crois-moi, Hannah. Je vais m'occuper de ça en toute hâte, et ton amie sera bientôt de retour. Je ne te décevrais pas.

Je déglutis et écrasai ma détermination obstinée. Même si ça me faisait mal de ne pas les accompagner, je savais qu'ils avaient raison. Que pouvais-je faire contre des démons ? Il y a quelques heures seulement, je n'étais même pas au courant de leur existence, et ce n'était pas comme si je savais me battre ou quelque chose dans le genre. Je gérais une boutique de fleuriste, bon sang, et il était le *diable*. Il n'y avait pas de comparaison.

Et pour une certaine raison, je lui faisais confiance. Ça n'avait aucun sens, mais toutes les fibres de mon être me disaient qu'il disait la vérité et qu'il ramènerait Brandy saine et sauve.

J'acquiesçai en silence et reculai. Lucifer leva la main pour prendre ma joue en coupe, me regardant dans les yeux tandis que ses grandes ailes noires se déployaient derrière lui en une bourrasque. Les ailes charbon de Samaël se déployèrent ensuite, suivies de celles de Gadrel, gris pâle. Sans en dire davantage, les trois s'élevèrent dans le ciel, nous cachant du soleil en agitant leurs grandes ailes.

Zel les regarda partir, la bouche crispée.

— Venez avec moi. Je vous ramène au Celestial.

Mais je ne bougeai pas d'un millimètre. Jusqu'à ce que les formes sombres ne soient plus que des petits points dans le grand ciel bleu, disparaissant petit à petit et me laissant seule avec une forte dose de peur et d'inquiétude. Et pas seulement pour Brandy... mais pour Lucifer également.

10

LUCIFER

En atterrissant devant le motel, le sol trembla sous mes pieds et des fissures apparurent dans le ciment, s'étalant dans la terre compacte des environs. La poussière se leva autour de moi alors que le vent tournait, les éléments en accord avec ma colère à peine contenue.

Des douzaines de soldats déchus atterrirent derrière moi, portant dans leur bras des succubes et des incubes. Les démons de luxure s'étaient portés volontaires dès qu'ils avaient appris qu'un des leurs était retenu en otage. Asmodée était très apprécié chez les Lilim pour diriger les clubs de strip-tease que beaucoup d'entre eux utilisaient pour se nourrir sans danger. Son enlèvement les révolta. Même si beaucoup d'entre eux se battaient bien, leur espèce n'avait pas d'ailes, c'était la raison pour laquelle ils comptaient sur les Déchus pour les transporter ce soir.

Nous nous trouvions au milieu de nulle part dans le Nevada, assez loin de l'autoroute principale pour que personne ne nous voie. De faibles lumières étaient allumées dans le motel, mais sinon le lieu avait l'air complètement abandonné ; les fenêtres étaient cassées, la peinture écaillée, et le nom de l'enseigne sur la façade, sur lequel on pouvait lire Desert Paradise Motel, ne tenait plus qu'à un fil. Une piscine vide et fissurée se tenait au milieu de la cour, à moitié remplie de boules d'herbes sauvages. Je savais cependant que l'endroit n'était pas aussi désert qu'il n'y paraissait.

L'air nocturne d'octobre était agréable et frais et je respirai dans les ténèbres, mes plus fidèles compagnes depuis des siècles maintenant. Même si j'avais été un soldat de lumière autrefois, j'étais indéniablement devenu le seigneur des ténèbres à présent. J'aspirai le pouvoir des ténèbres, le laissant m'emplir de toute sa force.

Avec Gadrel à ma gauche et Samaël à ma droite, je m'avançai d'un pas raide vers le motel délabré, la fureur brûlant dans mes veines. L'un de mes plus loyaux démons était retenu en otage ici avec la meilleure amie d'Hannah. Il valaient mieux qu'il soit en vie, putain, ou ils le paieraient cher.

Oh, mais qu'est-ce que je disais ? Ils allaient déjà le payer et le diable allait récupérer son dû.

Avant même d'atteindre l'entrée du motel, celle-ci s'ouvrit à la volée et deux hommes en sortirent et se mirent à nous tirer dessus. Des armes, sérieux ? Je levai une main et enveloppai les balles de ténèbres, les faisant disparaître dans la nuit avant qu'elles ne puissent me toucher ou les autres derrière moi.

Les deux hommes lâchèrent alors un grognement lorsque leurs corps s'agrandirent et se modifièrent, et que de la fourrure et des griffes apparurent. Des métamorphes ours. Des démons de passion et de colère qui devraient m'être loyaux.

Ils chargèrent et d'autres ours, loups et même chiens des enfers démoniaques émergèrent du motel par différentes sorties, descendant par les fenêtres, bondissant à travers des murs décrépits et sautant du toit. Mes anges déchus et mes Lilim se jetèrent immédiatement dans la mêlée avant qu'un des métamorphes ne puisse m'approcher, et je grondai à la vue de démons combattant d'autres démons.

— Ça suffit, beuglai-je, ma voix résonnant contre les montagnes avoisinantes comme un coup de tonnerre et renvoyée en écho autour de nous. Inclinez-vous devant moi, votre roi.

Aucun d'eux n'obéit, et le combat continua autour de moi. Je fis signe à Samaël de se rendre à l'intérieur et il s'élança, l'épée levée, avec quelques Lilim magnifiques et en colère sur ses talons. Gadrel combattit un énorme ours à côté de moi, se servant de son épée et de la magie des ombres pour maîtriser la bête. D'une grande balafre, Gadrel enfonça son épée dans la poitrine de l'ours, puis utilisa les ombres pour enserrer la gorge du métamorphe jusqu'à ce qu'il s'écroule, vaincu. Gadrel, sous ses airs d'ange joyeux, se montrait impitoyable dans les batailles, un rival de taille pour n'importe quel démon assoiffé de sang.

D'autres métamorphes essayèrent bêtement de m'attaquer. Leurs griffes acérées et leurs crocs grinçants glissaient sur ma peau sans me laisser de marques. Toute la colère que j'avais essayé de contenir et de ne pas montrer à Hannah se déversa face au manque de respect total pour mes pouvoirs. Peut-être était-il temps de leur rappeler qui j'étais.

Je rassemblai la nuit autour de moi, déployant toute l'envergure de mes ailes avant de la lâcher sur eux. Ma magie, telle des tentacules sombres, toucha et entoura chaque métamorphe qui se trouvait à l'extérieur de l'hôtel et les fissura en plusieurs morceaux, les déchiquetant membre après membre.

Est-ce que j'avais besoin d'une petite armée avec moi ? Non. Je pouvais détruire tout le monde ici d'une simple pensée. J'avais simplement espéré éviter les effusions de sang, pensant qu'une démonstration de force provoquerait un repli chez les métamorphes et qu'ils nous livreraient les otages. Mais ça ne s'était pas passé comme ça et à présent, j'étais vraiment furieux.

Davantage de métamorphes sortirent du motel, chassés par Samaël et ses guerriers Lilim. Un grand renard rouge s'arma de bravoure, cherchant à me mordre. Le même putain de métamorphe qui nous avait espionnés, Hannah et moi, pendant notre virée shopping.

Alors qu'il sautait sur moi avec ses crocs acérés, je refermai les doigts sur le cou de la créature et utilisai les ténèbres pour pénétrer en lui et écraser son cœur et ses poumons. Puis je jetai son corps au sol tandis que le restant de sa chair reprenait forme humaine. Il aurait dû écouter mon avertissement la dernière fois.

J'observai autour de moi la bataille qui faisait rage, mon torse se soulevant à mesure que je luttais contre le désir de réduire en cendres chacun des métamorphes restants. Peut-être se rendraient-ils maintenant.

Aucun d'eux ne le fit.

Je déployai mes ténèbres. Dès que les métamorphes encore debout virent émaner de moi le tourbillon d'ombres qui redoublait d'intensité, ils coururent, mais c'était trop tard. Ils m'avaient forcé la main.

Mes ténèbres s'enroulèrent autour du cou de chacun des ces petits traîtres rebelles, les retenant de s'enfuir d'un coup sec. Je pris toute la vie en eux, l'aspirant en moi, leur résistance ne me rendant que plus fort.

Leurs corps sans vie heurtèrent le sol et la bataille fut officiellement terminée. Je me tournai vers le motel à temps pour voir Samaël sortir de la porte principale avec Asmodée et une jolie petite femme noire. Sa peau sombre était recouverte de poussière et il y avait des traces rondes de sang coagulé sur ses habits, mais ses yeux marron brillaient toujours de détermination. Ce devait être Brandy.

Selon toute vraisemblance, elle semblait s'en tirer mieux qu'Asmodée et elle se tenait à son bras, comme si elle refusait d'être séparée de lui. La peau olive de l'incube était davantage recouverte de sang séché et de poussière, tout comme ses vêtement déchirés et lacérés. Ses yeux verts d'habitude animés étaient ternes et épuisés, et il trébucha sur le sol, s'appuyant sur Brandy pendant que Samaël l'observait, les sourcils froncés.

Je pris un mouchoir dans la poche de mon costume et m'essuyai lentement les mains.

— Dites-moi ce qui vous est arrivé.

— Ils nous ont kidnappés, dit Brandy. Ils l'ont torturé, l'ont obligé à parler de vous, mais il n'a pas cédé.

Je fus surpris que ce soit elle qui réponde en premier. Elle était courageuse, ça ne faisait aucun doute.

— Tu t'es nourri d'elle ? demandai-je à Asmodée.

Ce serait compréhensible étant donné les circonstances mais les humains ne pouvaient pas trop supporter les attentions d'un incube. J'avais besoin de savoir s'il avait blessé Brandy avant de la ramener auprès d'Hannah.

— Non, répondit Asmodée les dents serrés.

De toute évidence, il avait besoin de se nourrir et faisait tout son possible pour se retenir.

— Espèce d'idiot héroïque, murmura Brandy, ses yeux s'adoucissant en le regardant. Je t'ai dit que je comprenais.

Héroïque ? Asmodée ? L'incube qui gérait mes clubs de striptease et qui passait d'humaine à humaine comme si c'était de la chair fraîche ? Je faillis rire, jusqu'à ce que je vis la façon dont ils se regardaient. Les yeux verrouillés, quelque chose d'intense passa entre eux, comme un désir puissant. Ce devait être un effet secondaire de ses pouvoirs. Asmodée s'était peut-être abstenu de se nourrir d'elle mais la luxure qu'il inspirait était impossible à ignorer pour les humains.

— Je ne te ferais jamais de mal, lui dit Asmodée.

Samaël s'avança et prit le bras d'Asmodée, l'arrachant de Brandy avec un regard désapprobateur.

— Il faut que tu te nourrisses, mon fils. Je te ramène.

— Oui, allez-y, dis-je d'un balayement de la main. Je gère la situation ici.

Asmodée tendit les bras vers Brandy comme s'il allait lui caresser le visage, mais il s'abstint alors et son visage se fit sombre. Les ailes de Samaël se déployèrent et il attrapa son fils, avant de s'élancer dans le ciel. Contrairement à Samaël, Asmodée ne possédait pas d'ailes. Il tenait plus de sa mère, Lilith.

Brandy les regarda s'éloigner dans le ciel et se frotta les yeux, chassant les larmes qu'elle ne voulait pas que je vois. Puis sa tête se tourna tout à coup vers moi et elle me fixa avec une intense curiosité.

— Vous savez qui je suis ? demandai-je.

Comme elle devait sûrement être au courant pour les démons maintenant, cela ne servait à rien de cacher mes pouvoirs ou de prétendre être quelqu'un d'autre.

Elle se mordit les lèvres et acquiesça, mais j'étais impressionné qu'elle ne baisse pas les yeux ou détourne le regard.

— Asmodée me l'a dit. Je ne l'ai pas cru au début mais...

Elle supportait très bien tout ça, tout bien considéré. Je comprenais pourquoi Hannah vendrait presque son âme pour une telle amie.

— On va vous emmener à mon hôtel, le Celestial, en volant, là où vous pourrez récupérer en toute sécurité. Hannah est déjà là.

Brandy ne put s'empêcher de regarder les corps autour d'elle.

— Hannah ? Elle ne peut pas être là. Cet endroit, ce monde...

Peut-être était-ce trop dur à endurer pour une mortelle. J'agitai le bras et la nuit dévora les corps, les faisant disparaître. Cela ne fit que la faire sursauter cependant et je me demandai si j'en avais trop fait. Cela faisait longtemps que je n'avais pas montré mon vrai visage à des êtres humains, et j'oubliais à quel point ils devenaient nerveux à la vue du sang et de la magie.

— C'est grâce à Hannah qu'on vous a trouvée, expliquai-je. Elle sera rassurée de voir que vous allez bien.

— Je vais bien ? demanda-t-elle avec un petit rire.

Elle se frotta les bras et observa l'hôtel avec de sombres souvenirs dans les yeux. Oui, elle avait vraiment besoin de partir d'ici. Une fois que mes gens finiraient de fouiller le motel à la recherche de preuves, je le brûlerais en son honneur.

Je claquai des doigts.

— Gadrel, merci d'escorter Ms Brandy jusqu'au Celestial et de préparer pour elle l'une des suites de luxe.

Gadrel s'avança et acquiesça, ses ailes pâles s'étirant derrière lui. Elle les fixa la bouche ouverte, puis il lui dit quelque chose à voix basse avant de la prendre dans ses bras. J'aurais pu porter Brandy moi-même bien sûr, mais ça semblait être une trahison envers Hannah. Une autre femme dans mes bras ? Non. Je ne voulais que celle qui m'était destinée.

J'aboyai quelques ordres aux Déchus et Lilim restés sur les lieux, m'assurant qu'ils fouillent bien tout sur leur passage. Je ne connaissais pas la raison pour laquelle les métamorphes avaient enlevé Asmodée et Brandy mais cette trahison me faisait bouillir de rage. Je devais savoir si ce n'était qu'un groupe de véreux isolés ou si cela faisait partie d'un plus grand acte de mutinerie. Avec un peu d'espoir, Asmodée aurait des réponses une fois remis.

Je jetai un dernier coup d'œil tout autour de moi avant de m'élancer dans le ciel, impatient de dire à Hannah que son amie avait été secourue. J'avais rempli ma part du marché.

Maintenant, c'était à son tour de remplir la sienne.

11

HANNAH

J e fis les cent pas dans le penthouse jusqu'à ce que mes pieds me fassent mal. Ne devraient-ils pas être de retour à présent ? Je vérifiai l'heure pour la cinquantième fois mais seulement deux minutes avaient défilé depuis ma dernière vérification. Je gémis et me détournai avant de devenir encore plus folle.

Azazel m'observait depuis le canapé en cuir noir dans le salon de Lucifer. Avec sa peau riche et sombre et ses habits en cuir noir, elle ressemblait à une panthère, extrêmement et étonnament détendue. Tout en buvant son verre de vin rouge, elle observait chacun de mes mouvements comme si elle devait en rendre compte à Lucifer.

— Vous me fatiguez, petite mortelle.

Elle bâilla et changea de position, s'étirant comme un félin.

Je m'arrêtai et soupirai.

— Je suis désolée que mes cent pas vous fatiguent. N'êtes-vous pas du tout inquiète ?

Zel grogna.

— Pas du tout. Si votre amie n'est pas déjà morte, Lucifer ne laissera personne la blesser. Et si elle l'est, eh bien, c'est trop tard.

Je levai les mains en l'air à cette réponse exaspérante.

— Et Lucifer ? C'est votre chef, non ?

En guise de réponse, elle rit.

— Vous n'avez, mais alors vraiment pas besoin de vous inquiéter pour lui.

Peut-être pas, mais j'étais surprise que la simple pensée qu'il soit blessé me serre la poitrine et fasse battre mon cœur. Pourquoi m'en souciais-je ne serait-ce qu'une minute ? C'était le *diable*, bon sang de bonsoir ! Devrais-je l'encourager, ou était-ce prendre le parti du mal ? Mais s'il sauvait une femme innocente de ses ravisseurs, cela ferait-il de lui le gentil ? Mince, tout ça était déroutant.

Et pourtant, je n'aurais pas dû m'inquiéter. Je ne connaissais Lucifer que depuis quelques jours, durant lesquels il m'avait, pour résumer, retenue en otage. D'accord, il m'avait aussi acheté pleins de jolies choses et m'avait traitée comme une reine, mais j'avais également vu des choses plutôt terrifiantes. Sans oublier que j'avais failli mourir.

Dire que j'étais en conflit avec moi-même aurait été un euphémisme.

Je pris une grande inspiration. Tout ce que je voulais, c'était que Brandy soit saine et sauve. Je me concentrerais là-dessus et m'occuperais de tout le reste plus tard.

N'ayant rien d'autre à faire qu'attendre, je me laissai tomber dans un des fauteuils et remuai les jambes. Zel bougea encore sur le canapé, tel un chat, s'adaptant pour mieux me voir.

— Alors vous êtes un ange déchu ? demandai-je en essayant de faire la conversation.

Surtout pour m'empêcher de regarder encore l'heure.

— Si vous voulez *vraiment* le savoir, j'étais autrefois une Erelim.

Je la regardai, le regard vide.

— Je suis supposée savoir ce que c'est ?

Elle soupira et se mit à parler comme si elle expliquait quelque chose que même un enfant connaîtrait.

— Les anges sont regroupés en quatre catégories, chacune avec des capacités différentes. Les Malakim sont guérisseurs, les Ishim peuvent devenir invisibles, les Ofanim décèlent la vérité et les Erelim sont des guerriers de lumière.

Je haussai les épaules. Je ne savais toujours pas de quoi elle parlait.

— Donc qu'est-ce qu'il s'est passé ?

Elle me fusilla de son regard sombre.

— J'ai suivi Lucifer en Enfer et suis devenue une Déchue, comme le reste de ses loyaux soldats.

Ma bouche s'ouvrit.

— Ça fait que vous avez plus de mille ans ?

Elle examina distraitement l'un des ses parfaits ongles rouges.

— Oui, j'ai été la lame de Lucifer pendant de nombreuses années de guerre et de paix.

— Une guerre ? Quelle guerre ?

Au moins, Zel était une bonne distraction contre mes inquiétudes.

— La Grande Guerre.

Elle attendit une réponse de ma part, mais je me contentai de hausser les épaules et elle leva les yeux au ciel avant de préciser :

— La guerre entre le Paradis et l'Enfer ?

— Oh, d'accord.

J'aurais sûrement pu deviner cela.

— La guerre a-t-elle toujours lieu ?

— Non, elle s'est terminée il y a environ trente ans quand

Lucifer et l'Archange Michaël ont signé les Accords de la Terre, et nous avons tous été forcés de quitter le Paradis et l'Enfer pour vivre dans ce royaume ennuyeux, ricana-t-elle. Les anges et les démons sont soi-disant en paix depuis lors.

— Pourquoi n'as-tu pas l'air contente de cela ?

— Je préfère la guerre, répliqua sèchement Zel.

Ses paroles étaient irrévocables, mais ce n'était clairement pas la seule raison. Pendant que j'oscillais entre laisser tomber ou poser davantage de questions – parce que j'avais toujours un million de questions sur les anges et les démons – le son d'une vitre brisée emplit la pièce.

Je criai quand des éclats de verre tombèrent sur nous. Zel fut tout de suite au-dessus de moi, protégeant mon corps avec le sien, me pressant contre le sol en marbre. Je réussis à tendre le cou et voir des gens aux ailes de chauve-souris démoniaques et à la peau grisâtre s'engouffrer dans la pièce, et je faillis crier à nouveau.

— Des gargouilles, cracha presque Zel. Restez couchée !

Ça m'allait très bien. Hors de question que je m'approche de ces choses. Si j'avais eu des doutes sur l'existence des démons, ils s'envolèrent par la fenêtre à la seconde où je vis les monstres ailés débarquer.

Zel se leva d'un bond et se mit en action. Je contemplai, la bouche ouverte, tandis qu'elle sortait deux poignards de leurs étuis à ses hanches et se mit à décimer les créatures. Son adresse avec les poignards était incroyable et elle les maniait presque plus vite que ce que mon œil parvenait à percevoir. L'un brillait d'un éclat blanc, tandis que l'autre luisait d'une étrange lumière bleue qui me rappelait les ailes de Lucifer. Cependant, les gargouilles semblaient impénétrables, avec leur peau dure comme de la pierre, et ses coups rebondissaient sur eux. Seule la lame blanche semblait un peu les blesser.

Je me retournai rapidement au son d'un grognement inhumain derrière moi et un souffle chaud et fétide flotta au creux de mon cou. Une des gargouilles avait réussi à contourner Zel. Avec un cri perçant, je traversai le tapis à quatre pattes, de minuscules éclats de verre s'enfonçant dans mes genoux. La gargouille m'attrapa une jambe, m'attirant vers elle d'une poigne ferme et une pure terreur m'envahit. Je grognai et donnai un coup de pied dans son visage avec mon autre jambe, qui atterrit avec succès dans son nez.

C'était comme frapper un énorme rocher.

J'étais quasiment certaine de m'être fait plus mal au pied que je ne l'avais blessé à la tête. Ces enfoirés étaient vraiment faits de pierre. Ses doigts incroyablement forts m'attirèrent vers elle, peu importe à quel point je me débattais, mais c'est alors que Zel enfonça son poignard blanc dans la poitrine de la bête. La créature hurla et me libéra, me donnant suffisamment le temps de ramper loin d'elle.

La porte de la bibliothèque de Lucifer était ouverte et je me ruai à l'intérieur, courant plus vite que je ne l'avais jamais fait dans ma vie. Je me précipitai et essayai de fermer la porte de l'intérieur, mais une autre gargouille glissa sa main dans l'entrebâillement de la porte au dernier moment, l'empêchant de se fermer complètement. D'une force surhumaine, elle poussa la porte d'un grand coup et je jurai en battant en retraite.

Je parcourus la pièce avec frénésie, à la recherche d'une arme. N'importe quoi qui puisse me maintenir hors de portée du monstre. Mon regard atterrit sur l'épée décorative exposée sur le mur, derrière le bureau de Lucifer qui donnait la chair de poule. Elle sembla m'appeler et je fus incapable de détourner les yeux d'elle.

Avant de douter de mon initiative, je me mis sur la pointe des pieds et tirai d'un coup sec sur l'épée, l'arrachant de son fourreau paré de bijoux, puis je chancelai en avant, surprise du poids de l'épée. Le bout toucha presque le sol avant que je ne me redresse et fasse un mouvement de balancier avec, juste à temps pour qu'une lumière blanche et aveuglante ne s'échappe de la lame et ne lacère la poitrine de la gargouille. L'épée luisante s'enfonça dans la pierre comme si c'était du beurre et je poussai une exclamation quand la bête s'écrasa au sol, morte.

L'impact du corps de pierre contre le sol en marbre laissa des fissures et fit voler de la poussière et des gravats. Dès que la vie la quitta, ses ailes disparurent et elle se transforma en une chose qui ressemblait pratiquement à un être humain normal. Un être humain très normal et très mort.

Oh putain, je venais de tuer quelqu'un.

Avant de digérer ce que j'avais fait, une autre gargouille me chargea dans la bibliothèque. Par un pur instinct de survie que je semblais avoir activé, l'épée continua à fendre l'air, découpant mon attaquant d'une adresse que je n'aurais jamais rêvé posséder.

Je n'eus pas le temps de m'interroger à ce sujet. D'autres gargouilles passèrent la porte, et mes mains continuèrent à se mouvoir, tout comme le reste de mon corps à mesure que je dansais, combattais et tuais. C'était comme si j'avais découvert une mémoire musculaire dont j'ignorais l'existence, comme si j'avais presque vécu toute ma vie une épée à la main. Et c'était une bonne chose parce que je me tenais là, à brandir cette fichue épée et à l'abattre à chaque fois sur ma cible comme si ma vie en dépendait ; ce qui était entièrement le cas.

Gargouille après gargouille tombèrent au sol sous la lame acérée et brillante, puis Zel se battit à mes côtés, ses mouvements incroyablement rapides et enveloppés de ténèbres. Elle lançait un poignard puis utilisait des ombres en forme de tentacules pour le ramener dans ses mains et si je n'avais pas été en train de me battre avec mes propres démons, je me serais arrêtée pour la regarder.

— Ça va, petite mortelle ? cria Zel en poignardant une gargouille à la gorge.

— Je crois ? répondis-je en esquivant de justesse les griffes d'une gargouille.

D'un coup puissant, je lui coupai la tête, tel un seigneur de guerre assoiffé de sang et prêt pour la bataille. Ok, ce n'était peut-être pas tout à fait vrai. Mais je ne pouvais pas non plus m'arrêter.

Zel abattit la dernière gargouille, puis nous fûmes seules. Debouts au milieu des corps gisant. Essoufflées et couvertes de poussière et de sang.

Je me regardai et l'horreur du carnage me saisit. L'adrénaline me quitta subitement et l'épée tomba de ma main et cliqueta sur le sol. Je regardai mes mains tremblantes, me demandant si c'étaient les miennes. Comment avais-je fait tout cela ? Je n'avais jamais tenu une épée auparavant, d'aussi loin que je me souvienne. Pourtant j'avais, je ne savais comment, abattu mes attaquants comme si ce n'était rien. Comme si j'étais née pour me battre.

— Comment ? dis-je en levant la tête vers Zel, le cœur battant et la bile remontant dans la gorge. Comment est-ce que j'ai... ?

Zel s'appuya contre l'une des grandes étagères, semblant complètement à l'arrêt tandis qu'elle nettoyait ses poignards avec un petit chiffon.

— C'était un sacré spectacle. Je dois l'admettre, je suis impressionnée, petite mortelle.

Mon regard parcourut les corps sans vie en sachant que j'étais responsable de leur mort.

— Je les ai tués. Oh mon dieu, je les ai tués.

Elle haussa les épaules comme si ce n'était pas grave.

— C'était toi ou eux.

S'éloignant de l'étagère, elle donna un petit coup de pied à l'épée que j'avais utilisée, puis la ramassa prudemment avec son chiffon, comme si elle avait peur qu'elle la brûle, même si la vive lumière avait disparu. Je ressentis une pointe de quelque chose ressemblant à de la possessivité quand elle la toucha, comme si je voulais lui arracher la lame des mains et lui crier « À moi ! ». À la place, je me reculai, secouant la tête pour m'éclaircir les idées. Qu'est-ce qui n'allait pas chez moi ?

— Comment j'ai fait ça ? demandai-je d'une voix chancelante.

— Ce n'est pas à moi de te le raconter, répondit-elle. Tu devras demander à Lucifer.

Elle sortit de la bibliothèque, me laissant là au milieu de la mort ; celle que j'avais causée de mes propres mains.

12

―――――

LUCIFER

J e me posai avec précipitation sur le balcon du penthouse, saisissant la destruction. Les fenêtres du salon avaient toutes été brisées et de minuscules éclats de verre brillaient à la lumière de la lune. La panique et la crainte tentèrent de s'emparer de moi alors que je m'engouffrais à l'intérieur.

— Hannah ? criai-je.

Mes meubles avaient été retournés et cassés, une fine couche de poussière et de gravats recouvrait le sol et puis il y avait du sang. Pas de cadavres cependant et aucun signe ni d'Hannah, ni d'Azazel.

Je courus à la chambre d'Hannah, mais elle était vide et intacte à l'exception de la fenêtre brisée et du verre étalé sur le sol. Où était-elle ? Je retournai dans le salon et en fis le tour. Ma rage et ma peur prirent presque le dessus. Les ténèbres glissèrent de mes doigts car j'étais avide de trouver quelqu'un à punir pour cette invasion. Comment osaient-ils attaquer *mon* penthouse ? Où était *ma* femme ?

— Elle va bien.

Tournoyant sur moi-même, je faillis abattre Azazel avec ma magie noire avant de me maîtriser.

— Où est-ce qu'elle est ?

— Dans votre chambre. Elle dort et s'en est sortie indemne.

Le soulagement se propagea en moi et j'inspirai un grand coup, puis posai une main sur l'épaule d'Azazel.

— Merci de l'avoir protégée. Je savais que tu ne me décevrais pas. C'étaient des gargouilles, c'est ça ?

En guise de confirmation, elle fit un petit oui de la tête.

— Elles ont essayé d'enlever Hannah.

Mes poings se serrèrent, impatients de dechaîner les feux de l'enfer. D'abord des diablotins, puis des métamorphes et maintenant des gargouilles, tous mes démons s'étaient-ils retournés contre moi ? Et pourquoi attaquer maintenant ? Ils avaient dû apprendre que nous allions nous absenter pour secourir l'amie d'Hannah. Une autre trahison envers ma personne.

— Il y a quelque chose que vous devriez voir, dit Azazel.

Elle me conduisit dans la bibliothèque, là où les cadavres de gargouilles formaient un cercle. Le personnel de nettoyage s'affairait toujours et ils inclinèrent tous gravement la tête avant de se remettre au travail. Même si une grande partie du carnage avait disparu, j'aperçus des têtes décapitées et bien plus d'attaquants qu'Azazel n'aurait pu affronter seule.

Je haussai un sourcil.

— C'est toi qui as fait ça ?

Azazel croisa les bras et inclina la tête dans ma direction.

— Non, on m'a aidée. Hannah m'a aidée. Elle a utilisé l'Étoile du Matin.

Je jetai un coup d'œil à l'endroit sur le mur où l'épée était habituellement exposée, mais elle n'y était plus. Puis je la vis, posée sur mon bureau, à côté de son fourreau incrusté de pierres précieuses. Je pris et examinai l'épée, mon arme quand j'avais été un Archange au Paradis ; elle était désormais recouverte du sang des gargouilles et de résidus de pierre mais continuait à luire de la lumière blanche des anges. Je la nettoierais plus tard, après avoir vérifié dans quel état se trouvait ma moitié.

— Impressionnant, dis-je en reposant l'épée. Elle doit enfin se rappeler.

Je laissai Azazel dans la bibliothèque et marchai d'un pas raide vers ma chambre. La porte n'était pas totalement fermée et je l'ouvris discrètement. Hannah dormait sur le lit, roulée en boule, mon oreiller fermement maintenu contre sa poitrine. Elle s'était endormie tendue à en croire ses sourcils froncés et, à un moment donné, elle avait rejeté les draps pour en faire un tas sur le côté libre du lit.

Ma rage s'atténua, se transformant en grand soulagement face à cette vision. Quand j'étais arrivée et que j'avais découvert les preuves d'une attaque, je m'étais attendu au pire. Même si la mort d'Hannah serait inévitable, je voulais passer plus de temps avec elle avant cela.

Pendant quelques secondes, je ne fis que la contempler, la regardant respirer. Elle portait une autre de ces petites nuisettes moulantes que nous avions achetées hier et qui soulignaient toutes les courbes de son corps. Ses cheveux dorés étaient déta-chés sur ses épaules et une de ses mains était tendue, comme si elle me cherchait. Un désir intense de la posséder me parcourut mais je le repoussai dans de sombres abysses.

Je m'assis avec précaution à côté d'elle et posai ma main sur son épaule, ressentant le besoin de sentir sa peau douce pour confirmer qu'elle était en vie. Je n'avais pas l'intention de la réveiller, mais au moment où je la touchai, ses yeux s'ouvrirent et elle se redressa immédiatement en position assise, comme prête à déguerpir.

La tension disparut dès qu'elle me vit.

— Lucifer ?

Je gardai ma main sur son épaule, espérant qu'elle reste calme.

— Ça va aller. Je suis là. Brandy est sauvée.

Hannah me surprit en se jetant dans mes bras et en lâchant ce qui ressemblait à un sanglot de soulagement.

— Elle va bien ? C'est vrai ?

Je la tins tout contre moi, savourant la sensation de l'avoir dans mes bras encore une fois. Là où était sa place.

— Bien sûr qu'elle va bien. Je te l'ai promis, non ?

Elle recula doucement et sécha ses larmes.

— Merci. Où est-elle ?

— Dans une suite de l'hôtel, avec un docteur humain qui l'examine et aussi plein de nourriture et pleins de gardes du corps. J'ai fait apporter des habits pour elle aussi, et j'ai envoyé quelqu'un dire à sa famille qu'elle allait bien.

— Tu as fait tout ça ? demanda Hannah en penchant la tête pour m'étudier.

— C'est la moindre des choses. On l'a enlevée dans mon hôtel, après tout.

— Je peux la voir ?

Je secouai la tête.

— Ton amie a vécu une expérience traumatisante et est épuisée. Là maintenant, elle a besoin de dormir plus que tout autre chose.

Ses épaules s'affaissèrent face à sa déception, alors j'ajoutai rapidement :

— Cependant, je vous ai réservé une journée au spa demain. Un jour de paresse, si tu préfères.

— Une journée spa, ça m'a l'air bien.

Ses yeux se concentrèrent sur ma chemise blanche et elle

tendit la main pour toucher un endroit, ses paumes se posant contre mon torse.

— Tu saignes ?

Mes muscles se contractèrent à son toucher.

— Je vais bien. Ce n'est pas mon sang.

— J'imagine que le thème de ce soir était la colère. Pour tous les deux.

Ses paroles étaient à peine audibles et elle détourna les yeux, son visage se tordant en une grimace.

Je sentis l'agitation en elle et supposai que cela avait quelque chose à voir avec l'attaque.

— Tu veux me raconter ce qui s'est passé ?

Elle me regarda avec de grands yeux choqués.

— Ces... gargouilles ont volé jusqu'ici et nous ont attaquées. Zel les a combattues mais il y en avait trop. J'ai couru à la bibliothèque et j'ai pris cette épée sur le mur et c'était comme si on m'avait appris à m'en servir. Mon corps bougeait et fonctionnait tout seul, sans que je ne contrôle rien. C'était comme... ajouta-t-elle en hésitant et en fronçant les sourcils. Comme une mémoire musculaire ou quelque chose du genre.

Elle regarda ses mains, choquée et peut-être un peu excitée. Bien sûr, qu'elle sache manier une épée n'était pas un mystère. Pas pour moi, en tout cas. Mais était-ce le bon moment pour le lui dire ?

— Peut-être que tu as mis le doigt sur des souvenirs profondément réprimés ? suggérai-je en espérant que mes paroles fassent éventuellement écho à quelque chose.

— Peut-être, murmura-t-elle, mais rien ne changea dans son expression.

Je tendis la main et caressai doucement sa joue.

— Cette épée était la mienne quand j'étais dans l'Armée

Angélique, forgée pour transpercer les démons en utilisant la lumière céleste. Peu sont ceux à pouvoir la brandir sans se faire brûler. Je suis content qu'elle t'ait protégée ce soir.

Elle haussa une de ses épaules nues.

— Zel a fait le plus gros.

— D'après ce qu'elle m'a dit, il semblerait que tu te sois bien défendue. Est-ce que ça va ? Tu n'es pas blessée ?

Je glissai mes doigts dans sa douce chevelure dorée.

Elle inspira longuement puis me fit un faible sourire.

— Je vais bien. Physiquement en tout cas. Émotionnellement... je suis assez secouée. Au moins Brandy va bien. Je te suis si reconnaissante pour tout ce que tu as fait pour elle. Et pour moi.

À sa façon de me regarder, ma poitrine se serra de désir.

— Je l'ai fait avec plaisir et c'était mon devoir. Je ferais n'importe quoi pour toi.

Elle leva les sourcils à cette dernière phrase.

— Peut-être que le diable n'est pas aussi méchant que tout le monde le dit.

Je ris sombrement.

— Je t'assure, je suis en tout point le méchant qu'ils pensent que je suis.

— Je n'y crois pas.

— Est-ce que je dois te le prouver ?

Je pris son menton dans ma main, tournai sa tête sur le côté puis me penchai près d'elle, respirant son parfum sucré. Je voulais en emplir mes poumons, m'enivrer d'elle jusqu'à ce qu'elle recouvre mon cœur sombre et vide de sa lumière. Mon âme se languissait de la posséder mais je me contentai de presser ma bouche juste sous son oreille. Le goût léger me rassasia à peine, surtout quand je sentis son pouls s'accélérer et sa respiration s'essouffler. Est-ce que je l'excitais ? Me désirait-elle autant que je la désirais ?

Je fis courir mon pouce sur ses lèvres douces, les imaginant entourer ma queue ou crier mon nom au moment de l'orgasme. Ses yeux se fermèrent doucement à mon léger toucher, ses seins se levant et s'abaissant en même temps que sa respiration lourde, ses tétons frottant contre le tissu fin de sa nuisette. Ma bouche traça un sillon dans son cou, si doucement qu'elle se cambra contre moi, incapable de se contrôler.

— Lucifer, haleta-t-elle doucement tandis que mes lèvres atteignaient la courbe de son cou.

Ses doigts agrippèrent ma chemise et s'enfoncèrent dans mes bras, non dans le but de m'arrêter mais de m'attirer plus près d'elle. Son besoin désespéré concordait avec le mien et le fond de ma gorge émit un long gémissement de satisfaction masculine. Cette femme causerait ma perte autant qu'elle serait mon salut, comme toujours.

Je tournai son visage vers moi, croisai son regard, puis m'emparai de ses lèvres, réclamant le baiser que j'avais longtemps attendu. J'avais rêvé de ce moment depuis des années, mais ce fut bien meilleur que tout ce que j'avais imaginé. Ma bouche captura la sienne et le temps s'arrêta. Pour la première fois depuis une éternité, je me sentais *vivant*. Entier. Complet. Je sentais le sang circuler dans mes veines et mes sens s'aiguiser pendant que les ténèbres nous entouraient. J'approfondis le baiser, l'entourant de mes bras et explorant sa bouche du bout de ma langue. Ses doigts glissèrent autour de mon cou pour me rapprocher d'elle et me rendre mon baiser avec la même passion. Même si elle ne se souvenait pas de la vérité sur nous, c'était différent pour son corps, et son instinct lui disait qu'elle m'appartenait.

Quand je me reculai, elle lécha ses lèvres et fixa ma bouche d'un air affamé, avide d'en obtenir davantage et putain, qu'est-ce que je voulais la satisfaire ! Tout en moi me disait de prendre possession de son corps encore une fois et je savais qu'elle me laisserait faire tout ce que je voulais. En quelques minutes, je parviendrais à faire en sorte qu'elle me supplie, jusqu'à ce qu'elle sache au plus profond de son âme qu'elle était à moi et à moi seul.

Mais je ne pus m'y résoudre.

Pas encore.

Ses yeux d'un bleu saphir étaient embués de sommeil et de désir mais quelque chose me retint de la faire mienne. Une légère hésitation dans son regard, un petit tremblement dans son toucher. Elle n'était pas prête pour ça. Pas après la nuit qu'elle venait de passer. L'acte même de me contenir faillit causer ma perte mais je me dis que la posséder n'en serait que plus savoureux quand ça arriverait. Je pressai un dernier baiser ardent dans le creux de sa gorge puis relâchai un peu mon étreinte.

Elle sembla perdue un moment, puis on entendit des pas derrière la porte. La rage menaça de refaire surface ; qui osait m'interrompre au lit avec ma femme ?

Gadrel s'avança avec détermination dans la chambre puis s'arrêta quand il vit Hannah dans mes bras. Elle semblait légèrement sous le choc, touchant ses lèvres comme si elle était toujours abasourdie par la façon dont je l'avais embrassée. Je ne pouvais pas lui en vouloir.

— Je suis désolé de vous interrompre, dit Gadrel en détournant les yeux. Je reviendrai plus tard.

Je lâchai Hannah même si cela m'attristait de le faire.

— Ce n'est pas grave. Ton rapport ?

— Nous sommes parvenus à capturer l'un des métamorphes du motel. Nous le gardons en détention pour l'interroger en ce moment même.

— Très bien. Ils ont trouvé autre chose dans le motel ? Des indices sur leur meneur ?

Il garda la tête baissée.

— Non, mon seigneur.

Un grondement bas sortit de ma poitrine. Diablotins, métamorphes et gargouilles s'étaient tous retournés contre moi ou Hannah ces derniers jours. Depuis qu'elle avait fait son apparition dans ma vie, les démons qui m'étaient autrefois loyaux se rebellaient contre moi. Était-ce une coïncidence ou cela faisait-il partie d'une conspiration ? Les Déchus et les Lilim semblaient toujours m'être loyaux, mais qu'en était-il des dragons et des vampires ? J'avais besoin d'interroger ce métamorphe ce soir et de découvrir les profondeurs de cet acte de mutinerie. Quoi qu'il en soit, je devrais m'occuper de ce problème avant que d'autres démons pensent aussi à me défier.

Je passai une main dans mes cheveux, la colère et le désir refoulé accentuant mes mouvements.

— Merci Gadrel. On se retrouve dans la cellule de crise très vite.

Il inclina la tête puis partit et je me retournai vers Hannah, qui avait écouté la conversation ; ses yeux intelligents brillaient des questions qu'ils contenaient. Et mince. Il fallait que je lui dise qui elle était mais d'abord, je devais m'occuper de ce problème de rébellion. D'autre part, elle n'était pas prête pour d'autres surprises ce soir.

— Dors, lui dis-je en relâchant son dos pour l'allonger sur le lit, et chargeant encore une fois mes paroles d'une pointe de magie. Reste ici dans mon lit, là où est ta place. Je vais m'assurer de ta sécurité.

Elle acquiesça lentement de la tête en se couchant, ses paupières se faisant lourdes.

— Ne pars pas tout de suite.

Mon cœur se serra à cette gentille requête.

— Je reste jusqu'à ce que tu t'endormes.

Elle sembla s'en satisfaire et je caressai doucement sa tête tandis qu'elle se détendait, moins crispée qu'avant. Je mourrais d'envie de m'allonger à ses côtés, de me recroqueviller contre elle et de prendre sa petite silhouette dans mes bras, mais je devais m'occuper de certaines choses ce soir.

Demain. Je lui dirais la vérité demain.

13

HANNAH

Dormir dans la chambre de Lucifer était un niveau extrême de décadence. Je m'étais échappée là-bas parce que c'était la seule pièce dans le penthouse qui n'avait pas souffert de l'attaque des gargouilles. L'épuisement pur et le choc persistant me firent m'endormir au milieu des draps de soie noire qui avaient son odeur. Quand je m'éveillai à son toucher et qu'il m'apprit que Brandy était en vie, je n'avais jamais ressenti un soulagement et une gratitude aussi étourdissante. Il avait prétendu être un méchant mais hier soir, il avait été mon héros.

Et puis il y avait eu ce baiser et sa façon de me toucher, comme s'il connaissait déjà chaque centimètre de mon corps. Je sentis à nouveau l'excitation affluer dans mon sexe rien que d'y repenser. Je l'imaginais avec moi ici dans le lit alors que je m'étirai dans les draps doux, le soleil du matin filtrant à travers les fins rideaux noirs. J'ignorais complètement où il avait dormi la nuit dernière ou s'il avait dormi. La dernière chose dont je me souvenais, c'était sa caresse sur mes cheveux pendant que le sommeil me submergeait.

Je découvris avec un pincement au cœur que Lucifer n'était

pas non plus dans la cuisine. J'étais sûre qu'il s'occupait des conséquences des évènements d'hier soir et je voulais aller voir Brandy de toute façon, mais je continuais à sentir son absence dans le grand penthouse vide. Je bus rapidement mon café, mangeai un muffin puis enfilai un legging et un t-shirt de ma propre garde-robe.

Une fois prête, je descendis précipitamment au spa du Celestial retrouver Brandy, encerclée d'Azazel et de quelques gardes. Ce n'était pas une surprise que le Celestial possède son propre spa. Il semblait qu'il y avait tout dans l'hôtel casino de Lucifer. Je vis même un distributeur de bouteilles de champagne en parcourant les couloirs de marbre. Je pourrais sûrement vivre toute ma vie dans cet hôtel sans avoir besoin d'en sortir ; surtout si Lucifer continuait d'amener le monde à mes pieds. Les souvenirs de son baiser me revinrent en mémoire et cette pensée mit presque le feu à ma culotte. Peut-être qu'être l'otage du diable n'était pas si mal finalement.

J'entrai dans le Diabolique Day Spa et m'émerveillai devant l'énorme fontaine relaxante devant moi. Tout était en marbre blanc, agrémenté de verre bleu brillant et de jolies lignes incurvées.

Une belle femme s'avança vers moi. Je me demandai un court instant si elle était un démon et si oui, de quelle espèce ?

— Ms Thorn, dit elle. Nous vous attendions.

— Mon amie est déjà là ? demandai-je.

— Non mais nous vous l'amènerons dès qu'elle arrivera. Suivez-moi.

Elle me fit signe vers le couloir. On m'emmena le long de sols chatoyants et me fit passer une porte bleu givré, pour arriver dans une pièce où se trouvaient deux tables de massage. Une autre femme s'approcha avec une flûte de champagne et je la renvoyai.

— Non, merci.

Elles me laissèrent seule dans la pièce. Pour que je me change, supposai-je. En vérité, je ne m'étais jamais rendue dans un spa, du moins, pas à mon souvenir, et je n'étais pas sûre de tout ce que cela impliquait. Au lieu de me déshabiller, j'arpentai la pièce avec des papillons dans le ventre. Brandy était supposée arrivée à tout moment.

Quand la porte s'ouvrit à nouveau, je me précipitai sur ma meilleure amie. Elle avait l'air trop mince et des poches d'un violet grisâtre soulignaient ses yeux brun foncé, mais elle était en vie et en sécurité et c'était tout ce qui importait.

Je l'entourai de mes bras.

— Brandy ! Je me suis tellement fait du soucis !

Brandy me serra fort.

— Merci d'être venue à Las Vegas pour me chercher.

— Qu'est-ce que j'aurais pu faire d'autre ? Je suis tellement contente que tu ailles bien.

Nous ne nous lâchâmes pas pendant plusieurs minutes, chacune s'accrochant à l'autre. Mes yeux se remplirent de larmes et je l'entendis renifler également.

Je la fis reculer et l'examinai encore. J'avais raison : son visage était maintenant émacié et sa peau sombre habituellement éclatante semblait terreuse. Elle n'avait pas dû bien manger pendant son enlèvement, voire pas du tout. Merci Lucifer de l'avoir secourue à temps. Il y avait également une noirceur dans ses yeux qui n'était pas là auparavant, comme si elle avait vu et appris des choses qui l'avaient secouée au plus profond de son être. Je me demandai si j'avais le même regard.

Tandis que nous nous serrions dans les bras et pleurions, les masseuses vinrent régulièrement dans la pièce pour nous trouver toujours accrochées l'une à l'autre, et il nous fallut plusieurs essais avant de nous séparer et de nous allonger sur les tables pour notre premier rendez-vous de la journée. Cependant, les massages complets du corps n'attendaient pas et Brandy semblait avoir vraiment besoin d'attentions et de soins.

— Nous ferions mieux de les laisser nous masser avant qu'elles ne s'enflamment, dis-je.

Brandy réussit à esquisser un semblant de sourire et hocha la tête.

— J'aurais bien besoin d'un bon massage.

Nous nous étendîmes et essayâmes de tenir une conversation floue pendant que les autres femmes étaient dans la pièce. Je lui parlai de sa mère et de son fils, à quel point ils s'étaient inquiétés, et nous discutâmes de ce que nous avions vu à Vegas. La conversation ne fit cependant qu'accentuer mon urgence d'en savoir plus et je pouvais à peine attendre que les massages soient terminés pour que nous puissions parler comme il fallait.

Une fois nos massages finis, les femmes nous conduisirent dans une autre pièce. L'éclairage était tamisé et on y trouvait un comptoir à l'aspect luxueux et deux chaises inclinables, similaires à celles que l'on trouvait habituellement dans un salon de coiffure. Plusieurs pots et machines étaient posés sur le comptoir. Les outils de travail, supposai-je, même si je ne pouvais imaginer à quoi servaient ces machines. L'une d'entre elles nous offrait du champagne, ce que Brandy accepta avec plaisir.

— L'esthéticienne sera bientôt là, dit la femme. Mr Ifer nous a ordonnées de vous laisser au moins une demi-heure de pause entre chaque session. Il a dit que vous seriez pressées de rattraper le temps perdu.

Je la remerciai d'un sourire, bien que je me demande si ce n'était pas Lucifer que je devrais remercier. Encore une fois. Comment pouvait-il vraiment être le diable, avec toute la cruauté et la noirceur que cela impliquait, et continuer à me faire fondre avec ses petites attentions ? Mais mon sourire disparut rapidement en regardant Brandy une fois que nous fûmes seules et je tremblai en pensant aux choses qu'elle avait vécues.

Je m'affalai dans une des chaises.

— Raconte-moi ce qui s'est passé.

— C'est vraiment le putain de luxe ici, dit Brandy avant de descendre sa flûte de champagne.

Je devais bien le reconnaître, c'était facile de se laisser distraire par les pièges de la vie de Lucifer, surtout quand il y avait un sujet difficile à aborder. Elle contempla son verre vide.

— Si c'est trop difficile d'en parler, je comprends.

Elle s'assit à côté de moi et secoua la tête.

— Non, ça m'aidera d'en parler. C'est tellement fou qu'il faut que je le raconte à quelqu'un, dit-elle la respiration saccadée. Bon, tu sais que je suis venue à Las Vegas pour une conférence de bibliothécaire, n'est-ce pas ? Mais quand je suis arrivée, il n'y avait pas de conférence.

Je hochai la tête. J'avais appris la même chose quand je m'étais mise à fouiner.

— Je ne savais pas quoi faire. Je veux dire, j'étais à Vegas, toute seule, sans rien à faire. Au final, je suis allée boire un verre dans un bar.

Son regard se fit lointain et rêveur. Elle continua :

— C'est là que j'ai rencontré Mo… Asmodée, je veux dire. C'était probablement l'homme le plus sexy que j'avais jamais vu, et séduisant comme ce n'est pas permis. Avant même que mon verre n'arrive, je voulais le ramener dans ma chambre et faire de vilaines choses avec lui.

J'ouvris la bouche. Brandy n'avait jamais été du genre à flirter dans un bar. Peut-être étaient-ce les pouvoirs de l'incube en action ?

— Et alors ?

— Il m'a convaincue d'aller dîner avec lui. Nous étions en

train de sortir de l'hôtel quand on a été attaqués par ces... monstres.

Elle secoua la tête comme si elle avait encore du mal à croire que c'était réel et je lui attrapai la main quand elle eut à nouveau un regard horrifié.

— Des loups géants et des ours. C'est tellement cliché mais tout a semblé se passer si vite et sur le moment, j'ai eu du mal à y croire. Puis, on m'a assommée.

— Ça a dû être un sacré choc.

De ce que j'avais entendu, c'étaient des métamorphes qui l'avaient capturée. Je n'en avais jamais vu un de mes propres yeux sous sa forme animale, mais j'avais vu des gargouilles et des anges déchus et ils étaient déjà suffisamment effrayants, merci bien.

Brandy grogna avant d'attraper la bouteille de champagne et de se servir un autre verre.

— Oui. Quand je me suis réveillée, j'étais avec Asmodée dans une petite pièce bétonnée, un genre de sous-sol, je me suis dit, parce qu'il y avait une petite fenêtre blindée au-dessus du mur. Elle ne s'ouvrait pas et ça ne servait à rien de taper dessus, commenta-t-elle en riant légèrement avant que son regard ne s'éloigne à nouveau. Je veux dire, j'ai essayé. Mais ça ne faisait que me faire mal aux poings et ça ne faisait presque pas de bruit. On ne pouvait même pas voir à travers. Asmodée était avec moi pendant tout ce temps et nous avons beaucoup parlé. Il n'y avait pas grand-chose à faire d'autre. Il... m'a mis au courant de certaines choses.

Je la regardai en essayant de comprendre de quoi elle et Asmodée avaient parlé. Je ne voulais pas lui refourguer un tas d'informations dont elle n'avait pas besoin. Avoir été retenue en otage était sûrement assez traumatisant comme ça sans avoir à apprendre toute la vérité sur Lucifer et ses associés surnaturels. Je pouvais déjà à peine y croire moi-même et ce même après toutes les choses que j'avais vécues.

— Quelles choses ?

— Des choses que j'ai toujours du mal à croire, murmura-t-elle.

Elle était au courant. Elle devait être au courant. J'allais juste lui révéler à présent. C'était ma plus vieille amie et nous n'avions pas de secrets l'une pour l'autre.

— Il t'a parlé des démons, c'est ça ?

Ses épaules s'affaissèrent et elle émit un long soupir de soulagement.

— Alors tu es au courant ? S'il te plaît, dis-moi que tu es au courant.

Je pris Brandy dans mes bras et essayai de la rassurer, mais que pouvais-je lui dire ? Elle n'avait pas exactement dit ce qu'Asmodée lui avait raconté. J'étais probablement au courant mais elle n'avait pas besoin de me voir douter.

— Oui. Je suis au courant. Tu peux tout me dire. Contrairement aux autres, je comprendrai.

— Comment ça ?

Son ton était empreint d'incertitude.

— Tu vois le mec qu'ils appellent le diable de Las Vegas ? demandai-je. En fait, c'est le *vrai* diable. Pas juste celui de Las Vegas ?

Elle hocha lentement la tête.

— Asmodée m'a dit qu'il travaillait pour le diable. Je ne l'ai pas cru au début mais... J'ai fait sa rencontre hier soir. Il était très beau mais très... intense. Tu aurais dû voir ce qu'il a fait à ces démons qui m'ont enlevée.

Je me redressai davantage, curieuse de ce qu'il avait fait.

— Il les a tous tués ?

— Ça c'est sûr.

— Bien.

Les mots m'échappèrent, nous surprenant toutes les deux. Je n'avais jamais souhaité la mort de personne auparavant mais tout ce que je ressentis fut la satisfaction immense de savoir que les gens qui avaient blessé Brandy avaient été punis.

Ses yeux se remplirent à nouveau de larmes.

— Il nous a sauvés. Et il a dit qu'il m'avait retrouvée grâce à toi. Merci.

Je n'avais toujours pas lâché sa main et je la laissai s'appuyer contre moi aussi étroitement qu'elle en avait besoin.

— C'est normal. Toi aussi tu aurais envoyé le diable en personne pour me sauver.

Elle battit des cils rapidement pour chasser ses larmes mais sa tristesse me fit mal et me serra la poitrine.

— Je ne pensais pas qu'on s'en sortirait. Je pensais qu'on allait mourir là-bas.

— Est-ce que tu as la moindre idée de la raison pour laquelle tu as été kidnappée ? Est-ce qu'Asmodée le sait ?

Peut-être aurait-elle quelques réponses qui pourraient aider Lucifer à tout comprendre.

— Pas vraiment. Asmodée a dit qu'il enquêtait sur un complot contre Lucifer mais il a aussi dit qu'il avait reçu un message de son père qui lui ordonnait de me séduire mais il ne savait pourquoi. La conférence de bibliothécaire ressemblait aussi à un coup monté mais pourquoi des démons voudraient-ils m'enlever ?

— Te séduire ? demandai-je.

Il y avait quelque chose dans la façon qu'avait Brandy de prononcer son nom.

— Est-ce qu'il a réussi ?

Elle ouvrit et ferma la bouche plusieurs fois.

— Avant que je te raconte tout, je devrais sûrement te dire

qu'Asmodée est un incube, un démon de luxure. En un seul regard, il peut séduire quelqu'un et il a besoin de sexe pour survivre. Il lui faut un flot constant de partenaires sur lesquels il peut se nourrir et les êtres humains ne peuvent faire qu'une fois l'amour à un incube, ce qui signifie que nous deux... Eh bien, c'est impossible.

Elle utilisait un ton si neutre pour parler de choses que je commençais à peine à assimiler. À quel point en savait-elle ? Et jusqu'où elle et Asmodée étaient-ils allés dans leur prison souterraine ?

Elle me regarda comme si elle pouvait lire dans mes pensées.

— Mais pour répondre à ta question, non, il ne m'a pas séduite. On s'est embrassés une fois et franchement, ce baiser était meilleur que tout le sexe que j'avais connu mais ça s'est arrêté là. On a surtout parlé et appris à se connaître. Il n'y avait rien d'autre à faire.

— Alors vous n'avez pas fait l'amour ? demandai-je.

Vu qu'Asmodée était un incube, ça semblait presque impossible.

Elle fit non de la tête.

— Non. Les métamorphes l'ont torturé, ils ont essayé de lui soutirer des informations sur Lucifer mais Mo n'a rien lâché. Même quand ils ont essayé de le forcer à se nourrir de moi, il s'est retenu. Parfois, c'était évident que c'était une torture pour lui d'être dans la même pièce qu'une femme et ne pas pouvoir se nourrir d'elle, surtout blessé. Mais il s'est montré si fort.

Son regard se fit encore une fois lointain avant qu'un froncement de sourcils ne chasse ce petit bonheur. Elle ressentait quelque chose pour lui. Ça ne faisait aucun doute. Mais elle croyait aussi que ça ne marcherait pas. J'aimerais lui apporter des réponses mais il y avait toujours tellement de choses que j'ignorais à propos de ce monde.

Elle secoua la tête et cligna rapidement des yeux.

— Comment as-tu convaincu le diable de venir me secourir ? Et ça ? fit-elle en montrant la pièce d'un geste. C'est tellement au-dessus de nos moyens.

Quand je lui expliquai comment j'étais venue la chercher et le pacte que j'avais fait avec le diable, son visage s'assombrit, puis devint complètement furieux.

— Tu t'es vendue à lui pour sept nuits ? cria-t-elle presque. Comme une sorte d'esclave sexuelle ?

Je levai les mains, ressentant l'urgence de le défendre.

— Il a juré de ne pas me forcer et jusqu'ici, il s'est conduit en parfait gentleman. Je ne sais pas pourquoi je l'intéresse mais il y a quelque chose. Quelque chose que je ne peux pas expliquer.

Je fis une pause pour trouver mes mots.

— Je sais que ma situation est dangereuse mais j'ai passé un marché et il a rempli sa part. Je n'ai plus qu'à remplir la mienne. Je dois la mener à bien, dis-je en lâchant un soupir.

— Hannah, on peut rentrer. On peut partir maintenant. Il n'y a personne pour nous arrêter. On retournera tout de suite à la maison et on oubliera tout ce qui s'est passé.

Je fis non de la tête.

— Je ne peux pas faire ça.

Brandy me regarda, et son regard était inflexible quand il croisa le mien.

— Je rentre voir ma mère et mon fils dès que possible. Je dois rentrer. Tu le comprends, n'est-ce pas ?

Je me penchai en avant et l'enveloppai de mes bras.

— Bien sûr que je comprends. Je ne m'attendrais pas à ce que tu restes. Je ne le voudrais pas vraiment. Tout ce voyage avait pour but de te ramener à la maison saine et sauve. C'est tout ce que je veux. On n'a même pas besoin de faire cette journée spa si tu veux y aller maintenant.

Elle secoua la tête.

— Non, Lucifer a préparé une voiture pour me ramener à Vista dès qu'on aura fini. Je peux attendre. D'autre part, j'ai probablement besoin d'être dorlotée, je pense. Si je rentre à la maison avec cette tête, maman va péter un plomb.

L'esthéticienne vint rapidement et nous fit un soin qui ressemblait plus à un massage qu'à autre chose, mais nous en gémîmes toutes les deux, alors nous ne nous plaignîmes pas. Une fois terminé, ma peau était aussi douce que celle d'un bébé et luisait presque. Brandy semblait aller cent fois mieux également.

Ensuite, on nous servit un déjeuner ridiculement copieux et luxueux, que Brandy dévora. Après cela, nous nous rendîmes au salon de coiffure et on nous fit une manucure-pédicure pendant que des experts faisaient ce qu'ils voulaient de nos cheveux. Avec notre permission, ils réussirent à nous faire à toutes les deux de magnifiques boucles qui nous donnaient des allures de stars, sur le point de se rendre sur un plateau de cinéma.

Après le déjeuner et d'autres rendez-vous, la journée se finit plus vite que je l'aurais voulu. Brandy devait retourner dans sa famille et je ne pouvais pas m'y rendre avec elle mais ça m'allait. C'était juste que je venais de retrouver ma meilleure amie et ne voulais pas déjà lui dire au revoir. De plus, elle était la raison pour laquelle je m'étais rendue à Vegas. Une fois qu'elle serait partie, il ne resterait que mon pacte avec Lucifer. Cette pensée fit accélérer les battements de mon cœur.

Brandy et moi nous arrêtâmes devant une limousine dans le parking privé et je la pris violemment dans mes bras. Les émotions m'assaillirent : j'étais reconnaissante qu'elle aille bien, réjouie qu'elle soit avec moi et triste qu'elle doive partir, même si c'était ce que je voulais le plus au monde.

— On se voit bientôt. Je te le promets.

Elle me fixa du regard

— Je pensais ce que j'ai dit. Monte juste dans cette voiture avec moi et nous pouvons toutes les deux partir.

— Je ne peux pas. J'ai promis à Lucifer que je lui appartiendrais pour sept jours et sept nuits et nous en sommes qu'au quatrième jour. Je lui dois encore trois nuits. Je ne peux pas vraiment briser un pacte avec le diable, si ?

Mon cœur tambourina de luxure et d'inquiétude quand son visage apparut dans mon esprit, tout en ombres noires et distinctement masculin. D'un autre côté, quelque chose d'étrange était en train de m'arriver et j'avais besoin de connaître la vérité.

— Je ne sais pas, dit Brandy en me regardant, les sourcils froncés. Tu es accro à lui d'une certaine manière. Est-ce qu'il t'a déjà séduite ?

Mes joues s'empourprèrent.

— On s'est embrassés. C'est tout.

Elle me hua.

— Je le savais !

— Ce n'est rien de plus que ce que toi et Asmodée avez fait !

— Ce n'est pas grave et peut-être que tu pourras avoir une bonne partie de sexe en plus, mais fais attention. Rappelle-toi qu'il n'y a que la tentation qui compte pour ces gens. Protège ton cœur.

Elle jeta un œil au chauffeur qui attendait en lui tenant la portière de la limousine et baissa d'un ton.

— J'ai vu de quoi ils étaient capables, Hannah.

Je me souvins de la veille au soir et de la façon dont j'avais découpé les gargouilles venues pour moi et je déglutis avec force.

— J'ai vu certaines choses moi aussi, mais je gère. Fais-moi confiance. Salue Jack et Donna de ma part.

Je la pris encore une fois dans mes bras.

— Ce sera fait. Rentre à la maison dès que tu peux.

Elle recula avec un sourire triste et se glissa dans la limousine.

Le chauffeur ferma la porte et elle fut comme avalée par la voiture tant les fenêtres étaient foncées.

Je lui fis au revoir de la main tandis que la limousine s'éloignait, repensant à ce qu'elle m'avait dit.

Elle avait raison. Je devais protéger mon cœur. Mais avec un homme comme Lucifer, était-ce seulement possible ?

14

HANNAH

J e rentrai au penthouse, totalement abattue après avoir dit au revoir à Brandy. À mon arrivée, Azazel à mes côtés, je parcourus les lieux du regard, perdue. Le désordre de l'attaque des gargouilles avait été nettoyé pendant ma journée au spa et même les fenêtres avaient déjà été remplacées. C'était comme si rien ne s'était passé. Aucun signe de Lucifer cependant et je ne savais pas trop quoi faire. Je pensais à passer un peu de temps dans la bibliothèque mais l'épuisement finit par prendre le dessus et je me dirigeai vers ma chambre pour faire une sieste. La paresse était le thème d'aujourd'hui, après tout.

Je m'endormis rapidement, pour changer, mais sans que ça ne m'apaise pour autant. Je me réveillai, roulée en boule autour de mon oreiller, comme je le faisais souvent. Mon corps était tendu, mes muscles endoloris et raides, comme si j'avais passé la journée à la salle de sport plutôt qu'au spa. Et les rêves... Je ne me souvenais jamais des détails, juste de la peur et des ténèbres, de la douleur et de la mort. Rien que des bribes mais toujours violentes et teintées de terreur et de chagrin.

Cette sieste ne fit pas exception. J'étais à peu près sûre que mon incapacité à dormir paisiblement s'était aggravée depuis que j'avais rencontré Lucifer. C'était probablement dû au fait que je n'étais pas à ma place mais dans un lieu étrange et une situation profondément déconcertante, mais je mourrais juste d'envie de fermer les yeux et de me réveiller des heures plus tard sans aucun souvenir.

À un moment donné pendant mon sommeil agité, le soleil s'était couché et je m'assis pour jeter un œil par la fenêtre vers le ciel noir éclairé par les lumières de Vegas. Le son d'un piano traversa le bas de ma porte, m'attirant vers le salon tel un chant de sirènes. Là où Lucifer devait sans aucun doute m'attendre.

Je vérifiai mes cheveux coiffés au spa et mon maquillage dans la salle de bain, ravie de remarquer qu'ils avaient plutôt bien survécu à ma sieste. J'ébouriffai mes cheveux et m'appliquai un peu de gloss avant de me diriger vers le dressing où je m'émerveillai devant les magnifiques vêtements qui s'y trouvaient. J'avais encore du mal à croire qu'ils étaient à moi, du moins de façon temporaire. Je n'étais pas sûre de ce que Lucifer avait prévu pour ce soir mais je me dis que mon legging et mon t-shirt n'allaient pas faire l'affaire. À la place, je choisis une longue robe noire au tissu doux et aérien qui chatoyait légèrement. Puis j'attrapai la première paire d'escarpins noirs que je trouvai ; il y en avait beaucoup, comme s'ils se multipliaient. En les attachant, la musique monta crescendo. Était-ce Lucifer qui jouait ?

La curiosité me fit sortir de la chambre. Pas seulement la musique mais une douzaine d'autres choses. Les démons. L'enlèvement de Brandy. La raison de l'attaque des gargouilles. Et par-dessus tout, comment j'avais brandi cette épée telle la guerrière la plus puissante du monde au lieu d'une fleuriste sortie de nulle part.

Ok, une grande partie de moi voulait aussi continuer ce qu'on avait commencé hier soir.

Passant la tête dans le salon, j'observai Lucifer de dos tandis que ses doigts parcouraient les touches en ivoire du piano à queue. Il semblait ne faire qu'un avec la musique et l'effet était purement magique. J'étais complètement fascinée par sa façon de jouer, sans oublier l'inclinaison de ses épaules dans son costume noir et la façon dont sa tête se penchait vers le piano. Je n'avais jamais vu d'homme aussi beau de ma vie et je n'en avais jamais désiré autant que lui.

Je ne reconnus pas le morceau qu'il jouait mais il était envoûtant, avec toutes ses tonalités mineures et sa lente mélodie. La pièce était éclairée par une douzaine de bougies rouges et la lumière au plafond était faible, de sorte que les illuminations de la ville rétroéclairaient les flammes vacillantes. Les ombres créées par cet effet étaient plus belles qu'effrayantes et je me sentais attirée par elles.

Et par lui aussi. Comme toujours. Le contraire était impossible.

La question était... pourquoi ?

Lucifer avait dû sentir ma présence parce qu'il inclina la tête.

— Je t'en prie, entre.

— C'est quoi tout ça ?

Je fis le tour du piano et désignai les bougies de la main.

— J'ai pensé qu'on pourrait rester ici ce soir. Dans un bel endroit calme. Et en sécurité.

La musique diminua quand Lucifer atteignit la fin du morceau. Il fit un geste vers la fenêtre.

— J'ai posté des gardes partout pour assurer ta protection.

Je tournai mon regard vers les hautes fenêtres et me concentrai sur les ténèbres autour des éclairages de Vegas. C'était comme regarder avec une vision périphérique mais je finis par les voir : les Déchus aux ailes sombres entourant le bâtiment, les ombres collées à leurs plumes. J'étais sûre qu'Azazel était là, de même que Gadrel, probablement.

— Tout ça pour me protéger, dis-je doucement car je trouvais toujours la situation incroyable. Pourquoi ?

— Je ne laisserai personne te faire du mal.

Je faillis répliquer qu'il n'avait pas vraiment répondu à ma question, mais il se leva alors du fauteuil du piano et me coupa le souffle. La lumière vacillante des bougies ondulait sur son visage et ne faisait que le rendre encore plus attirant. Un mélange de clair et d'obscur. Un rappel que le diable avait été un ange, autrefois.

Lucifer s'avança vers moi et m'offrit sa main.

— J'espère que tu as faim.

J'hésitai, non pas parce que je ne voulais pas prendre sa main mais parce que je le voulais terriblement au contraire, et parce que je savais que je ressentirais cette ruée de désir à la seconde où nous nous toucherions. Finalement, ma résistance disparut et je glissai ma main dans la sienne.

— Oui, j'ai faim.

— Parfait. J'ai préparé ton plat préféré.

Contournant le bar, il me conduisit jusque dans la cuisine et salle à manger, où une nappe d'un blanc immaculé avait été disposée sur la table, ainsi que des couverts en argent des plus raffinés. Toutes les chaises avaient été retirées à l'exception de deux d'entre elles, et les bougies rouges achevaient de rendre l'installation intime. Une seule narcisse se tenait au milieu de la table.

En vrai gentleman, Lucifer m'aida à m'asseoir, laissant sa main s'attarder sur mon dos un moment, avant de se diriger derrière l'îlot de la cuisine. Puis, il commença à remplir deux bols, de la fumée s'échappant dans les airs. Le parfum alléchant des herbes et des tomates me parvint, accentuant ma faim.

— C'est toi qui as cuisiné ? demandai-je, incapable de cacher la surprise dans ma voix.

— Je suis un homme aux nombreux talents. Comme tu l'apprendras vite.

Il posa un bol fumant de spaghettis aux boulettes devant moi, puis disposa du pain aillé et de la salade comme accompagnement. Enfin, il versa de l'eau pétillante dans mon verre à vin avant de s'asseoir de l'autre côté. Je me demandai quelles autres femmes avaient déjà été servies par le diable. Ou mangé leur plat préféré préparé par lui.

— Comment savais-tu que c'était mon préféré ? demandai-je en sentant mon plat avant d'attraper ma fourchette.

Il me lança un de ces sourires diaboliques.

— J'ai tout un fichier sur toi, ma chère Hannah. Tu serais fascinée de savoir à quel point on peut tout trouver en ligne.

Je rougis en l'imaginant faire défiler mon profil Facebook. Il ne pouvait pas savoir tout ça à cause des réseaux sociaux. Il savait trop des choses qui ne pouvaient pas se trouver en fouillant sur internet. Ce soir, j'avais l'intention d'obtenir des réponses. Après m'être armée de courage grâce à la nourriture.

Mes lèvres se refermèrent sur la fourchette et je gémis de plaisir. L'assaisonnement était parfait. La plupart des gens pensaient que les spaghettis étaient un plat pour enfant mais je m'en fichais. C'était mon préféré et ceux-ci étaient cuisinés à la perfection.

— Waouh, c'est incroyable. C'est toi qui as fait la sauce ?

— Oui, répondit-il en haussant un sourcil sombre. Tu es surprise ?

Je pris un morceau de pain à l'ail.

— Je ne pensais pas que tu serais le genre à cuisiner et encore moins à être un vrai cordon bleu.

Une lueur d'amusement dansa dans ses yeux.

— Eh bien, j'ai des milliers d'années de pratique.

Je m'étouffai presque avec mon pain à l'ail à ses paroles.

Des milliers. D'années.

Parfois, j'oubliai à quel point il était âgé, puis il balançait ce genre de choses sur le ton de la conversation.

Il prit une gorgée de vin rouge.

— Tu sais, je suis un expert dans bien des cuisines, certaines dont tu n'as jamais entendu parler puisqu'elles ont disparu au fil de l'Histoire.

Un autre rappel pour me montrer à quel point il était vieux et mystérieux. Pourquoi serait-il intéressé par un être humain normal comme moi ?

Pendant que je songeais à son immortalité et à mon existence de mortelle, il demanda :

— Comment s'est passée ta journée ? Ton amie s'est-elle remise de tout ça ?

J'enroulai mes spaghettis sur la fourchette.

— Elle semble un peu secouée par les événements mais elle est forte. Elle surmontera tout ça. Même si elle craque pour Asmodée.

— Qui ne craquerait pas pour lui ? ricana Lucifer. J'ai de la chance que tu ne l'aies pas encore rencontré. Disons que je suis moche à côté de lui.

— Je ne crois pas que ce soit possible, lâchai-je avant de changer brusquement de sujet en répondant à sa question. Je pense que la journée au spa était exactement ce dont elle avait besoin. Merci encore. Pour tout.

Il inclina la tête.

— Ce n'était rien.

— Avez-vous appris quelque chose sur la raison de son enlèvement ?

— Non. Pas encore. Il semblerait qu'un groupe de démons

rebelles conspire contre moi mais je ne sais pas qui est leur leader.

Il remua son verre, faisant tourner le vin.

— N'aie pas peur. Tout sera bientôt réglé.

— D'accord, c'est juste...

Je me mordis les lèvres, rassemblant le courage d'exprimer mes pensées à voix haute.

— Ça va paraître fou mais je commence à me demander si Brandy n'a pas été invitée à Las Vegas puis enlevée dans le but de m'attirer ici. À toi.

Il me cloua au sol avec son regard intense.

— Pourquoi tu penses ça ?

— Ça n'a pas de sens sinon. Qui mettrait en place une fausse conférence de bibliothécaire pour l'attirer ici ? Et puis, on m'a attaquée. J'aurais pu croire que l'attaque sur le toit était un accident mais il n'y avait rien d'accidentel dans l'attaque des gargouilles. Ou dans la façon dont je les ai dépecées.

Mes mains tremblaient tandis que je communiquais toutes les pensées qui tournoyaient dans ma tête depuis quelques jours.

— Il se passe quelque chose. Quelque chose que tu ne me dis pas. Je pense que c'est lié à la façon dont j'ai manié cette épée tel un ninja. Et pourquoi tu me sembles si familier et me mets à l'aise alors même que je devrais te trouver terrifiant. Et pourquoi je fais des rêves horribles remplis de mort et de violence, qui n'ont fait qu'empirer depuis que je t'ai rencontré. Je pensais que les rêves étaient liés à l'accident de voiture qui a provoqué la mort de mes parents mais maintenant ? Maintenant, je ne sais pas.

Je me tus et mes mots semblèrent raisonner entre nous pendant que Lucifer m'observait avec une expression indéchiffrable. Les secondes défilèrent et aucun de nous deux ne bougea, la nourriture oubliée.

Enfin il soupira.

— Oh Hannah. Répondre à tes questions, c'est comme ouvrir une boîte de Pandore encore une fois. Dès que tu sauras la vérité, tu ne pourras plus faire marche arrière. Tu es sûre de vouloir cela ?

Je n'avais jamais été aussi sûre de toute ma vie.

— J'ai besoin de savoir.

Il acquiesça en grimaçant. Puis il se leva et me fit lever les yeux face à sa grande taille.

— Allons dans l'autre pièce pour parler.

Je me levai et il posa sa main dans le bas de mon dos, la légère pression envoyant de la chaleur entre mes cuisses. Ensemble, nous retournâmes dans le salon. Je m'enfonçai dans un des canapés en cuir et il s'assit à côté de moi, la main posée sur mon genou.

— Nous avons eu cette conversation des centaines de fois et c'est toujours aussi difficile, réfléchit Lucifer à voix haute. On pourrait croire que j'aurais un script depuis le temps, non ?

Je fronçai les sourcils. Je n'y comprenais rien.

— Qu'est-ce que tu veux dire ?

Lucifer prit mes deux mains dans les siennes et me regarda dans les yeux.

— Je t'ai dit que j'avais autrefois connu le grand amour, mais que je l'avais perdu. Ce grand amour, c'était toi.

— Moi ? demandai-je même si ses paroles sonnaient vraies à mes oreilles. C'était avant l'accident ? C'est pour ça que je ne me souviens pas de toi ?

Il secoua la tête.

— Non, c'était encore bien avant ça. Avant cette vie.

Je clignai des yeux.

— Je ne comprends pas.

— Hannah, tu as vécu de nombreuses vies, tu t'es réincarnée plusieurs fois ces derniers millénaires.

— Réincarnée ?

— Tout à fait. Et dans chaque vie, tu es ma compagne. Mon destin. Mon cœur.

Mon cœur battait fort à ses paroles. Je plongeai mon regard dans ses yeux vert émeraude et ne pus m'empêcher d'avoir l'impression de tomber.

— Ta compagne ?

— Oui. Les démons ont parfois des moitiés qui leur sont destinées, comme quelques rares anges, y compris les Déchus. Ce n'est pas anodin mais ça arrive.

— Comme une âme sœur... dis-je doucement, ressentant à quel point tout cela me paraissait juste, même si cela semblait invraisemblable.

Il s'approcha plus près, suffisamment pour me faire baisser le regard vers ses lèvres, en me demandant s'il allait de nouveau m'embrasser.

— Nous sommes faits pour être ensemble, pour l'éternité. C'est notre sort. Notre destin. Et notre malédiction.

Ses paroles provoquèrent quelque chose en moi, quelque chose de primitif et de vrai. L'impression de tomber augmenta et je m'agrippai plus fermement à ses mains sachant qu'il me rattraperait. Ce qu'il avait dit n'était pas croyable mais là encore, c'était ce que j'avais pensé des démons il y a quelques jours. Et à chaque mot, j'avais l'impression qu'une lumière s'éteignait en moi, réveillant enfin quelque chose d'ancien et de puissant.

Je fermai les yeux et inspirai, cherchant au plus profond de mon âme. Je faisais toujours confiance à mon instinct et celui-ci me disait que Lucifer ne mentait pas. Ce qu'il avait dit à propos de la réincarnation, du destin et des âmes sœur, tout était vrai, peu importe à quel point ça semblait fou. Bien sûr, cela n'apporta que plus de questions.

— C'est pour ça que j'ai été attaquée ? demandai-je.

— Oui, parce qu'ils savent à quel point tu es importante pour moi. Et c'est pour ça que tu as pu te défendre si facilement.

Je me levai et me mis à faire les cent pas en digérant ses mots qui résonnaient en moi.

— Combien de vies ? Combien de fois je suis morte et revenue à la vie ?

— Des centaines de fois. Parfois nous n'avions que quelques jours avant que je te perde à nouveau. D'autres fois, nous passions beaucoup d'années ensemble. J'espère que cette vie-là sera comme ça.

Il se leva mais ne se rapprocha pas, comme s'il sentait que j'avais besoin d'espace.

— Et nous sommes ensemble dans chacune d'entre elles ?

— Oui, Hannah. À chaque fois que tu meurs, j'attends que tu renaisses. Ces années sans toi semblent sans fin et mon cœur se flétrit et meurt, jusqu'à ce qu'il revienne à la vie quand il te retrouve à nouveau. Et je te retrouve toujours. Je te retrouve, je te revendique comme étant mienne et je t'aime, c'est un cycle sans fin.

— Pourquoi ? demandai-je comme c'était le seul mot que j'arrivais à sortir. Pourquoi moi ?

— Parce que tu es à moi.

Il s'avança et prit mon visage dans ses mains.

— Tu es à moi depuis ta première respiration et tu seras à moi même après ta dernière. C'est inéluctable.

La vérité m'enveloppa comme une couverture chaude. Je ne me souvenais toujours pas de ma vie avant l'accident, mais tout ce qu'il avait dit semblait... juste, d'une certaine manière. Comme une vérité que j'avais toujours su au plus profond de moi. Certaines parties de moi le reconnurent dès notre première rencontre et même si je devrais être terrifiée de Lucifer, je ne l'étais pas. Plus maintenant.

— Tu me trouves. À chaque fois.

Ce n'était pas une question. Mon âme savait que c'était vrai.

— Toujours.

Il me regardait avec un tel désir qu'un morceau de mon âme se brisa. Quelque chose m'empêchait de me souvenir de lui, une torture amère dont je n'arrivais pas à me débarrasser. Peut-être qu'un acte pourrait m'en débarrasser.

Pressant ma bouche contre la sienne, j'embrassai le diable avec tout ce que j'avais. J'étais prête à tout lui donner. Il entoura sa main autour de ma nuque et me rapprocha, prenant le contrôle de ma bouche. Sa langue passa sur mes lèvres et je connaissais cette sensation. Je l'avais déjà ressentie. Ce n'était pas un autre homme qui me l'avait fait ressentir mais lui. Lui pour toujours. *Lucifer.*

Mon esprit ne se souvenait peut-être pas de lui, mais mon corps oui. Et il en voulait plus.

HANNAH

Le besoin pulsait dans mes veines et la chaleur s'accumulait entre mes cuisses à mesure que le baiser de Lucifer me subjugait. Ses bras s'aventurèrent autour de ma taille et me levèrent avec une facilité à laquelle j'avais toujours du mal à croire. Pressés contre son torse ferme, mes tétons me faisaient mal. Il me transporta dans la pièce en pillant ma bouche de sa langue comme s'il la possédait.

Il me posa au bord du grand piano noir et s'arrêta enfin de m'embrasser pour me regarder de ses yeux infernaux. Ses mains trouvèrent la fente de ma longue robe et plongèrent à l'intérieur pour caresser ma peau, me provoquer. En maître de la tentation.

Puis, il saisit la fente et tira sur le tissu, grognant de cette satisfaction purement masculine quand la robe se déchira facilement entre ses mains puissantes. Le geste était si surprenant et primitif que je poussai un petit cri. Ensuite, il enleva sa propre veste avec des mouvements rapides et déterminés à la manière d'un homme qui passait aux choses sérieuses : me faire sienne.

De ses mains fortes, il attrapa mes cuisses et les écarta, ce qui lui donna un bref aperçu de mon string rouge foncé. Je levai la main et attrapai sa chemise blanche onéreuse, les boutons s'enfonçant dans mes paumes à mesure que je l'attirais plus près de moi. Le piano était exactement à la bonne hauteur pour qu'il se place entre mes cuisses et qu'il presse son renflement contre mon entrejambe. Je l'entourai de mes jambes et sa réaction instinctive lui fit échapper un grognement rauque.

Il frotta ses lèvres contre mon oreille.

— Je ne peux pas me retenir si tu fais ça.

Je me frottai à lui doucement, levant mon regard vers le sien en signe de défi.

— Ne te retiens pas.

Ce feu glorieux étincela dans ses yeux encore une fois et m'excita même si j'en connaissais désormais la raison. Il m'attira plus près, me soulevant du piano. Je resserrai mes jambes et entourai mes bras autour de son cou, passant ma langue sur sa barbe sombre de trois jours tandis qu'il me portait jusqu'à la chambre. Le désir me transperçait le corps. Je ne me rappelais pas avoir eu si désespérément envie d'être avec quelqu'un.

Quand ma bouche atteignit l'oreille de Lucifer, je la mordis, peut-être un peu plus fort que je ne l'aurais fait si je n'avais pas su qu'il était le diable. Il grogna à nouveau et l'instant d'après, mon dos heurta fortement le matelas luxueux. Lucifer se tenait au-dessus de moi dans la lumière feutrée de la chambre, respirant la puissance et la domination dans son costume noir, son visage sombre et ses yeux avides. Avides de moi.

Avec des mouvements lents et mesurés, il tira sur sa cravate et l'enleva sans jamais me quitter du regard. J'en eus l'eau à la bouche, espérant qu'il continue à enlever ses vêtements, mais il se contenta de me contempler comme le prédateur que je connaissais d'instinct.

Et ce soir, j'étais sa proie.

Il attrapa l'ourlet de ma robe déjà en lambeaux pour le

déchirer en deux en un geste rapide. Le son du tissu qui se déchirait emplit la chambre et l'air frais se posa sur ma peau nue, intensifiant mon désir. Mon pouls s'accéléra alors que je restais là, allongée devant lui, ne portant rien d'autre que mes sous-vêtements en dentelle rouge et mes talons noirs. J'attendais qu'il fasse de moi ce qu'il voulait.

— Si ravissante, dit-il avec cet accent sexy qui me rendait folle. Dans chaque vie, tu réussis à m'éblouir avec ta beauté.

La chaleur s'intensifia quand il se baissa enfin sur moi et réclama ma bouche à nouveau. Son baiser était brûlant et désespéré et ses mains sillonaient ma peau nue, suivies de près par sa bouche qui passa de mon cou à ma poitrine, puis plus bas encore. J'emmêlai mes doigts dans ses cheveux sombres alors que sa langue glissait le long de ma peau juste au-dessus de mon soutien-gorge, mes tétons si durs qu'ils en étaient presque douloureux. Puis, il attrapa les bords de la dentelle rouge et déchira également le soutien-gorge en deux avec grand bruit, libérant mes seins. Je perdais beaucoup de vêtements ce soir à cause du désir de Lucifer mais c'est lui qui les avait payés donc je supposai qu'il pouvait faire ce qu'il voulait avec.

Lucifer leva les yeux vers moi avec un sourire diabolique puis baissa les yeux sur mes seins. Sa bouche enveloppa un de mes tétons qui pointait déjà, l'aspirant avec passion et m'envoyant des décharges dans tout le corps. Je me cambrai et gémis, insatiable.

Je poussai un petit cri quand sa langue s'enroula autour de mon téton.

— Lucifer, je t'en prie.

Il laissa échapper un gloussement bas et sensuel.

— Je t'avais dit que tu me supplierais.

Il captura ensuite mon autre sein dans sa bouche, faisant glisser ses mains sur mes cuisses, si près de là où j'avais besoin de lui, mais pas suffisamment proche. Ses doigts caressèrent mon string en dentelle mais seulement un instant avant de faire marche arrière. C'était juste assez pour m'exciter encore plus.

C'était vraiment le diable et c'était sa manière de me torturer.

— S'il te plaît, le suppliai-je à nouveau. Laisse-moi te toucher.

— Cette soirée est la tienne, répliqua-t-il d'une voix rauque. Ce sera toujours pour toi.

Je tremblai à ses mots qui ne firent que renforcer mon désir pour lui. Mon corps s'approchait de l'orgasme au simple son de sa voix, au seul toucher de sa langue et de sa bouche sur ma peau, mais ce n'était pas assez. J'avais l'impression d'avoir attendu ce moment toute ma vie et que je me sentirais entière que lorsqu'il serait en moi.

Il retourna sur mon autre sein et taquina mon téton avec sa bouche. Après ça, il parcourut ma peau de baisers ardents, chaque mouvement de ses lèvres m'envoyant des frissons. Sa bouche se déplaça vers mon ventre, mes hanches puis plus bas, ses dents mordillant doucement la dentelle entre mes jambes. Je criai légèrement et me redressai un peu. Il utilisa ce mouvement pour passer ses doigts sous mon string et le déchirer.

Il attrapa mes genoux et m'écarta bien les jambes.

— Quelle chatte magnifique. La perfection à l'état pur et rien qu'à moi. Pour toujours à moi.

Il était si près de mon entrecuisse que son souffle chaud chatouillait mon sexe luisant et avide. Je ne pouvais pas m'arrêter de me tortiller alors qu'il ne m'avait même pas touché là où j'en avais le plus besoin. C'est alors que sa langue s'engouffra en moi et je faillis presque sortir de mon corps.

Il faisait des allers-retours, me goûtant en poussant un petit gémissement d'approbation qui vibrait en moi. Puis, sa langue remonta et effleura mon clitoris quelques secondes avant qu'il le prenne en entier dans sa bouche. Je criai sous l'effet de cette éruption soudaine de plaisir, mes doigts s'enfonçant dans les draps en soie alors que sa bouche et ses lèvres me consumaient.

Ses doigts se joignirent quelques moments après, se glissant à l'intérieur de moi et me martelant doucement au rythme des autres mouvements. Il attrapa mes fesses de son autre main, l'utilisant pour m'attirer plus près et me levant telle une offrande faite à sa bouche affamée.

C'est alors que j'eus un orgasme. Mes hanches effectuèrent une ruade, enfonçant mon sexe mouillé dans son visage tandis que mes muscles intérieurs ne cessaient de se contracter. Lucifer continua de lécher et sucer pendant mon orgasme, enfonçant ses doigts en moi alors que je me tordais sur le lit et jouissais, incapable de contrôler mon corps. Il était à lui à présent. Entièrement et complètement à lui.

Se hissant sur les coudes, il se lécha les lèvres comme s'il savourait son plat préféré.

— Ça fait trop longtemps que je ne t'ai pas goûtée et bien trop longtemps que je ne t'ai pas senti jouir. Mais maintenant je veux te sentir jouir autour de ma queue. Tu penses que tu peux faire ça ?

J'aquiesçai, incapable de parler ou de faire quoi que ce soit hormis trembler de plaisir et d'impatience. Il se redressa tel un dieu sombre toujours habillé et je ne pus que l'observer déboutonner doucement sa chemise, sa peau se révélant à moi, centimètre par centimètre. Je l'avais vu torse nu l'autre jour et cette vision m'avait fait tremper ma culotte et alimenté mes sombres fantasmes une fois seule. Le torse de Lucifer était ferme et musclé, le corps d'un guerrier caché sous un costume trois-pièces. Je voulais promener ma langue sur les vallées et les crêtes de ses abdominaux, et titiller ses tétons sombres de la même façon qu'ils avaient tourmenté les miens.

Il enleva sa ceinture d'un claquement sourd, puis retira son pantalon noir. Je retins ma respiration lorsqu'il le baissa, révélant son membre énorme. J'avais cru qu'il n'avait fait que fanfaronner quand il avait plaisanté à propos de sa taille, mais non. Elle était vraiment grosse, dure et magnifique.

Il glissa lentement le long de mon corps, puis sa bouche descendit à nouveau vers la mienne. Ses mains puissantes agrippèrent mes cuisses endolories pour s'installer entre elles. Son membre durci frotta contre ma peau sensible, pendant que Lucifer attrapait et appuyait sur mes poignets, me plaquant contre le lit.

— J'ai attendu bien trop longtemps pour ça, dit-il et son gland se glissa en moi, juste assez pour m'aguicher. Maintenant, je vais prendre ce qui m'appartient.

Mon entrejambe se contracta à ses mots, mon corps impatient d'être comblé. Je fléchis les hanches, l'attirant profondément en moi. Son nom s'échappa de mes lèvres en un doux murmure.

— Lucifer.

C'était comme si c'en était trop pour lui. Il perdit le contrôle et s'enfonça en moi avec force et rapidité, sa largeur m'étirant et me remplissant entièrement. L'intrusion soudaine et la sensation de me sentir comblée me coupa le souffle.

— Tu étais faite pour me prendre en toi. Nos corps ont été modelés pour qu'on ne fasse qu'un. C'est parfait.

Il ponctua chaque mot de caresses dures et profondes. Ses paroles agissaient comme une drogue sur ma libido, transformant mon désir en un besoin désespéré et vorace. Mes mains étaient toujours épinglées au lit mais je crochetai les jambes autour de ses hanches pour le rapprocher de moi. Il se mit à bouger sans s'arrêter, me donnant exactement ce dont j'avais besoin, tandis qu'il s'enfonçait en moi avec une force impressionnante. Chaque va-et-vient ressemblait à une revendication, une prise de possession qui effaçait tous les doutes quant à la personne à qui j'appartenais.

Il trouva un rythme qui fit trembler mon corps. Le sang dans mes veines s'embrasa à chaque délicieux coup de reins. Il leva d'un coup sec mes bras au-dessus de ma tête, son corps ferme et masculin me pressant contre le lit et ses doigts refermés sur mes poignets. Je m'abandonnai entièrement à lui, criant son nom quand un autre orgasme s'empara de mon corps. Le plaisir me brisa tel un marteau contre du verre, et j'eus désespérément envie de voler en éclat.

— C'est ça, gémit Lucifer. Jouis pour moi. Emmène-moi avec toi.

Je perdis tout le contrôle de mon corps qui tremblait et se serrait autour de lui. Mes hanches martelaient contre lui à un rythme déchaîné qui s'accordait au sien, coup après coup. Puis, il s'enfonça encore plus en moi, rejetant la tête en arrière, exposant sa gorge parfaite et masculine quand il jouit en moi. Ensemble, nous naviguâmes sur les vagues du plaisir, incapables de nous arrêter, jusqu'à épuisement mutuel.

Lucifer relâcha mes poignets et me prit dans ses bras, me ramenant contre son torse puissant. Mon corps était faible et léthargique, encore secoué par le plaisir, et je ne pus que me blottir contre lui.

Cela n'avait aucun sens mais là, dans les bras du diable, j'avais l'impression d'être chez moi.

16

———

LUCIFER

Avant même d'ouvrir les yeux, je la ressentis. Cette légèreté qui n'était pas là la veille, cette chaleur dans mon torse qui n'était là qu'en sa présence. Tandis que je prenais conscience du reste de mon corps, le plaisir à l'état pur de me réveiller avec Hannah dans mes bras se propagea en moi, et je restai là un moment à savourer. Contrairement aux autres fois où je l'avais vue dormir, elle était détendue et calme. Je caressai doucement ses cheveux dorés, passant la main sur sa peau douce, m'émerveillant de la merveilleuse façon dont son corps se moulait au mien.

Elle s'étira et se pressa contre moi, réveillant ma queue, tout en utilisant mon avant-bras comme coussin. Elle devait savoir ce qu'elle faisait. Elle devait sentir mon érection contre son derrière, à la recherche de ce qui m'appartenait.

Je passai mes doigts sur ses flancs, le long de sa peau nue, puis les enfonçai entre ses cuisses. Je la faisais déjà mouiller. Elle poussa un léger gémissement, sa voix encore pleine de sommeil, et c'en fut fini de moi.

Par derrière, je glissai mon membre dans sa chatte serréc tout en titillant son clitoris de mes doigts. Elle poussa un petit cri face à cette soudaine invasion et se cambra, ce qui ne fit que pousser son cul contre moi et enfonça ma queue encore plus profondément. Bon sang, elle était parfaite, son corps fait pour répondre au mien. Nous nous emboîtions à la perfection.

Je me mis doucement à imprimer des mouvements de va-et-vient, prenant mon temps, sans le besoin urgent de la posséder comme je l'avais fait la nuit dernière. Le sexe matinal devait être fait sans se presser, au moins au début. Elle gémissait et se balançait contre moi, en rythme, pendant que je massais son clitoris. Je penchai ma tête sur son cou et y déposai des baisers ardents, incapable de me rassasier de son goût.

Dans cette position, tout ce qu'elle pouvait faire, c'était prendre ce que je lui donnais et suivre le mouvement. Je prolongeai ce moment ensemble autant que je le pus, jusqu'à cc que je sente ses hanches se presser plus fortement contre moi, au bord de l'orgasme. Même si j'étais tenté de retarder son plaisir et de la tourmenter un petit peu, j'aurais le temps de faire ça plus tard. Après quelques violents coups de reins couplés à mes doigts sur son clitoris, elle se mit à trembler et à pousser des gémissements. Son sexe se contracta autour de moi, ce qui m'amena au bord du gouffre également. Ma semence chaude emplit ses entrailles au moment où nous plongeâmes dans les abysses.

Elle se tourna dans mes bras et me regarda avec des yeux pleins de sommeil, encore sous l'effet du plaisir.

— C'était une agréable manière de se réveiller.

— Bonjour. j'espère que tu as bien dormi, lui murmurai-je à l'oreille avant d'enfouir mon nez dans son point sensible juste en dessous.

Hannah s'étira, son corps souple se pressant le long du mien. Je résistai à l'envie de réitérer ce que je venais de faire. Même si j'avais envie de passer la journée au lit avec mon âme sœur retrouvée, je devais trouver des réponses à mes questions.

Après de longs étirements, elle se blottit à nouveau contre moi et bâilla.

— Tu sais quoi ? Ça faisait longtemps que je n'avais pas aussi bien dormi.

Elle plaça ses bras entre nous et caressa mon torse distraitement. Elle ne s'en rendait sûrement pas compte mais c'était sa position préférée depuis des millénaires : enveloppée dans mes bras et le visage au creux de mon cou.

Je soupirai et la tins fermement contre moi pendant un long moment, profitant du temps que nous avions ensemble et gravant dans ma mémoire la sensation, avant de m'écarter.

— Pour moi aussi ça faisait longtemps.

Depuis la dernière nuit où j'avais dormi dans ses bras, pas avant.

— Quel est le programme aujourd'hui ? demanda-t-elle tandis que je me levais.

Elle me suivit du regard et reluqua mon corps nu d'une manière qui rendait extrêmement difficile le fait de ne pas retourner immédiatement au lit avec elle. Effectivement, peut-être m'étais-je fait beau pour elle, mais je l'aurais nié si on me l'avait demandé.

J'attrapai mon téléphone et vis quelques messages de Samaël. Il voulait me voir tout de suite.

— Je dois m'occuper de quelques affaires de démons aujourd'hui mais fais-toi plaisir et fais tout ce que tu veux. Reste-là et détends-toi ou sors avec Azazel. Utilise mes cartes de crédit et prends une de mes voitures. Tout ce qui est à moi est à toi.

Elle s'assit.

— Je peux partir ?

— Tu n'es pas prisonnière ici, Hannah. Tu es mon invitée. Amuse-toi.

Je pris une rapide douche, laissant la porte ouverte au cas où elle voudrait me rejoindre mais elle resta sous les couvertures. C'était sûrement une bonne chose car nous savions tous les deux où ça nous mènerait.

La taille enroulée dans une serviette, je retournai dans la chambre, sortis un costume du dressing et m'habillai. Elle posa les mains derrière sa tête et continua à m'observer pendant que je mettais ma cravate. La couverture descendait sur sa taille, exposant ses seins nus. Je détournai le regard avant que ma queue ne gonfle trop pour pouvoir l'ignorer.

— Tu as décidé de ce que tu ferais aujourd'hui ? demandai-je.

Connaissant Hannah, elle ne dépenserait pas beaucoup mais si elle le voulait, elle le pourrait.

— Je ne sais pas. Peut-être que je traînerai ma garde du corps déchue préférée à l'extérieur pour faire un truc fun de touriste. Comment faire le grand huit au New York New York ou quelque chose comme ça.

Je ris de bon cœur en m'asseyant sur le lit et en enfilant mes chaussettes et mes chaussures. Peut-être qu'elle aimait la torture autant que moi finalement.

— Ça m'a l'air parfait.

Puis, je me penchai et m'emparai de sa bouche pour un long baiser que je ne voulais pas arrêter. J'avais passé trop d'années avec un vide dans le cœur, mais pour la première fois depuis des lustres, je me sentais vivant. C'était comme ça que je me sentais quand j'étais avec elle. Le reste du temps, durant mes nombreuses années seul, je n'étais que néant, l'ombre d'un homme qui n'attendait que le prochain moment avec elle. Quand elle me ramenait à nouveau à la vie.

Mais ce bonheur ne durerait pas. Il ne durait jamais. Je devais faire tout ce qui était en mon pouvoir pour défendre ce que je venais de conquérir. Pour éviter de la perdre à nouveau.

D'une manière ou d'une autre, je devais retarder l'inévitable.

Maudite soit cette malédiction.

Je touchai sa joue délicatement en me reculant.

— Je te verrai après tes aventures avec Azazel.

Elle se rappuya contre les coussins.

— Amuse-toi bien... peu importe ce que tu fais. Des choses que je ne veux sûrement pas savoir.

Je lui fis un clin d'œil.

— Oh, ça c'est sûr que je vais m'amuser.

Dans la cuisine, je me versai une tasse de café, aussi corsé et noir que mon âme. Azazel était déjà là et me salua tout en buvant le sien.

En sortant, je trouvai Gadrel devant la porte d'entrée, montant la garde. Il se raidit à mon approche.

— Bonjour, mon seigneur.

Je m'arrêtai un instant en sirotant mon café, puis lui ordonnai :

— S'il te plaît, reste avec Hannah aujourd'hui. Je veux m'assurer que personne ne lui fasse de mal.

Il inclina la tête en signe de soumission.

— Je la protégerai de ma vie.

Et je savais qu'il le ferait. Je le remerciai en hochant la tête et me dirigeai tout de suite vers la salle de crise pour y retrouver Samaël. Hier soir, Gadrel avait mentionné qu'ils avaient capturé un métamorphe et Samaël devait également avoir obtenu des informations d'Asmodée depuis. Quelqu'un ferait mieux de répondre à certaines de mes questions.

— Au rapport, aboyai-je dès mon entrée dans la salle.

Comme toujours, les lumières clignotaient sur les écrans géants et les vidéos de surveillance montraient différents endroits de la ville, mais ça ne m'intéressait pas. Des démons et des Déchus défilaient dans la pièce, certains pour me laisser passer et d'autres pour montrer à quel point ils étaient débordés.

Samaël s'avança, me fit signe d'entrer dans la salle de réunion et ferma la porte derrière moi.

— Bonjour.

— Des nouvelles ?

— Nous avons capturé un diablotin, un métamorphe et une gargouille, tous ceux que nous pensons être en lien avec les attaques.

Je m'assis au bout de la table de réunion.

— Et ?

Il prit une chaise et me rejoignit.

— Rien. Ils ne parleront pas. Peut-être pourriez-vous les persuader.

J'agitai les doigts. Je pouvais être très *persuasif*.

— Et Asmodée ?

La bouche de Samaël se tendit, seule trace de sa colère.

— Mon fils n'en sait pas beaucoup malheureusement. Il enquêtait sur des rumeurs parmi les Lilim qui disaient que des démons se retournaient contre vous, et il pense que c'est la raison pour laquelle il a été enlevé. Les métamorphes l'ont torturé pour lui soutirer des informations sur vous pendant qu'il le retenait en otage, mais il ne sait pas pour qui ils travaillent.

— Comment va-t-il maintenant ?

Samaël secoua la tête, une pointe de dégoût dans son air.

— Il... il refuse de se nourrir. Je pense qu'il a des sentiments pour cette mortelle.

Je haussai les sourcils en m'enfonçant dans ma chaise.

— Ça finira mal pour tous les deux.

— C'est évident.

Samaël grimaça puis redevint tout à fait sérieux.

— Il a aussi affirmé qu'il avait reçu un message lui ordonnant de séduire cette femme mais je ne l'ai jamais envoyé. Je soupçonne que quelqu'un essaie encore de vous renverser. Peut-être un des Archdémons.

— Je suppose qu'une autre tentative de rébellion aura lieu.

Cela arrivait environ tous les siècles mais j'étais le roi des démons depuis des milliers d'années pour une certaine raison. Me renverser requérait plus que quelques attaques pathétiques. La seule raison pour laquelle cela représentait un problème maintenant, c'était parce que ça mettait ma compagne en danger.

Peut-être était-ce le but.

— C'est suspect que cette rébellion ait lieu maintenant, dit Samaël en faisant écho à mes pensées. Je pense que Brandy a été délibérément enlevée pour attirer Hannah ici et vous distraire. Ils pensent peut-être que la présence d'Hannah vous rendra plus faible ou altérera votre concentration.

Je tapotai la table de mes doigts.

— Rien ne m'affaiblit. Je pense la même chose cependant. Quelque chose dans cette situation ressemble à un coup monté, conçu pour me livrer Hannah, puis me la prendre à nouveau.

— Vous pensez que ça pourrait être son premier mari ?

— Je n'en suis pas encore sûr.

Une rage aveuglante emplit mes veines rien que de penser à ce monstre mais ça ne lui ressemblait pas.

— Je veux qu'on le retrouve toutefois. Quoi qu'il en soit, nous devons prendre davantage de précautions avec Hannah.

— Je m'en occupe, dit Samaël avant de marquer une pause, ses yeux me jaugeant en silence. Est-ce qu'elle sait déjà qui elle est ?

— Je lui ai raconté certaines choses hier soir. Pas tout. Elle n'est pas encore prête pour apprendre la vérité sur la malédiction.

Samaël pinça les lèvres.

— Je n'aime pas ça. Elle vous rend faible, même si vous ne le voyez pas. Dès l'instant où elle est revenue dans votre vie, vous n'avez plus pensé qu'à elle.

Je tapai des mains sur la table et me levai, lui lançant un regard noir.

— Tu as tort. Hannah me rend fort. J'ai besoin d'elle à mes côtés.

Il inclina la tête.

— Où elle est en ce moment ?

— D'après ce qu'elle m'a dit, elle emmenait Azazel faire du grand huit au New York New York. J'ai ordonné à Gadrel d'y aller avec elles.

Samaël eut un petit rire de gorge, un son riche qui ressemblait à un soulagement bienvenu.

— Azazel va en détester chaque seconde.

— Je vais aller parler aux prisonniers.

Je m'apprêtai à sortir mais m'arrêtai à la porte, les poings serrés.

— Une dernière chose. Assure-toi que les Archdémons soient présents au Bal de la Nuit du Diable. Je leur prépare quelque chose de spécial.

— Si tel est votre souhait, dit Samaël.

Je sortis de la pièce pour aller voir les prisonniers et les faire parler. Si la torture ne fonctionnait pas, je pouvais les faire avouer sous la contrainte grâce à mes pouvoirs.

Le travail du diable ne se terminait jamais.

17

HANNAH

Je passai la journée avec Zel et Gadrel, que j'avais commencé à surnommer Gad, à faire pleins d'activités touristiques sur le Strip que je n'aurais pas eu la chance de faire autrement. Zel grommela et se plaignit tout le temps, disant des choses comme :

— Les manèges à sensation, c'est pour les gens qui n'ont pas d'ailes.

Mais elle ne me quitta pas d'une semelle pour autant. Je savais qu'il y avait un cœur sous cette solide armure et j'étais déterminée à le trouver. Gad, d'un autre côté, se joignit gaiement à moi pour chaque stupide photo. Nous prîmes une gondole au Venetian, montâmes tout en haut de la réplique de la Tour Eiffel au Paris de Las Vegas, vîmes les lions blancs et les dauphins du Mirage et bien d'autres choses. Nous fîmes tous les manèges possible au moins une fois. Parfois deux, rien que pour ennuyer Zel.

Je perdis également beaucoup de l'argent de Lucifer sur des machines à sous aux thèmes ridicules, mais je me dis qu'il ne me le réclamerait pas. Très vite, la journée se termina et il y avait encore tant de choses à voir et à faire à Las Vegas, mais il était temps de retrouver Lucifer. J'emmènerais mes deux gardes du corps déchus pour une autre excursion touristique très bientôt.

Je retrouvai Lucifer sur un héliport sur le toit d'un bâtiment qui faisait partie du vaste domaine du Celestial. Quand je le vis, debout dans un autre de ses costumes noirs à côté de l'hélicoptère de son entreprise Abaddon, il avait le visage sombre, la bouche serrée et je supposai que sa journée n'avait pas été aussi amusante que la mienne. Puis, son regard se posa sur moi et tout changea, les ténèbres s'ouvrant telles des rideaux pour laisser la lumière illuminer son visage, et un sourire dévastateur et magnifique s'étala sur ses lèvres sensuelles.

C'est *moi* qui lui faisais cet effet..

C'était une sensation puissante de savoir que je pouvais faire sourire le diable de ma simple présence. Je ne pus m'empêcher de lui sourire en retour en m'approchant. Puis, son sourire changea, devint plus coquin, et il me fit un clin d'œil. Des souvenirs de la nuit dernière et de ce matin me submergèrent et mes cuisses se serrèrent sous l'effet du désir. C'était probablement son intention. Cet homme n'était vraiment que péché et tentation.

Lucifer m'attira dans ses bras et m'embrassa d'une façon qui enflamma toutes mes terminaisons nerveuses et répandit le désir dans mes veines. Selon lui, nous étions faits pour être ensemble et, quand il me tenait comme ça, je commençais à y croire. Mais cette histoire de vies antérieures ? C'était beaucoup plus difficile à accepter.

— Comment s'est passée ta journée ? demanda-t-il en me conduisant vers l'hélicoptère.

Je jetai un œil aux deux gardes du corps qui nous suivaient.

— On s'est bien amusés. Zel en a détesté chaque seconde. Ou du moins, c'est ce qu'elle a prétendu.

Ma réponse lui soutira un petit rire sexy.

— Bien. Elle aurait bien besoin de s'amuser parfois.

— On va où ? demandai-je.

— Je t'emmène faire un tour d'hélicoptère au-dessus du Grand Canyon.

Mes yeux s'écarquillèrent à cette nouvelle. Il m'aida ensuite à monter dans l'hélicoptère, ce qui était inédit pour moi. Du moins, c'était ce que je pensais. Après ça, il s'assit au poste de pilotage et nous enfilâmes tous les deux de gros casques pour pouvoir nous parler par-dessus le rugissement de l'hélicoptère. Zel et Gad s'assirent derrière nous mais ne mirent pas de casques.

Lucifer m'impressionna grandement quand il nous éleva dans le ciel. Je supposai que quand on était aussi vieux et riche que lui, on pouvait se permettre d'avoir des loisirs onéreux. D'abord, nous survolâmes la ville et je m'émerveillai du panorama du Strip vu du ciel. Puis, nous partîmes pour le désert qui paraissait sans fin et l'excitation se répandit en moi à la vue du monde qui s'étendait au-dessous de nous.

Je me tournai pour regarder Lucifer qui respirait la masculinité et le pouvoir en maniant facilement l'hélicoptère comme un expert.

— Comment s'est passé ta journée ? Tu avais l'air... troublé tout à l'heure.

Il secoua doucement la tête, comme surpris par ma question.

— Tu remarques toujours tout. Oui, troublé, c'est le bon mot.

— Qu'est-ce qui s'est passé ?

— On a réussi à capturer des démons impliqués dans l'enlèvement et les attaques, mais on n'a rien pu en tirer. Même pas moi... Et je peux me montrer *très* convaincant.

Ses yeux étincelaient d'un feu sombre.

— Tu les as...

J'inspirai avant de poursuivre :

— Tu les as torturés ?

Il me jeta un coup d'œil comme s'il réfléchissait à quelque chose.

— Pas physiquement. L'un de mes pouvoirs est la... contrainte, disons. Je peux convaincre les gens de me dire tout ce qu'ils savent ou de leur faire faire ce que je veux.

Je me rappelais soudain quand Lucifer m'avait dit de dormir et une peur glacée m'envahit.

— Tu l'as utilisé sur moi, pas vrai ?

— Ce n'était que pour t'aider à dormir. Rien de plus.

Je me mordis la lèvre.

— Mais tu l'utilises sur les autres ?

— De temps en temps, oui. C'est pratique mais je ne l'utilise pas souvent.

J'eus tout à coup une prise de conscience et poussai un cri d'exclamation.

— Quand les gens disent : « Le diable m'y a forcé », c'est vrai alors ?

Il lâcha un long soupir de mécontentement.

— Je ne peux pas *forcer* tout le monde. C'est plus un truc de vampire. Ce que moi je fais, c'est tenter. Contraindre. Influencer. Si quelqu'un se trouve à un croisement, je peux le pousser à prendre un chemin en particulier.

— Le chemin le plus sombre, sans aucun doute, murmurai-je.

— Peut-être mais les ténèbres sont-elles toujours malveillantes ? Ou faut-il forcément de la lumière ?

Je fis non de la tête, hésitante face à la justification de ses actes. Peut-être que pour un être ancien comme lui, cela semblait normal mais pour moi, cela ressemblait à de la manipulation et m'amena à me demander quels autres pouvoirs il possédait que j'ignorais. Et combien d'histoires sur le diable s'avéraient vraies.

Je soupirai et recommençai à contempler la vue. Nous survolions une rivière qui nous mena à un grand pont, derrière lequel se dressait un barrage blanc. Lucifer m'informa que c'était le barrage Hoover et je me penchai pour avoir une meilleure vue de cette structure impressionnante nichée entre les montagnes arides. À l'entrée, deux immenses statues vertes flanquées de grandes ailes montaient la garde. Quand Lucifer me surprit à les regarder, il m'expliqua qu'il avait autrefois aidé à bâtir le barrage.

De plus en plus de sentiments paradoxaux se livraient bataille dans mon esprit. Était-il bon ou mauvais ? Devrais-je m'inquiéter des sentiments que je développais pour lui ? Et à quel point ma place à ses côtés me semblait juste ?

Je regardai dehors pour me distraire, ce qui fut facile car le coucher du soleil incendiait le Grand Canyon de couleurs. Son immensité me laissa sans voix, tout comme les hauts plateaux et les canyons escarpés empruntés par des rivières sinueuses. En tant qu'amoureuse de la nature, je mourrais d'envie de faire de la randonnée sur ses pistes, d'observer les plantes qui poussaient ici et de respirer les parfums sauvages.

Soudain, l'hélicoptère descendit vers le canyon, faisant remonter mon estomac et j'attrapai la main de Lucifer sans réfléchir. Il la serra un peu tout en se préparant à poser l'hélicoptère sur l'un des plateaux. J'aperçus une table avec une nappe blanche retenue par des pierres pour éviter qu'elle ne se fasse emporter par le souffle de l'hélicoptère.

Quand les pales s'immobilisèrent, Lucifer m'aida à sortir sur le terrain rocailleux. Zel et Gad sortirent après moi et s'envolèrent, et furent rapidement hors de vue, quelque part dans les rochers escarpés des falaises abruptes.

Le soleil venait juste de se coucher derrière les falaises, nous laissant dans une lumière orangée et rougeâtre. Lucifer garda ma main dans la sienne tandis que nous nous avancions sur le terrain irrégulier et accidenté jusqu'à la petite table. Il m'aida à m'asseoir car à défaut d'autre chose, le diable était un gentleman. Puis il ouvrit une grosse boîte noire qui se trouvait dans l'hélicoptère : un panier à pique-nique d'un chic absolu. D'un claquement de doigt, il alluma les bougies d'un feu bleu pâle – un autre de ses pouvoirs, semblait-il – et j'essayai de me retenir de crier.

Lucifer nous prépara des verres et au moment où j'allais protester, il me fit un clin d'œil et me montra l'étiquette. C'était du jus de pomme pétillant sophistiqué.

— Sans alcool bien sûr.

Une chaleur envahit ma poitrine en sachant qu'il s'en rappelait, qu'il respectait mes souhaits et qu'il avait préparé tout ça pour moi. Je pris le verre et admirai la vue incroyable alors que le vent frais taquinait doucement mes cheveux.

— Quel est le péché ce soir ?

Nous avions fait la gourmandise, l'avarice, la colère et la paresse. Il n'en restait plus que trois.

Il leva son verre pour porter un toast.

— Je n'en suis pas sûr. Nous verrons comment se passe la soirée.

Il ouvrit un panier et disposa des sandwichs élaborés, un plateau de fromages impressionnant ainsi que de la tapenade et des frites faites maison. Je ne doutais pas que tout serait délicieux car Lucifer ne prenait que le meilleur.

La lumière se refléta dans son regard, faisant davantage ressortir cette étincelle enflammée tandis qu'il prenait un morceau de fromage. Tout en m'emparant d'un sandwich, je lançai l'une des nombreuses questions qui tourmentaient mon cerveau.

— Tu as vraiment besoin de manger ?

Ses yeux pétillèrent d'amusement.

— Bien sûr. Toute chose a besoin de subsistance.

— Mais tu as dit que les Lilim se nourrissaient de luxure. Tu as besoin d'autre chose toi aussi ?

Il haussa les sourcils comme s'il était impressionné.

— Question très pertinente. Oui, tous les êtres surnaturels ont besoin de se nourrir d'une certaine énergie. Les fées, par exemple, se nourrissent de la nature alors que les anges se nourrissent de lumière. Les besoins varient selon les espèces de démons mais en règle générale, ils se nourrissent des émotions des autres. Et les Déchus sont à l'inverse des anges. Ils ont besoin des ténèbres pour survivre et alimenter leurs pouvoirs.

— Toi aussi ?

Il se pencha plus près et baissa la voix.

— Je vais te dire un secret. Je peux à la fois me nourrir de lumière et de ténèbres. C'est l'une des raisons pour laquelle je suis l'être le plus puissant sur cette Terre en ce moment.

— Waouh, un peu prétentieux non ? fis-je remarquer avec un rire moqueur.

Il se recula et haussa nonchalamment une épaule en me jetant un des ses sourires diaboliques.

— Est-ce que c'est de la prétention si c'est la vérité ?

Je picorai une frite du sac.

— Donc il n'y personne d'autre d'aussi puissant que toi ?

— Oh, il y en a quelques uns. Le grand roi des fées par exemple, mais il se trouve dans le royaume des fées et il est suffisamment intelligent pour ne pas mettre un pied ici. Les dieux très anciens sûrement mais ils ont tous été bannis ou enfermés. Mais sur Terre ? C'est moi le grand patron, chérie.

Il prononça cette dernière phrase avec un sourire jusqu'aux oreilles.

Merde alors.

Je décidai alors que, face à des choses impossibles, terrifiantes et difficiles à accepter et à comprendre, on pouvait soit s'enfuir, soit faire une blague. Je choisis la deuxième option.

Je levai mon verre et souris.

— Ce soir, c'est l'orgueil dans ce cas, car tu en es rempli.

Il laissa échapper un rire profond à la résonance sexuelle.

— Tu as sûrement raison. L'orgueil est mon péché, après tout.

18

HANNAH

Nous continuâmes à manger alors que le ciel s'assombrissait autour de nous et que la flamme des bougies vacillait dans la brise légère. Je finis par trouver le courage d'aborder le sujet que j'avais gardé dans un coin de ma tête toute la journée.

— Parle-moi de nos vies antérieures.

Il nous versa un peu plus de jus de pomme.

— Lesquelles ? Impossible de toutes les raconter ce soir. J'ai une meilleure idée. Parle-moi de ta vie maintenant.

— Tu n'as pas tout classé dans un petit dossier quelque part ?

Il me passa le plateau de fromage.

— Je préférerais l'entendre de ta bouche. Hier soir, tu as dit que tes parents étaient morts dans un accident de voiture. C'était il y a cinq ans, c'est ça ?

Je déglutis et contemplai mon assiette, souhaitant ne pas avoir à parler de ça tout en sachant que le sujet devrait être abordé, à un moment donné ou à un autre. Il valait mieux en finir rapidement.

— Le conducteur était ivre.

— Ah. C'est pour ça que tu ne bois pas.

J'acquiesçai et respirai profondément, m'efforçant d'être calme en sentant les larmes monter.

— J'étais dans la voiture avec eux mais je suis la seule à avoir survécu. Malheureusement, j'ai perdu la mémoire au même moment. Je ne me souviens même pas d'eux.

Il tendit les mains pour prendre l'une des miennes.

— Ça doit vraiment être horrible pour toi.

Ma vision se brouilla et je refoulai mes larmes.

— J'aimerais tellement pouvoir me souvenir d'eux mais il n'y a juste... rien. Mon plus vieux souvenir remonte à mon réveil et quand ma sœur m'a annoncé ce qui s'était passé.

Ses pouces me caressaient doucement le dos de la main.

— Ta sœur... Jo, c'est ça ?

J'avais du mal à croire qu'il ne soit pas déjà au courant de tout sur moi mais je me prêtai au jeu.

— Oui. Elle vit à San Francisco et dirige une entreprise de technologie là-bas. Elle m'a aidée à me remettre sur pieds après l'accident, puis j'ai commencé à travailler à la boutique de fleuriste que nous avons hérité de nos parents. Peu après tout ça, j'ai fait la connaissance de Brandy sur son lieu de travail, à la bibliothèque du coin, et nous sommes devenues amies. Elle a fini par divorcer et j'ai déménagé avec elle après ça.

Il recula, lâchant ma main et se mit à tournoyer le jus de pomme comme si c'était du vin.

— Est-ce que tu aspires à autre chose dans ta vie qu'être fleuriste ? Ou c'est ce que ton cœur souhaite faire ?

Je me mordis la lèvre et détournai le regard. Sa question avait touché un point sensible en moi, quelque chose que j'essayais d'ignorer. Je désirais plus, en effet. Désespérément. Mais j'avais aussi le devoir de faire marcher la boutique de mes parents et je ne pouvais pas me détourner de cela.

— J'ai pris quelques cours en ligne et parfois, je me dis que j'aurais aimé aller à l'université et obtenir un diplôme, mais je n'ai pas vraiment le temps. Je dois m'occuper de la boutique pour conserver l'héritage de mes parents. Ça me suffit. Ça doit me suffire.

Il émit un grognement d'hésitation, comme s'il ne me croyait pas.

— Quand tu rêvais de ce que tu voulais faire plus tard, à quoi est-ce que tu pensais ?

— Je ne sais pas. Parfois, je rêvais de devenir paysagiste et d'aménager les espaces extérieurs pour les gens. Ça n'a pas d'importance vu que ça n'arrivera jamais.

Je haussai les épaules et m'essuyai la bouche avec ma serviette.

— Un travail qui implique la nature et les plantes. Ça t'irait bien, il me semble.

Je regardai la vue incroyable autour de nous avec un petit sourire.

— J'adore être entourée de plantes. J'ai toujours adoré ça.

Il fit oui de la tête comme s'il n'en attendait pas moins et sortit une grosse grenade rouge du panier à pique-nique. Il me tendit le fruit.

— Tu en veux ?

J'acquiesçai en respirant son parfum délicat et poudré. Juste une petite touche sucrée dénotant le luxe contenu à l'intérieur. Il devait savoir que c'était l'un de mes fruits préférés. Je me demandai s'il connaissait ma technique pour l'ouvrir en deux.

Avec un petit couteau, il retira le pédoncule, révélant le centre et les parties de la grenade qui n'avaient pas de graines. Après l'avoir retournée, il entailla le fruit en suivânt les quartiers. De ses mains, il ouvrit la grenade en plusieurs quartiers, chacun comportant des graines à la fois belles et juteuses.

Je haussai les sourcils.

— C'est toi qui m'as appris ça ?

— En fait, c'est toi me l'as appris.

Il prit l'un des quartiers et l'approcha de ma bouche. Je mordis dedans et le bout de ses doigts frottèrent contre mes lèvres, envoyant des picotements dans tout mon corps tandis que le goût du jus explosait sur ma langue.

Ses yeux restèrent fixés sur ma bouche alors que je sortais la langue pour lécher le jus sur mes lèvres.

— Dans l'une de nos vies antérieures, on m'appelait Hadés. Et toi, Perséphone.

Je faillis m'étouffer avec le fruit exquis et le fixai, choquée.

— La déesse ?

— Les anges, les démons et les fées ont souvent été représentés sous forme de dieux dans la mythologie. Tu étais en vérité une fée de la Cour du Printemps dans cette vie-là.

Il me fit un clin d'œil et un sourire coquin étira sa bouche.

— Je t'ai arrachée du Royaume des fées pour vivre avec moi en Enfer, au grand dam de tes parents.

Je secouai la tête, abasourdie, et tentai de digérer ses paroles. La présence du vase dans sa bibliothèque faisait sens, tout comme les narcisses dans ma chambre. Est-ce que c'étaient mes fleurs préférées parce qu'elles me rappelaient inconsciemment ma vie antérieure ? Y avait-il d'autres éléments de mes vies précédentes qui influençaient celle que je vivais en ce moment ? Mon plat préféré, ma couleur préféré, même la façon de boire mon café, qu'est-ce qui venait de mes anciennes vies et qu'est-ce qui venait de ma vie actuelle ? Avoir autant de savoir hors de portée me rendait folle.

— C'était une époque relativement calme entre les espèces surnaturelles, où nous pouvions tous nous déplacer librement entre la Terre et les autres royaumes.

Lucifer continua à me nourrir des graines de grenade, les portant à mes lèvres tout en parlant. Je laissai ma langue toucher le bout de son doigt, observant ses pupilles se dilater mais il ne perdit pas un instant.

— Tu as régné à mes côtés sur l'Enfer pendant plusieurs années, même si ta mère te faisait passer une partie de ton temps au Royaume des fées également.

Son histoire concordait avec celles des mythes de Hadès et Perséphone. Je fermai les yeux et cherchai au fond de mon âme des souvenirs enfouis, mais je ne trouvai rien.

— Que nous est-il arrivé ?

Quelque chose de sombre se cachait dans son expression, quelque chose qui me fit me demander si ma mémoire était refoulée pour une raison particulière. Il se leva et me tendit la main pendant que ses mystérieuses ailes noires se déployaient dans son dos.

— Toutes les bonnes choses ont une fin. Viens. Laisse-moi te montrer le Canyon comme il se doit. La nuit, dans mes bras.

Je ne pus refuser, même si mes mains tremblaient à la pensée de voler. La seule chose que j'arrivais à me représenter, c'était ma terrifiante chute du toit du Celestial et la manière dont il m'avait brusquement rattrapée à mi-chemin. Mais il ne m'avait pas laissé tomber cependant, et je savais au fond de moi qu'il ne laisserait plus rien m'arriver. Le diable était dangereux et meurtrier mais il ne me ferait jamais de mal.

Il me souleva dans ses bras, me portant comme il l'avait fait l'autre nuit, comme s'il me sauvait de quelque chose. Je fermai les yeux et me cramponnai à son cou quand il battit de ses grandes ailes dans les airs, provoquant une brise fraîche autour de nous, et s'éleva. Il me tenait fermement contre son torse alors que nous volions de plus en plus haut. Je blottis mon visage dans son cou car j'avais peur de lâcher prise.

— Je te tiens, Hannah. Ouvre les yeux.

Ses ailes nous stabilisaient et j'osai jeter un regard par-dessus son épaule. À l'horizon, le soleil était très bas, dépassant à peine des montagnes au loin. Le crépuscule n'avait jamais été aussi beau, un arc-en-ciel de couleurs s'étendant dans le ciel tel une peinture au-dessus de l'immensité du Grand Canyon. Je relâchai ma prise tout en contemplant les alentours, absorbée par la beauté de la nature.

— C'est incroyable.

Il acquiesça mais son regard se fit distant lorsqu'il s'imprégna du moment où le soleil disparaissait et où le ciel prenait une teinte indigo.

— C'est à ça que ressemble le jour en Enfer.

Sa voix était empreinte d'envie et je me demandai si son autre maison lui manquait. Je voulais lui demander pourquoi il vivait ici et pas là-bas mais nous étions en train de voler et les pensées se bousculaient dans mon esprit. Je resserrai mon étreinte sur son cou quand il survola les falaises, les vallées sinueuses et qu'il descendit juste au-dessus de la rivière. Sa poigne ne faiblit pas une seule fois, contrôlant toute la situation. Même quand il y avait des bourrasques, il les utilisait pour nous élever au lieu de les éviter. Je lui faisais confiance, comme je n'avais jamais fait confiance à aucun homme.

Je changeai de position dans ses bras pour mieux voir. Il monta et fit quelques tours avant de replonger. La peur ne paralysait plus ni mes muscles ni ma gorge. À la place, quelque chose l'avait remplacée. L'exaltation. L'adrénaline. La joie. C'était comme pour les voitures de sport. Ça semblait... naturel.

Alors que la nuit tombait, j'avais plus de mal à distinguer les choses, même si les innombrables étoiles au-dessus de nous offraient un magnifique décor. J'ignorais comment, mais les ailes de Lucifer étaient plus sombres que ce qui nous entourait, comme si elles étaient plus sombres que la nuit elle-même. Mon regard se déplaça du paysage à l'homme qui me tenait, percevant toujours les traits de son visage. Je glissai ma main le long de son cou, sur sa barbe de trois jours puis sur sa bouche sensuelle.

— Comment arrives-tu à te diriger ?

— Tous les démons et les Déchus peuvent voir dans le noir, dit-il, sa voix facilement portée par le vent.

Il fit une boucle dans le canyon quand soudain, venu de nulle part, quelque chose s'approcha de nous. Quelque chose d'énorme. Lucifer plongea en avant, se précipitant pour éviter la chose qui s'élançait à nos trousses. Mon estomac hoqueta alors que je m'agrippai de nouveau fermement à lui. Il y eut une grande bourrasque de vent quand la chose passa à côté de nous. Lucifer se tourna alors vers elle.

Puis, on vit une lumière ; ou plutôt du feu. En provenance d'une gueule gigantesque, bordée de crocs monstrueux.

Putain de merde ! Ce n'était quand même pas un *putain de dragon* ?

Le feu éclaira une créature reptilienne ailée de la taille d'un 4x4 avant de se jeter vers nous. Lucifer leva une main et les ténèbres, encore plus sombres que la nuit, en sortirent pour consumer les flammes jusqu'à la disparition totale de la lumière.

— Accroche-toi bien à moi ! cria Lucifer en battant des ailes et en s'élançant vers le dragon.

La respiration tremblante, je m'agrippai plus fermement à son cou et blottis mes jambes aussi près que possible. Je ne pouvais rien faire d'autre, me sentant tellement impuissante et terrifiée.

Le dragon rugit, m'envoyant des vagues de terreur dans le corps. J'avais du mal à l'apercevoir dans la pénombre jusqu'à ce qu'il se prépare à cracher à nouveau du feu. Avant qu'il ne puisse le faire, Lucifer fit jaillir de ses mains des tentacules magiques, si sombres qu'elles se confondaient avec la nuit, et les envoya vers le dragon. Les vrilles ténébreuses encerclèrent le dragon, s'enroulant autour de lui et le maintenant immobile comme s'il était pris dans un filet.

Puis, Lucifer jura dans sa barbe dans une langue que je ne reconnus pas, son regard tourné vers quelque chose à sa droite. Je me retournai et aperçus d'autres feux provenant de deux autres gueules de dragons qui s'avançaient rapidement vers nous, portés par leurs ailes reptiliennes.

Lucifer se tourna et se dirigea à toute vitesse vers l'hélicoptère, ses bras me serrant avec ténacité. Alors que nous fendions les airs à un rythme effréné, les autres dragons nous prîmes en chasse, se déplaçant aussi vite que nous. Lucifer volait de façon instinctive, évitant les explosions qui enflammaient tout sur leur passage et j'essayai de ne pas crier quand un des dragons s'approcha dangereusement de nous.

Azazel et Gadrel déferlèrent sur les dragons, me laissant bouche bée pendant qu'ils fouettaient, encerclaient et bondissaient sur les énormes créatures en brandissant des épées qui luisaient d'un éclat blanc. Mais nous retournâmes alors dans un coin du canyon et la pénombre de la nuit m'empêcha de voir ce qu'il se passa ensuite.

Lucifer atteignit l'hélicoptère et atterrit lourdement sur la pierre abrupte, faisant trembler le sol sous l'impact. Je jetai un regard en arrière mais ne vis aucune trace de bataille au loin.

— Entre ! cria-t-il en m'aidant à grimper dedans.

Le rocher derrière moi frémit même au son de sa voix remplie de rage et je me dépêchai d'entrer dans l'hélicoptère.

Il ferma la porte à grand bruit puis disparut. Littéralement, il venait juste de… s'évanouir dans la pénombre. Une seconde plus tard, les ténèbres déferlèrent à côté de moi dans l'hélicoptère et fusionnèrent pour prendre la forme de sa silhouette. La mâchoire m'en tomba face au spectacle. Mince, combien de pouvoirs possédait-il donc ?

— C'était quoi cette chose, bordel ? demandai-je en me dépêchant de m'attacher.

— Un métamorphe dragon. Un démon de l'avarice.

Merde, je venais vraiment de voir un dragon. Je me mis à douter dès que nous fûmes hors de portée, me disant que c'était peut-être un jeu de lumière ou quelque chose comme ça, mais non. Un putain de dragon ! Qui avait craché du feu vers nous !

— Comment osent-ils nous attaquer ? grogna Lucifer en démarrant l'hélicoptère.

Il était plus que furieux mais il y avait autre chose aussi. Je me rendis compte qu'il était terrifié. Pour moi.

— Tu es ma compagne. Ils savent qu'il vaut mieux ne pas te blesser. S'ils avaient touché à un seul de tes cheveux, j'aurais effacé tous les autres satanés dragons de la surface de la Terre.

L'hélicoptère s'élança dans les airs et, plus il s'élevait, plus mon estomac s'alourdissait dans mon ventre. Je retins mon souffle pendant que nous volions à toute vitesse. Quelque part au loin, je vis des éclats de lumières étincelantes et de flammes, priant pour que mes deux gardes du corps s'en sortent indemnes.

Une fois au Celestial, Lucifer était toujours en rage. Il convoqua tout de suite des gardes déchus pour veiller sur moi et m'embrassa ensuite à la hâte.

— Maintenant que tu es en sécurité, je dois y retourner.

J'acquiesçai de la tête, les mains un peu tremblantes et l'estomac noué d'inquiétude pour Zel et Gad. Cette fois-ci, Lucifer décolla grâce à ses ailes, plus rapide que lorsqu'il me tenait dans ses bras, puis disparut dans la nuit. Je soupirai en me rendant compte qu'il serait resté à combattre les dragons s'il n'avait pas eu à me ramener. Il aurait sûrement pu les battre facilement mais il s'était enfui parce qu'il s'inquiétait pour ma sécurité. Ma mortalité le retenait. Il avait peur de bientôt me perdre, encore une fois.

J'étais la faiblesse du diable.

19

―――――

HANNAH

Je m'endormis seule dans le lit de Lucifer, recroquevillée dans ses draps de soie noire. Il me rejoignit tard dans la nuit, me murmurant doucement que Zel et Gad allaient bien. Ils avaient tué ensemble un dragon et en avaient capturé un autre, mais le dernier s'était échappé. Puis, il se blottit contre moi et me tint contre lui alors que je me rendormais, me sentant en sécurité dans ses bras, plus que nulle part ailleurs.

Quand je me réveillai le lendemain matin, il était déjà parti. Une note me disait qu'il enquêtait sur l'attaque et qu'il préférerait que je reste au penthouse aujourd'hui. Ça m'allait très bien. J'avais une bibliothèque à examiner, de toute façon.

Après avoir été aux premières loges d'une bataille épique de dragons hier soir, en plus des découvertes hallucinantes de ces derniers jours, j'étais ravie de pouvoir apprécier un moment de calme seule. Je pris une longue douche brûlante dans la salle de bains de Lucifer, qui était encore plus luxueuse que la mienne, et découvris ensuite qu'il était presque midi.

Lucifer avait commandé au room service un énorme buffet de nourriture pour moi. Il y avait de tout : des fruits tropicaux de toutes les couleurs dont je n'avais jamais entendu parler, du saumon fumé, du bœuf de Kobe, du pain artisanal et des omelettes aux œufs de caille avec des copeaux de truffe. Ensuite, il y avait des chocolats exotiques tachetés d'or et des fromages venus du monde entier. C'était sûrement le buffet le plus cher que j'avais vu et je n'allais pas pouvoir tout manger.

Je remarquai Gadrel debout devant la porte, jouant le rôle de garde du corps aujourd'hui. Il portait un jean et un t-shirt délavé, exhibant ses bras impressionnants et, avec ses cheveux dorés et ses yeux bleus, il avait plus l'air d'un joueur de football américain d'une équipe universitaire que d'un ange déchu.

— Où est Zel ? demandai-je en commençant à remplir mon assiette.

— Elle a été blessée hier soir et Lucifer lui a donné sa journée pour qu'elle se remette, dit-il avant de sourire. Elle a beaucoup protesté. Elle prend son rôle de protectrice très au sérieux.

Ma poitrine se serra à la pensée qu'elle soit blessée.

— Elle va bien ?

— Ouais, elle a juste été brûlée aux jambes par un dragon. Rien qu'elle ne puisse guérir elle-même en un jour ou plus, mais ça fait un mal de chien en attendant.

Je penchai la tête et gobai un morceau de fromage.

— Guérir ?

— Tous les êtres surnaturels guérissent plus rapidement que les humains. C'est l'un de nos nombreux pouvoirs. Certains anges, les Malakim, peuvent même guérir les autres mais nous préférons ne pas leur demander de faveur si nous pouvons l'éviter. Ce sont de vieux rivaux, tout ça, tout ça.

— D'accord, dis-je en acquiesçant de la tête.

Mon plan aujourd'hui était d'écumer la bibliothèque de Lucifer et de trouver des ouvrages qui avaient pour sujet les anges, les démons et mes vies antérieures. J'avais encore tellement à apprendre.

Je fis un geste vers le buffet.

— Je t'en prie, mange tout ce que tu veux. Il y en a trop pour moi toute seule.

Il me sourit chaleureusement en s'éloignant du mur et en s'avançant vers moi.

— Merci.

Une assiette de nourriture dans la main, je me dirigeai vers la bibliothèque. Mes yeux se posèrent directement sur l'épée accrochée au mur derrière le bureau de Lucifer et je déglutis au souvenir des gargouilles mortes qui me revint en mémoire. Est-ce que j'avais été un soldat dans une des mes anciennes vies ? Combien de fois avais-je brandi l'épée de Lucifer auparavant ?

Je posai mon assiette et trouvai la catégorie Histoire et mythologie. Puis, je passai les minutes suivantes à extirper tous les livres qui semblaient utiles, de près ou de loin. Je les étalai sur le sol et m'assis au milieu, mon assiette avec moi, la dévorant tout en lisant attentivement de vieux pavés. Je fis la même choses avec des ouvrages plus récents.

Les heures défilèrent et j'avais toujours l'impression de ne rien avoir appris. Je soupirai et posai le livre sur Hadès et Perséphone à mes côtés. C'était instructif mais comment pouvais-je démêler la légende de la vérité ? J'avais parcouru une douzaine de livres sur les anges, les démons et les dieux grecs mais je n'étais pas sûre d'avoir appris quelque chose de nouveau. Désormais, je commençais à avoir un torticolis à force de me pencher sur les pages et mes fesses étaient douloureuses après être restée assise si longtemps sur le sol en marbre. Je laissai échapper un long soupir et commençai à me masser le cou en espérant que cela détendrait mes muscles endoloris.

— Tout va bien ? demanda Gadrel depuis le fauteuil où il était assis.

Il avait alterné entre manger et jouer distraitement sur son téléphone pendant que j'étais dans la bibliothèque. Il ne semblait pas être fan de livres.

— Juste un peu raide.

Je me levai et m'étirai encore, puis traversai la pièce pour m'affaler sur un fauteuil à côté de lui. M'asseoir par terre avait été une très mauvaise idée mais ça avait été la seule manière de voir tous les livres.

— J'ai essayé de faire des recherches sur les anges et les démons mais c'est un sujet si vaste. Je ne sais pas trop pourquoi j'ai cru que je serais capable de tout apprendre en quelques heures.

Gad rit doucement.

— C'est sûrement plus facile de demander à l'un d'entre nous. On te dira tout ce que tu veux savoir.

Je me redressai sur mon siège et passai mes pieds sous moi.

— J'apprécie. Comment en es-tu venu à travailler pour Lucifer ?

— Je suis l'un des jeunes Déchus, ce qui veut dire que je n'ai que quelques siècles et que je suis né en Enfer en tant que Déchu, pas en tant qu'ange, contrairement à Azazel ou Samaël. J'ai combattu dans l'armée de Lucifer durant la Grande Guerre au dix-neuvième siècle et depuis, j'ai gravi les échelons et prouvé ma loyauté, jusqu'à ce que Samaël fasse de moi son assistant.

C'était plutôt apaisant d'apprendre qu'il n'était pas aussi vieux que les autres, même si je n'aurais pas considéré qu'être âgé de *quelques siècles* soit jeune.

— La Grande Guerre, la guerre contre le Paradis, c'est ça ?

Il acquiesça d'un sourire triste.

— Je t'ai connue à l'époque. Durant l'une de tes vies anté-rieures. Tu te souviens ?

Je secouai la tête mais l'impression qu'il disait la vérité se nicha dans ma poitrine.

— Tu peux m'en raconter plus sur cette vie ?

— J'aimerais beaucoup. Tu étais une magnifique Déchue qui s'appelait Lénore et tu avais des cheveux et des ailes couleur corbeau. Tu étais née vers la même période que moi, au dix-huitième siècle. On a combattu ensemble, côte à côte et tu étais une redoutable guerrière.

— Une guerrière ?

Mes yeux glissèrent vers l'épée accrochée au mur. Est-ce que c'était là que j'avais appris à manier une arme ?

Il posa la tête contre le dossier du fauteuil et sourit.

— Oh oui. Tu as abattu tellement d'anges au nom de Lucifer. Mais tu étais aussi gentille et drôle et, comme maintenant, tu aimais les livres. Tu te rendais souvent sur Terre pour traîner dans Londres et parler à des écrivains gothiques comme Byron, Mary Shelley et Edgar Allen Poe. En fait, beaucoup de leurs histoires sont inspirées de toi.

— C'est vrai ?

Mes yeux s'élargirent à ses propos. C'était un soulagement d'entendre que j'avais fait autre chose dans cette vie que tuer des anges et j'avais toujours adoré ces vieux livres gothiques. Apprendre que j'avais en vérité rencontré les auteurs et inspiré nombre de leurs histoires était incroyable.

Il rit de moi.

— Oui et Lucifer t'encourageait à le faire. Il aimait qu'ils écrivent des histoires sur les créatures de la nuit.

Je poussai un long soupir.

— J'aimerais pouvoir m'en rappeler.

— Ça te reviendra avec le temps.

Mais alors, son sourire s'effaça et il détourna les yeux.

— Même si c'est peut-être mieux que tu ne te souviennes pas.

— Qu'est-ce que tu veux dire ?

— Tu es morte sur un champ de bataille en Enfer. Un ange en armure doré t'a abattue devant moi. Tu as rendu ton dernier souffle dans les bras de Lucifer en murmurant son nom. De nombreux Déchus t'ont pleurée pendant des jours. Si tu veux tout savoir, j'ai tué l'ange responsable. J'aurais juste aimé être un peu plus rapide pour pouvoir te sauver.

Son expression était pleine de regrets quand il inspira un grand coup.

Je m'enfonçai dans le fond de mon fauteuil à ses dires, prisonnière de cet aperçu de ma propre vie et de ma propre mort. Je n'étais pas sûre de ce que j'étais censée ressentir face à cette information. De la tristesse ? Du regret ? De la confusion ? La seule chose que je ressentais, c'était le vide et le néant.

— J'ignorais tout ça.

Gadrel semblait dévasté quand il se pencha en avant comme s'il voulait me réconforter.

— Je suis désolé. Lucifer ne t'a rien dit ?

Je secouai la tête.

— Non, il ne m'a pas trop donné de détails sur nos vies antérieures pour l'instant.

Il posa sa main sur mon épaule et me fit un faible sourire.

— Je suis sûr qu'il aurait fini par te raconter ça. Il a été très occupé ces derniers temps avec les attaques et tout ça.

— Qu'est-ce qui se passe ici ?

La voix sombre de Lucifer me fit sursauter.

Gadrel retira rapidement sa main comme s'il s'était brûlé. Je me rendis compte des positions que nous avions adoptées quand je m'étais rapprochée pour écouter son histoire. Nos genoux se touchaient presque et nous étions au bord de nos sièges. *Trop près.*

— Gadrel me racontait juste qu'il me connaissait dans une vie antérieure, dis-je en me reculant à nouveau dans mon fauteuil.

Lucifer se tenait dans l'embrasure de la porte et même sans rien faire, là dans son costume trois-pièces, il était si beau que j'en eus le souffle coupé.

— Ah oui ?

Je fis un geste pour montrer la pile de livres par terre.

— J'ai lu des bouquins sur les anges, les démons et la mythologie toute la journée, mais j'ai toujours des millions de questions. Gadrel a été assez gentil pour me partager ce qu'il savait.

Lucifer traversa la pièce et s'accroupit à côté de moi, glissant une main derrière mon cou pour m'embrasser avec fougue. Puis, son regard sombre se tourna vers Gadrel.

— Tu peux disposer.

Son baiser m'avait laissée à bout de souffle et je ne compris pas le ton bas et menaçant qu'il avait employé. Il n'avait pas de raison d'être jaloux. Je n'avais aucun sentiment pour Gadrel. C'était encore plus évident après un tel baiser.

Gadrel nous frôla en passant, le dos raide, et marcha à grand pas vers la sortie.

— Ce n'était pas gentil, dis-je à Lucifer en croisant les bras.

Quelques jours auparavant, je n'aurais jamais osé lui parler comme ça. À présent ? Je n'avais plus peur de lui.

— Gadrel a suivi tes ordres et a monté la garde toute la journée. Il n'a fait que répondre à mes questions.

Lucifer réfléchit à mes propos avec un regard féroce puis baissa un peu la tête.

— J'imagine que je n'ai pas trop bien réagi. Quand je suis entré et que je vous ai vus tous les deux comme ça...

Son visage s'assombrit à nouveau, les poings fermés sur les côtés.

— J'ai toujours soupçonné Gadrel d'avoir des sentiments pour toi quand tu étais Lénore, même si tu me certifiais que vous n'étiez qu'amis. Mais tout le monde aimait Lénore. Des tas de poèmes parlent de toi.

— Pourquoi tu ne m'as rien raconté sur cette vie ?

Il tendit la main pour toucher mon visage et me regarda, les yeux emplis de tristesse.

— C'était ta vie précédente juste avant celle-ci et parfois, la douleur de t'avoir perdue est encore trop forte. C'est difficile pour moi d'en parler, même si j'avais prévu de tout te dire un jour ou l'autre. Je te raconterai toutes tes vies antérieures si on a le temps. C'est juste qu'il y en a beaucoup.

J'acquiesçai de la tête, posant la tête contre sa main.

— Je suppose que tu voulais bien agir. Je suis juste pressée de tout savoir.

— Tu l'as toujours été. Viens avec moi.

Il recula et m'assena un sourire dévastateur. Il me conduisit à l'une des étagères de la bibliothèque et ses ailes sombres jaillirent de son dos. D'un battement puissant, il s'éleva et plana jusqu'à l'étagère du haut que je n'avais pas pu atteindre. Il attrapa un petit livre noir et descendit, ses ailes disparaissant une fois ses pieds au sol.

Il me tendit le livre à la reliure noire.

— C'était à toi.

Je fis attention en prenant le livre minuscule, qui était vieux mais bien conservé. *Les Poèmes d'Edgar Allan Poe.* Sur la page de couverture, on pouvait lire : « Pour ma muse, ma Lénore. » Dessous se trouvait la signature de Poe.

Je levai rapidement les yeux vers Lucifer.

— C'est un vrai ?

— Oh oui. J'ai pris longtemps soin de ce livre pour toi.

— Oh merde. Je suis *la* Lénore. La Lénore du *Corbeau* ?

Je tournai les pages pour trouver *Le Corbeau* et lus le poème dans ma tête. Je répétai ensuite un des vers à voix haute.

— « ... Une précieuse et rayonnante fille que les anges nomment Lénore. » Le corbeau dit : « Jamais plus ! »

Les lèvres de Lucifer se retroussèrent.

— Il a écrit un autre poème sur toi, qui s'intitule simplement *Lénore*. Poe était complètement obsédé par toi.

— Waouh.

Je tournai les pages qui craquaient avec l'âge et trouvai l'autre poème.

— Hannah, s'il te plaît, fais-moi confiance. Je prévois de tout te raconter sur Lénore et tes autres vies mais je sais par expérience qu'il vaut mieux te présenter les choses doucement, sinon tout te submerge. Faire face à des vies antérieures et être l'âme sœur du diable, c'est en demander beaucoup, pour n'importe quelle femme, dit-il en se penchant et prenant mon visage dans ses mains. Même pour une femme aussi remarquable que toi.

Ça me submergeait déjà mais j'avais quand même soif de savoir. Je secouai la tête et fermai le livre.

— J'ai tellement envie de me souvenir. J'ai souvent fait ces rêves précis et j'ai toujours cru que c'était parce que je lisais trop de livres et que j'avais beaucoup trop d'imagination. Mais maintenant, je me demande si ce pourrait être des visions de mes anciennes vies.

— C'est possible. Je suis surpris que tu ne te souviennes pas de plus de choses à présent, ou au moins de moi mais cela devrait venir avec le temps. Bon, il nous reste encore deux nuits de péché, déclara-t-il en se frottant les mains. Ce soir, c'est la luxure. Oh, si tu voyais ce que j'ai prévu.

Je levai une main quand une idée me frappa.

— Attends. Tu as choisi toutes les activités à chaque fois, mais ce soir, c'est mon tour.

Il me regarda en clignant des yeux et en inclinant la tête.

— Ton tour ?

— Ça fait des jours que je fais tout ce que tu veux et oui, c'était plutôt incroyable, mais ce soir, on va faire ce que moi je veux pour changer.

— Tu ne sais même pas ce que j'ai prévu. Fais-moi confiance, tu vas aimer.

Ses doigts sillonnèrent mon cou, effleurant le haut de ma poitrine pour me provoquer. J'inspirai, essayant de contrôler mon désir pour lui.

— Je suis sûre que je vais aimer mais j'ai besoin de faire une pause de cette façon de vivre. Un petit peu de normalité face à toute la folie de ces derniers jours. S'il te plaît.

— Très bien, je te laisse choisir le programme de ce soir.

Il avait l'air sceptique et je sentis qu'il l'était car c'était dur pour lui de ne pas avoir le contrôle après toutes ces années passées à gouverner.

Je me mis sur la pointe des pieds et lui fis un rapide baiser.

— Ne t'inquiète pas. Je suis sûre qu'on finira tous les deux nus avant la fin de la nuit.

Je fus récompensée par un sourire sensuel.

— Ça, ça me plaît davantage.

20

LUCIFER

— On est arrivés, dit Hannah quand une cloche tinta au-dessus de nos têtes.

Je supposai qu'elle venait d'ouvrir une porte mais je ne pouvais pas le voir parce qu'elle m'avait demandé de garder les yeux fermés, d'une voix qui ne voulait pas se faire contredire.

— Tu peux ouvrir les yeux, maintenant.

Elle me donna un petit coup de coude mais... Bon sang, je devais vraiment les ouvrir ? Je gardai délibérément les yeux fermés de peur qu'ils ne sortent de mes orbites une fois que je les aurais ouverts et que je verrais où elle m'avait emmené. À en juger par la puanteur de bière rance et d'huile de cuisson bon marché, sans oublier les relents de vomi et de pisse, je souhaitais nettement garder les yeux fermés. Les garder fermement fermés. Peut-être même les cadenasser.

J'essayai d'esquisser un sourire mais ça ressemblait plus à une grimace.

— Tu es sûre qu'on est au bon endroit ?

— Oui.

Je pris une grande inspiration, même si les vapeurs d'alcool étaient si fortes que les inhaler me brûlait déjà la gorge, et ouvris les yeux. Je parcourus la salle des yeux, le regard plein d'appréhension. Nous nous trouvions dans un genre de petit bar sordide, le genre d'endroits où je n'allais jamais de mon propre gré. Au plafond se trouvaient des néons qui clignotaient et tremblotaient, ce qui était sûrement le résultat d'un court-circuit plutôt qu'à dessein. L'espace pour s'asseoir était obstrué par un trop grand nombre de tables de billards, et sur tout un pan de mur se trouvaient de vieilles machines à sous, dont certaines étaient dotées d'écrans noirs et fendus. Des fauteuils en vinyl déchiré semblaient à l'ordre du jour, tout comme les vieilles tables en plastique dont la couche de protection roussie se détachait.

Un homme énorme vêtu d'un jean sale et d'une veste en cuir sans rien d'autre en dessous nous frôla, et je jetai un œil à mon costume Armani, me sentant bien trop habillé pour l'événement.

C'était *là* qu'elle voulait m'emmener ? Et dire qu'on disait que c'était moi le tortionnaire...

— C'est vraiment ça que tu as choisi pour la luxure ?

Je ne pus retenir ma question plus longtemps tandis que j'essayais de ne pas paraître aussi horrifié que je l'étais. De tous les endroits de Las Vegas où on aurait pu se rendre, elle avait choisi ce vieux bar miteux ?

Hannah rit et voir ses yeux briller de malice suffit presque à me réconcilier avec cet endroit pitoyable.

— Allez, allons commander de la nourriture et des verres.

Elle me conduisit au bar et je l'admirai dans son jean noir serré et ce haut drapé, les deux provenant de sa nouvelle garde-robe. Elle, au moins, ne faisait pas tache dans cet endroit, contrairement à moi. J'aurais refusé de passer un seul moment de ma vie immortelle avec ses autres spécimens humains, mais si cela rendait Hannah heureuse, alors qu'il en soit ainsi.

Elle se hissa sur un des tabourets de bar rouge et je m'assis sur celui à côté d'elle. Je faillis poser mon coude sur le bar mais je contins à peine mon cri en m'éloignant rapidement de la surface. Le bois sombre était orné de plus d'une couche de saleté et de graisse. Si sale que la manche de ma chemise pourrait ne jamais se remettre de ce contact rapproché.

— Qu'est-ce qu'on fait là puisque tu ne bois même pas d'alcool ? demandai-je à Hannah.

Elle haussa les épaules en ouvrant le menu plastifié aux bords écaillés.

— J'ai trouvé cet endroit dans l'un des guides sur les meilleurs restaurants de Vegas en-dehors du Strip. J'ai pensé que ce serait amusant de faire quelque chose de différent. De te sortir de ta zone de confort pour changer et voir ce qu'il se passe.

Un vieux barman bourru marchait tranquillement, saluant les gens qu'il connaissait à sa droite et à sa gauche en s'approchant de nous. Il fit semblant de nettoyer le bar avec un torchon tacheté.

— Qu'est-ce que je vous sers ?

— Quatre hot-dogs au chili avec tous les accompagnements. Des frites et des beignets d'oignons.

Elle fit une pause et je la contemplai avec horreur en l'écoutant énumérer six différentes façons d'avoir une crise cardiaque. Non pas que je pourrais en avoir une bien sûr, mais je m'inquiétais pour sa propre mortalité.

— Et une racinette.

— Et pour vous ?

Le barman tapota des doigts sur le bar pendant que je me demandais quel vin irait le mieux avec de la nourriture frite.

— Un Malbec ?

Il me fixa, le visage inexpressif.

— Vous n'avez pas de vin c'est ça ?

La résignation remplaça l'horreur. Je parcourus du regard les nombreuses bouteilles qu'il y avait derrière lui et agitai la main.

— Apportez-moi juste de la bière brassée maison, n'importe laquelle.

Au gloussement d'Hannah, je reportai mon attention sur elle alors que le barman s'éloignait pour préparer nos verres. Je lissai mon costume et demandai :

— Ça t'amuse ?

— Beaucoup. C'était un joli revers de la médaille de te voir si peu à l'aise.

Elle leva les sourcils et jeta un coup d'œil à mon costume avec un sourire, même si sa main sur ma cuisse trahissait beaucoup plus son appréciation que son amusement.

— C'est toujours comme ça que je me sens à tes côtés, avec ton penthouse luxueux, ta cuisine de grand restaurant et ton hélicoptère privé. Ce soir, je voulais voir à quoi ressemblait Lucifer sans tout cet argent, ce luxe et ce pouvoir.

Je me penchai vers elle et effleurai son oreille de mes lèvres.

— Tu peux enlever l'argent et le luxe mais le pouvoir ? Oh, j'en ai encore plein, chérie.

Ses yeux brûlaient de désir tandis que je m'éloignais d'elle, pile au moment où le barman vint nous servir nos deux verres. Je pris mon gobelet en plastique et en bus une gorgée. Le goût était léger et coupé à l'eau mais potable.

— D'autre part, j'ai du mal à croire que tu mangerais dans un endroit pareil si ce n'est pour me torturer, ajoutai-je une fois le barman parti.

— Probablement pas. Mais c'est ce qui se rapproche le plus du genre d'endroits où je mange habituellement, par rapport à tous les endroits où tu m'as emmenée.

— Alors je dois m'efforcer d'apprécier ce que j'ai avec toi, comme disent les mortels.

Elle éclata de rire et rien que pour cela, la soirée en valait la peine. Je ferais tout ce qu'elle me demandait si elle réagissait comme ça. Mince alors, qu'est-ce que ça m'avait manqué de passer du temps avec elle. Elle avait toujours adoré me défier et c'était merveilleux de la voir se sentir suffisamment à l'aise pour commencer à le faire. La peur que je lui inspirais avait disparu, et même si elle ne se souvenait pas encore de moi, elle me connaissait au plus profond d'elle dans son subconscient.

Son rire diminua quand le barman déposa devant nous deux assiettes bien grasses de hot dogs au chili et de frites. Manger ce repas sans nous en mettre partout allait tenir du miracle.

Eh bien, défi accepté.

Tout en la regardant dans les yeux, je pris le sandwich au chili et mordis généreusement dedans. La saveur et la chaleur explosèrent dans ma bouche, mais ce n'était rien que je ne puisse pas gérer. Puis, je reposai la nourriture, attrapai une serviette du portant chromé taché et essuyai prudemment mes doigts plein de graisse.

— À ton tour.

Elle prit alors un morceau mais son sandwich tomba en lambeaux dans son assiette quand elle le fit. Elle rit en essayant de le récupérer et je lui tendis des serviettes propres.

— Waouh, c'est bon. Même si je ne suis pas sûr que, euh, l'ambiance en vaille le coup.

— Aucune nourriture n'en vaut la peine, murmurai-je quand deux personnes dans un coin se mirent à crier l'une sur l'autre avec des voix aiguës, puis se levèrent d'un bond et commencèrent à s'embrasser sur la table.

Quoi qu'il en soit, nous continuâmes notre repas, plongeant nos frites dans le chili tout en regardant une femme en tutu rose qui devait avoir pas moins de quatre-vingt-dix ans utiliser l'une des machine à sous. Au moins, nous ne nous ennuyions jamais.

— Qu'est-ce que tu as fait aujourd'hui ? demanda Hannah en attrapant un beignet à l'oignon.

— J'ai interrogé le dragon qu'on a capturé, mais lui aussi a fait preuve de résistance face à mes pouvoirs, ce qui ne devrait pas être possible.

Je mordis avec violence dans un beignet à l'oignon, essayant de ne pas offrir mes frustrations en spectacle. Le fait que les dragons se retournent également contre moi et essayent d'enlever Hannah, ou pire, signifiait que nous avions affaire à un plus grand complot. Un dont je devrais m'occuper bientôt. Le lendemain en fait, au Bal de la Nuit du Diable.

— J'ai failli me pisser dessus en voyant cette chose, dit Hannah. Je n'arrive pas à croire que les dragons existent.

— Si mais il en reste peu. C'est très inhabituel que trois dragons lancent une offensive ensemble.

Elle haussa les sourcils.

— Qu'est-ce que ça veut dire alors ?

— Ça veut dire qu'une personne puissante essaie de saper mon autorité.

Je haussai les épaules de façon décontractée, même si mon sang bouillonnait rien qu'à cette idée. Face à son regard indécis, je tendis le bras et posai la main sur son genou.

— Tu n'as pas à t'inquiéter. Je vais m'en occuper.

Elle acquiesça doucement de la tête en buvant un peu de racinette.

— Il existe combien d'espèces de démons ?

— Six, ou sept si on compte les Déchus, même si les considérer comme démons est sujet à controverse.

Ses yeux s'illuminèrent.

— Un pour chaque péché ?

— Tout à fait, même si ce sont les anges qui ont donné le nom aux péchés mortels. Toujours est-il qu'ils conviennent bien. L'orgueil pour les Déchus, bien sûr. La colère pour les métamorphes, même si leurs émotions s'apparentent à la passion. L'envie pour les diablotins, même s'ils se nourrissent d'attention.

— Tu as dit hier soir que les dragons étaient des démons de l'avarice.

— Oui, c'est de là que viennent tous les clichés sur les dragons et leur désir d'accumuler de l'argent.

Elle inclina la tête en réfléchissant.

— La luxure pour les Lilim, de toute évidence. Qu'en est-il de la gourmandise et de la paresse ?

— Les gargouilles, comme celles qui t'ont attaquée la nuit dernière, sont des démons de paresse. Elles peuvent se transformer en pierre et se nourrissent de sommeil.

Je finis mon assiette et utilisai la serviette pour m'essuyer les mains.

— Et pour la gourmandise, on l'attribue aux vampires. Ils ont besoin de sang pour survivre, comme le disent les légendes, et ils sont très séduisants.

— Je suis contente de ne pas en avoir encore rencontré un. Je ne peux sans doute pas supporter plus de séduction.

Elle me tapa dans l'épaule de manière enjouée.

Nous finîmes notre repas et je fus surpris de me dire que, même dans ce vieux bar, j'avais passé un excellent moment avec elle. Même en mangeant des hot dogs gras et en buvant de la bière insipide. Tout ce dont j'avais besoin pour me sentir entier, c'était d'avoir Hannah à mes côtés, peu importait l'endroit.

En sortant, je déclarai :

— Maintenant que tu t'es bien amusée, laisse-moi t'emmener faire une des choses que j'avais prévue pour ce soir.

Elle fronça les sourcils.

— Ça suffit les hélicoptères privés et les robes à mille balles, s'il te plaît.

Je levai les mains.

— Je te promets que je n'ai pas dépensé un centime pour cette activité spéciale.

Sa bouche se déforma, comme si elle était tentée de dire non, puis elle acquiesça.

— D'accord. J'imagine qu'on peut aller voir le Musée du crime organisé et la machine à sous la plus grosse du monde une autre fois.

— Merveilleux.

Je tendis la main vers elle et la circulation de mon sang s'accéléra quand ses doigts s'entrelacèrent avec les miens. Je nous entourai ensuite de ténèbres, à l'abri des regards pour que personne ne nous remarque, avant de prendre Hannah dans mes bras et de m'élancer dans le ciel. Elle resserra sa prise autour de mon cou, mais pas autant qu'avec les dragons. Elle me faisait confiance pour ne pas la faire tomber.

Ma poitrine ronronna de plaisir. Je nous élevai de plus en plus haut, tenant Hannah de manière à ce qu'elle puisse voir la ville en dessous. Le tourbillon d'activité, les lumières et la musique, tout ce chaos qui était mon chez moi. Nous ne parlâmes pas, nous contentant de nous tenir l'un à l'autre en survolant la ville, appréciant la proximité, entourés par l'air frais de la nuit.

Nous atterrîmes enfin sur le toit de la Stratosphere Tower, la plus haute structure de la ville et l'endroit parfait pour dominer, tels un roi et une reine contemplant leur domaine d'en haut.

— Bienvenue à la Strat. La meilleure vue sur toute la ville.

J'entourai les épaules d'Hannah de mes bras et elle s'appuya contre moi.

— C'est magnifique.

Elle se retourna pour me regarder de ces yeux lumineux auxquels rien n'échappait.

— Mais pourquoi est-ce que tu vis ici et pas en Enfer ?

Ma poitrine se serra d'une douleur longuement réprimée.

— Après une guerre de milliers d'années contre les anges, l'Enfer est devenu inhabitable. Le Paradis aussi. Notre nombre diminuait et il était clair que les deux espèces disparaîtraient si on ne changeait pas les choses. L'Archange Michaël et moi nous sommes réunis en cachette pendant des années, pour discuter de la manière de négocier la paix entre les nôtres. Finalement, nous avons signé les Accords de la Terre et déclaré une trêve. Puis, nous avons emmené tous les anges et les démons sur Terre, et fermé le Paradis et l'Enfer définitivement.

Elle leva les sourcils.

— Les anges et les démons étaient d'accord avec ça ?

Un rire amer m'échappa.

— Pas vraiment. Beaucoup nous en ont voulu à l'époque. Bon sang, beaucoup nous en veulent toujours. L'Archange Michaël en a même perdu la vie. Mais c'était la seule manière de sauver nos peuples et je ne regrette pas ma décision.

Sa main trouva la mienne et la serra.

— Je suis sûre que tu as fait ce qu'il y avait de mieux. Mais... Pourquoi Vegas ?

— Il y a quarante ans, quand je me suis rendu compte que nous ne pourrions plus vivre en Enfer, j'ai commencé à construire Las Vegas pour bâtir un abri sûr pour les démons, un endroit où ils pourraient se nourrir des humains sans leur faire du mal ou dévoiler notre existence au monde. Ici, les humains ont le droit de pécher, et les démons en tirent des bénéfices.

Déchaînées par le vent, des mèches dorées vinrent lui fouetter les joues.

— Et les Déchus ?

— Les Déchus font office de... gardiens des démons, on peut dire. Mes règles sont strictes sur le fait de ne pas faire de mal aux humains, et l'une des conditions des Accords de la Terre est de garder notre présence dissimulée au monde mortel. Mes Déchus s'assurent que les démons se plient aux règles.

Son visage s'adoucit en montrant de la main la ville scintillante en dessous de nous.

— Tu as fait tout ça, créé tout cet empire, rien que pour protéger les humains et les démons. Pour t'assurer que nous vivions en paix.

— Et les anges, dis-je en me détournant de son éloge avec un sourire. Il ne faut pas les oublier.

— Et les anges.

Elle leva les mains et toucha mon visage, émerveillée. L'expression dans ses yeux bleus me captiva comme rien d'autre ne l'avait fait auparavant.

— Explique-moi encore pourquoi tu es le méchant dans cet histoire.

Avant de pouvoir répondre, elle posa ses lèvres contre les miennes et me coupa le souffle. Le baiser s'approfondit rapidement et ma langue explora sa bouche tandis que ses doigts s'emmêlaient dans mes cheveux. Je baissai les mains dans son dos pour saisir ses fesses, si serrées dans ce petit jean sexy. Elle laissa échapper un petit soupir.

— Ramène-moi au penthouse, murmura-t-elle.

HANNAH

Lucifer recula avec un petit rire et une lueur taquine dans le regard.

— Déjà ? La nuit ne fait que commencer. On peut encore aller voir les monuments, acheter un souvenir et manger un dessert.

— Je suis prête pour la partie luxure de notre soirée.

J'agrippai le devant de sa chemise, les petits boutons s'enfonçant dans ma peau. Je l'embrassai avec une passion renouvelée, essayant de le convaincre de mon désir pour lui alors qu'il me tenait dans ses bras. La sensation de sa langue sur la mienne me fit oublier tout ce qui nous entourait, à tel point que je ne remarquai qu'il avait décollé qu'une fois hauts dans le ciel.

Je pressai mes lèvres dans son cou en contemplant la vue par-dessus son épaule tandis qu'il volait vers le Celestial, ses ailes battant silencieusement dans la nuit. Je voulais plus de ce qu'il m'avait fait la nuit dernière, et mon corps vrombissait de désir en se pressant contre lui.

Il atterrit sur le balcon de sa chambre et la porte s'ouvrit devant nous. C'était difficile de voir dans la pénombre mais il semblait qu'une ombre l'avait ouverte. Dès qu'il entra dans la pièce, ses ailes disparurent, et il me posa mais ne me lâcha pas.

— J'ai envie de toi.

Ma voix était rauque et pleine de désir, et je me mis à déboutonner sa chemise tandis qu'il faisait glisser sa veste de ses épaules. Je me reculai dans la pièce en passant un doigt sous sa ceinture, l'attirant vers moi. Sa queue, serrée dans son pantalon, semblait le guider, et je passai la main sur le renflement, le faisant doucement gémir.

Après une dernière caresse sur son pantalon, je retournai mon attention sur ses boutons, puis il devint impatient, arracha sa chemise et la jeta au sol.

— Mmm...

Je déposai une série de baisers langoureux sur son cou et sur sa clavicule pendant que mes mains exploraient le mouvement de ses muscles sur son ventre tendu.

— Laisse-moi compter les péchés... L'avarice.

Je plaçai à nouveau mes lèvres contre son cou.

— La luxure...

Je l'embrassai profondément sur la bouche.

— La gourmandise.

Je caressai sa langue avec la mienne avant de l'aspirer. Puis je pressai encore une fois la bosse de son pantalon.

— Et l'orgueil.

Il leva un sourcil en retroussant ses lèvres en un sourire amusé.

— C'est mon péché, après tout.

— Tu veux me montrer à quel point tu es orgueilleux, Lucifer ? demandai-je en descendant sa braguette.

Je repris mon souffle quand son énorme membre se libéra de son doux pantalon noir.

Je me mis à genoux et ses doigts plongèrent immédiatement

dans mes cheveux, pressant mon crâne tandis que je concentrais toute mon attention sur la verge dure qui se dressait devant moi. Je fermai les yeux en glissant doucement mes doigts sur la peau douce de sa queue et il lâcha un grognement.

— Tu me provoques, lança-t-il, la voix râpeuse.

Ses doigts se resserrèrent sur mes cheveux.

— Tu n'es pas habitué à te faire un peu tenter, Lucifer ?

Il lâcha un autre grognement et j'ajoutai un peu plus de pression à ma caresse. Il inspira rapidement et je pris ça pour un encouragement, pressant le plat de ma langue contre sa peau pour le lécher longuement. Je la fis tournoyer autour de son gland, écoutant sa respiration se faire saccadée.

— Hannah.

Il murmura mon nom si doucement que je ne savais pas s'il s'était rendu compte qu'il l'avait dit.

En réponse, je glissai son gland entre mes lèvres. Il gémit, avançant les hanches et j'ouvris plus largement la bouche pour accepter sa requête. Son sexe était si gros que c'était un vrai défi mais curieusement, je savais que j'en étais capable.

Il s'enfonça en moi de quelques centimètres puis sortit doucement, me donnant une chance de respirer. Ma bouche se lança à sa poursuite et ma main se posa à la base de son membre. Je le prenais de plus en plus profondément à chaque fois et il bougea ses hanches en rythme, sa respiration s'accélérant à chacune de ses impulsions.

Je fermai les yeux et tous mes sens prirent le relais. Le grain de peau, le goût, l'odeur et le son de Lucifer. Tout passait sur moi et j'eus un instant l'impression d'être chez moi. Je ronronnai de plaisir sur sa peau pendant qu'il s'enfouissait dans ma bouche.

— Hannah, murmura-t-il d'une voix rauque. Tu as toujours été celle qui m'avilissait. Pas l'orgueil. Toi.

Dans un gémissement, ses doigts se resserrèrent autour de ma tête, me forçant à le prendre plus profondément, pile au moment où sa queue entrait en éruption entre mes lèvres. Alors un jet de sa semence chaude et salée jaillit dans ma bouche, jusqu'au fond de ma gorge. J'avalai tout et levai les yeux vers lui, son visage baissé sur moi pendant qu'il jouissait.

Il m'agrippa par les bras et me leva, le regard affamé.

— C'est à mon tour maintenant. Enlève tes vêtements.

Je me déshabillai doucement, retirant mon t-shirt et mon jean, puis mon soutien-gorge et ma culotte. Il m'observa pendant tout ce temps en caressant son long pénis, qui était toujours dur, même après ça. J'aurais dû m'attendre à ce que le diable soit très endurant. Mon sexe palpitait, conscient de l'endroit où Lucifer voulait se trouver, celui où j'avais le plus envie de lui.

Il enleva ensuite le reste de ses vêtements, bien trop lentement à mon goût, même si je m'extasiais à la vue de son corps nu et sculpté. À la fois impatiente et d'humeur taquine, j'insinuai mes doigts entre mes cuisses, les faisant glisser sur ma fente mouillée. Je gémis en touchant mon clitoris, soudainement incertaine quant à la personne que je taquinais le plus.

— L'envie.

— Ne me pousse pas à la colère, marmonna-t-il en m'attrapant et en m'attirant tout contre lui, son membre en manque d'affection se pressant en moi. Cette chatte est à moi et c'est moi qui vais la remplir.

Je tremblai au son ténébreux et interdit de sa voix basse mais je levai les yeux avec un sourire.

— Promis ?

Il grogna et me fit reculer, trop rapidement pour que j'arrive à suivre. Mon dos heurta la baie vitrée qui donnait sur Las Vegas, et il m'attrapa par les fesses et me souleva, entourant mes jambes autour de lui. Toute sa longueur pénétra en moi avec force et rapidité, sans prévenir, me remplissant entièrement. Il avala mon cri de surprise avec sa bouche, son baiser dur et exigeant, tandis qu'il enfonçait sa langue en moi en même temps que sa queue.

Je m'agrippai à son dos, là où je savais que ses ailes étaient cachées comme par magie, puis enroulai mes bras autour de son cou. Je glissai mes doigts dans ses cheveux sombres et sexy, m'accrochant fermement pendant qu'il allait et venait en moi sans relâche.

Mes fesses nues pressées contre la vitre étaient exposées à la vue de tous ceux susceptibles de regarder par là. Peut-être quelqu'un dans un de ces autres hôtels, ou un des Déchus en patrouille volante. Penser que quelqu'un pouvait nous surprendre rendait tout encore plus immoral.

Contre mon dos, le verre était frais mais j'avais l'impression que ma peau était en feu. Les bras forts de Lucifer forçaient mes va-et-vient sur son sexe tandis que ses hanches se balançaient contre moi. Il me baisait de tout son corps, de fond en comble, à tel point que je n'étais pas certaine de pouvoir marcher après ça.

J'étais proche de l'orgasme, tellement proche, grâce à son rythme enivrant. Mais tout à coup, il s'extirpa de moi et reposa mes pieds au sol. Mon désir pour lui flambait et je me mis à protester. C'est alors qu'il me retourna, pour que mon corps nu se retrouve face à la fenêtre. Il me tint contre lui, faisant sillonner ses mains jusqu'à mon clitoris et le pinçant fort. Nous regardions les lumières éclatantes de la ville, sur lesquelles se superposaient nos reflets.

Il me pénétrait doucement jouant avec moi, me provoquant et me tourmentant. Une main sur mon clitoris et une autre sur un de mes seins. Mon sexe palpitait, se languissait qu'il me remplisse à nouveau, et je geignis.

— Lucifer, s'il te plaît.

Il plongea son visage dans mes cheveux, puis mordilla légèrement mon oreille tandis que ses doigts caressaient ma vulve.

— Dis-moi que cette chatte est à moi.

— Elle est à toi. S'il te plaît. J'ai besoin...

Il pinça fortement mon téton.

— Oui, de quoi tu as besoin ?

Je poussai un cri de surprise face au mélange de douleur et de plaisir.

— J'ai besoin que tu sois en moi.

Il me poussa en avant, mes mains écartées sur le verre, puis me pénétra avec vigueur par derrière. Mes tétons se contractèrent douloureusement et je me cambrai contre lui, ressentant le besoin qu'il me remplisse entièrement. Sa queue semblait si grosse dans cette position, comme si elle me déchirait, et j'en aimai chaque seconde.

Dans le reflet de la fenêtre, je le regardai me prendre par derrière, ses mains sur mes hanches, ses yeux rouges et sauvages. Ses ailes jaillirent derrière lui, les plumes noires suintant de ténèbres. Le voir sous sa véritable forme ne me fit que le désirer davantage. J'étais la seule capable de faire perdre le contrôle au diable comme ça.

— C'est ce que tu veux, dit-il entre deux poussées. Tu veux que je baise ta petite chatte serrée si fort que tu me sentiras en toi pendant des jours.

— Oui, oui, oui ! criai-je pendant qu'il me pilonnait, mes seins ballotant sous l'impact.

Il attrapa mes cheveux, tirant ma tête en arrière.

— Maintenant, tu vas jouir et crier mon nom si fort que tout le monde dans le Celestial saura que c'est le diable qui te baise.

Là-dessus, il caressa mon clitoris de son autre main, ce qui déclencha mon orgasme, telle une bombe à retardement. Je convulsai autour de lui, les genoux faibles, et tins debout seulement grâce à ses mains. Je criai son nom quand un orgasme violent me terrassa, comme aucun autre orgasme auparavant.

Mes hanches se ruèrent contre lui, ne voulant pas que ça se termine, alors qu'il continuait à frotter mon clitoris et à me remplir. Ce ne fut que quand j'eus l'impression que j'allais exploser de plaisir, au point presque d'en mourir, qu'il jouit à son tour. Je le sentis éjaculer, telle une avalanche de puissance qui quittait son corps, ses ailes s'emportant et ses yeux rouges me regardant dans le reflet de la fenêtre. Comme s'il regardait à l'intérieur de mon âme.

Puis, il me prit dans ses bras, nos corps nus tendrement serrés l'un contre l'autre, et il me porta jusqu'au lit. Il m'y déposa, pendant que j'essayais de me rappeler comment respirer, et il s'allongea à côté de moi, ses ailes disparaissant dans la pénombre de la chambre.

Je me tournai vers son visage et caressai sa joue, un sourire joyeux aux lèvres.

— Et maintenant, la paresse.

— Je n'en ai pas encore fini avec la luxure, dit Lucifer en écartant mes cuisses.

Il plongea la tête entre elles, m'arrachant un autre orgasme grâce à sa langue et à ses doigts, et me fit crier son nom encore et encore.

J'avais le sentiment que la nuit allait être longue... et je ne m'en plaignais pas le moins du monde.

22

HANNAH

Les anglaises soyeuses de mes cheveux blonds rebondissaient sur mon épaule gauche. Oh la la, que c'était joli. J'étais assise dans une robe de chambre, me sentant sexy et voluptueuse sans même avoir enfilé la magnifique robe de soirée. Les sous-vêtements assortis sous ma robe de chambre contribuaient à ce sentiment. Les détails en dentelle contre ma peau me rappelaient que je portais de la jolie lingerie, si jolie que je voulais la montrer à Lucifer.

Je rencontrai le regard sombre de Zel dans le miroir.

— Pour une tueuse qui déchire, tu fais du super boulot avec les cheveux.

— Comment ça, une fille ne peut-elle pas avoir plusieurs talents ?

Zel me tapota le nez avant de se remettre au travail, une petite brosse recouverte d'une substance noire et visqueuse à la main.

— Chut, ou je vais te rater avec le mascara.

On y était. Ma dernière nuit avec Lucifer, convenablement nommée la Nuit du Diable, la veille d'Halloween. Et après ça que se passerait-il ? J'étais libre, supposai-je. Le pacte avec le diable ne s'était pas prolongé au-delà de sept jours. Il serait temps de rentrer à Vista et de reprendre ma boutique en main. Cependant, penser à le quitter me nouait l'estomac.

— Voilà, annonça Zel en se reculant et en regardant d'un air critique ce qu'elle avait fait. Ça fera l'affaire.

Je me contemplai dans le miroir, stupéfaite de voir à quel point Zel m'avait transformée en une sorte de beauté céleste. Mais une inquiétude soudaine s'insinua en moi.

— Est-ce que tout le monde saura qui je suis ce soir ?

— Sans aucun doute possible.

Zel arrêta de refermer les produits de maquillage que nous avions utilisés.

— Lucifer ne regarde pas les autres femmes comme il te regarde toi.

Ces paroles envoyèrent un frisson de plaisir mêlé d'appréhension le long de ma colonne vertébrale, car elles confirmaient ce que je savais déjà. Ce que Lucifer m'avait dit. Et pourtant, c'était toujours agréable de l'entendre de la bouche de quelqu'un d'autre, de quelqu'un qui était une... Je m'arrêtai, réfléchissant. Est-ce que Zel était une amie ?

Je l'étudiai de près, remarquant la peau légèrement rouge sur ses jambes, à peine visible sous sa jupe en cuir serré. Elle avait presque guéri de l'attaque mais gardait encore des traces du combat. Un rappel qu'elle n'avait pas arrêté de me protéger.

— Zel, avons-nous été amies dans mes vies antérieures ?

Elle arrêta ses mouvements pour regarder dans le vide. Quand elle leva enfin les yeux vers moi, c'était dans le reflet du miroir, la bouche réduite en une ligne sombre.

— Parfois, oui.

— Et les autres fois ?

Je lui touchai légèrement le bras.

Son visage se fit dur comme la pierre.

— C'est difficile de devenir ami avec quelqu'un dont on connaît le destin funeste.

À ces mots, elle sortit de la salle de bain, m'empêchant de poser plus de questions. Je soupirai et contemplai dans le miroir la coiffure et le maquillage que Zel m'avait soigneusement faits. Elle devait avoir été proche de moi dans une vie précédente où j'avais aussi été humaine. Par rapport aux démons, nos vies étaient courtes et nos corps fragiles. Je pouvais comprendre pourquoi elle hésiterait à se rapprocher d'un être mortel, si c'était pour le perdre quelques années plus tard.

Est-ce que Lucifer s'inquiétait aussi pour ça ?

Comment pouvais-je être en couple avec un immortel en sachant que je vieillirais et mourrais, alors qu'il resterait exactement le même ?

Je sortis de la salle de bain et, à ma plus grande surprise, trouvai Zel assise sur mon lit. Elle regardait dans le vide et je me demandai si elle était distante avec moi parce qu'elle voulait se protéger de la douleur de perdre à nouveau une amie, morte par les ravages de la vie de mortels.

Elle se leva alors que je m'approchais et se rendit dans le dressing.

— Je vais t'aider à t'habiller.

Je fis oui de la tête et elle m'aida à enfiler la magnifique robe de soirée noire, scintillante d'étoiles et de lunes en cristal. Le tissu tombait sur moi et se déposait doucement sur ma peau dans la plus légère des pressions, revêtant mes formes et me faisant me sentir belle. Quand je me retournais, la cape s'évasait derrière moi, comme dans un rêve.

Zel sortit un masque assorti de son dos. Lui aussi était noir et ressemblait à une nuit étoilée avec ses cristaux incrustés. De ses doigts habiles, elle l'attacha grâce à un ruban qu'elle tressa dans une longue anglaise. J'en profitai pour poser une dernière question.

— Les humains peuvent-ils se transformer en démons ? Ou en Déchus ?

— Non. Impossible, dit-elle en reniflant.

Mince.

Elle me tendit une minuscule pochette qui semblait entièrement faite de cristaux étincelants et me retourna face à la porte.

— Allons-y. Lucifer t'attend et le bal va bientôt commencer.

J'hésitai, accablée à l'idée de me rendre à un bal de démons.

— Est-ce que tu y vas toi aussi ?

— Oui. Je serai ta garde du corps pour toute la soirée. Je resterai dans l'ombre.

Je levai la main et la posai sur son avant-bras en lui adressant un sourire chaleureux.

— Merci.

Elle repoussa ma main, grimaçant sans me regarder.

— Je ne fais que mon travail.

Je sortis de ma chambre et entrai dans le salon. Puis je m'arrêtai pour étudier l'homme qui se trouvait devant moi. On était le 30 octobre, connu également comme étant la Nuit du Diable et, s'il y avait bien un homme qui avait l'air de mériter qu'on passe toute une nuit à célébrer sa personne, c'était bien lui. Dans son smoking noir brillant, tout chez lui respirait le pouvoir, le charme et la virilité sombre et dangereuse. Il ressemblait à l'un de ces superméchants sexys sur lesquels on écrivait des fanfictions sur Internet. Il ne portait pas de masque, cependant. Je me dis que comme le bal masqué était organisé en son honneur, c'était le seul qui n'avait pas besoin de masque.

— Tu es ravissante, murmura-t-il. Absolument éblouissante.

Je fis un petit tour sur moi-même et sentis le bruissement du tissu autour de moi.

— Merci. Toi aussi, tu es plutôt magnifique.

Il me donna le bras.

— On y va ?

Je sortis du penthouse et entrai dans l'ascenseur à son bras. Est-ce que j'étais prête à me confronter à toute une salle remplie de vieux démons ?

Non, je n'étais vraiment pas prête. Mais avais-je le choix ?

L'ascenseur continuait à descendre, descendre, descendre, telle une descente aux enfers. Je n'avais pas vu le bouton sur lequel Lucifer avait appuyé mais nous passâmes sous le parking souterrain. Quand les portes s'ouvrirent enfin, nous nous trouvâmes directement dans une gigantesque salle de bal. La salle était sombre, seulement éclairée par des projecteurs de lumières et des étoiles brillantes au plafond qui illuminaient la pièce, donnant l'impression que nous nous trouvions dehors, sous le ciel étoilé. J'aperçus de nombreuses personnes masquées affublées de magnifiques tenues se mouvoir dans la pièce, puis un grand trône en argent à l'autre bout. Sinon, le reste de la pièce restait un mystère pour moi. Contrairement aux démons ici présents, je ne pouvais pas voir dans le noir.

— Le Bal de la Nuit du Diable est toujours conçu pour ressembler à l'Enfer, expliqua Lucifer en m'observant parcourir la pièce du regard avec une expression qui devait sûrement me faire paraître décontenancée.

— Je pensais que l'Enfer était fait de feu et de soufre.

Il eut un rire amer.

— C'est ce que les anges aiment raconter. L'Enfer est le royaume de la nuit et des ténèbres. Il n'a brûlé que quand les anges ont embrasé notre monde.

Quand nous nous avançâmes dans la salle, les gens commencèrent à remarquer qu'il était arrivé et se mirent à s'incliner devant lui. En quelques secondes, toute la salle de bal remplie de démons masqués se mit à genoux ou s'inclina, honorant le roi de l'Enfer avec un silence respectueux. J'essayai de ne pas trop écarquiller les yeux derrière mon masque alors que nous nous dirigions vers le trône, tous les regards braqués sur nous. Sur *moi*.

Des centaines de démons me regardaient. Ils devaient savoir que j'étais humaine, une imposture parmi eux, seulement présente parce que Lucifer l'avait réclamé. Ils pouvaient sûrement tous me tuer d'une seule pensée.

Lucifer leur fit signe de se relever, puis se mit à me faire remarquer des gens dans la foule.

— Ça c'est Belphégor, ou Bella, l'Archdémon des gargouilles, me dit-il à voix basse. Elle vit à Paris et supervise la plupart des affaires de démons en Europe.

À la mention des gargouilles, ma peau me picota et je l'étudiai attentivement, mais elle garda la tête basse et ne croisa pas mon regard. De toute façon, je ne pouvais pas bien voir son visage avec son masque argenté.

Lucifer me conduisit tout de même dans la foule, continuant à pointer des personnes importantes dans la foule.

— L'homme en rouge et au masque doré, c'est Mammon, l'Archdémon des dragons. Il vit en Chine et gère cette partie du monde pour moi.

Mammon était énorme et bâti comme un camion. Il avait les cheveux d'un noir de jais et j'aurais juré que ses yeux étaient orange. Lorsque nous passâmes devant lui, il nous jeta un regard noir. Je n'aimerais vraiment pas le croiser seule dans une allée sombre. Ou aucun autre dragon, d'ailleurs. J'en avais vu assez pour toute une vie, merci beaucoup.

— La femme en vert à côté de lui, c'est Némésis, l'Archdémon des diablotins, continua Lucifer.

La mâchoire m'en tomba. Némésis était un démon ? Pas une déesse mythologique ou un concept abstrait ? Elle avait les cheveux rouge vif et des formes sensuelles, mais elle me jeta à peine un regard, trop accaparée par sa foule d'admirateurs rassemblés autour d'elle.

Je ne pus m'empêcher d'être en état de choc face à des individus si puissants. Et je ne manquai pas de remarquer que tous ces Archdémons pouvaient être responsables des attaques de ces derniers jours. Un frisson de peur parcourut ma colonne vertébrale, mais je devais faire confiance à Lucifer. Il ne m'aurait pas emmenée ici s'il avait pensé que j'étais en danger. D'autre part, Azazel me protégerait toute la soirée, tapie dans l'ombre. Savoir cela était la seule chose qui me réconfortait.

Plus près du trône, Lucifer s'arrêta devant une femme plus belle et attirante que toutes les femmes que j'avais vues dans ma vie, même avec son masque en cuir rouge sur le visage. Ses cheveux sombres étaient coiffés de façon élaborée qui mettaient en valeur ses pommettes saillantes, et ses yeux verts rivalisaient avec ceux de Lucifer.

Il fit un geste vers elle.

— Hannah, j'aimerais te présenter Lilith, l'Archdémon des Lilim.

— Ça me fait plaisir de vous revoir, dit Lilith, et même sa voix était voluptueuse. Mais vous ne vous souvenez pas de moi, si ?

— Non, je suis désolée.

Devrais-je me souvenir d'elle ? Avais-je été proche d'elle aussi dans une de mes vies antérieures ?

Elle se pencha plus près, comme pour me chuchoter un secret.

— Ce n'est pas grave. Je vous suis extrêmement reconnaissante pour le rôle que vous avez joué dans le sauvetage de mon fils, Asmodée. Il devrait être par là et je suis sûre qu'il aimerait vous remercier en personne.

Je ne pus m'empêcher de hausser les sourcils.

— Vous m'avez l'air très jeune pour que votre fils soit déjà adulte.

Elle fit un geste dédaigneux en agitant les doigts.

— Ma chère, vous me flattez. C'est l'un des avantages à être immortelle.

— Comment vont tes filles, Lilith ? demanda Lucifer.

Je sentis qu'il était plus proche de cet Archdémon que de tous les autres.

Le visage de Lilith exprima une affection sincère lorsqu'elle parla de ses enfants.

— Olivia mène bien son travail de médiatrice entre les anges et les démons. Merci encore, Lucifer, pour l'avoir aidée à obtenir ce travail.

Elle jeta un œil aux alentours, puis sourit à un couple qui discutait avec un grand homme aux longs cheveux noirs.

— Ah, Olivia et Cassiel sont là-bas avec Baal.

La femme qui s'appelait Olivia ressemblait beaucoup à Lilith, d'une beauté si séduisante qu'on avait du mal à détourner les yeux. En revanche, l'homme aux cheveux sombres à côté d'elle, Cassiel, déclencha une étrange réaction dans mon corps. Mon pouls s'accéléra et c'en fut presque douloureux, faisant pression dans ma poitrine. Je ne pus expliquer cette réaction physique. Je levai la main et la posai sur le corsage de ma robe en attendant que ma réaction face à cet homme disparaisse. Puis, elle s'évanouit aussi vite qu'elle était venue. Comme c'était étrange.

— Et ton autre fille ? demanda Lucifer, comme s'il était franchement intéressé.

Lilith inclina doucement la tête.

— Léna ne s'est pas encore remise de son séjour dans cette secte horrible, mais son état s'améliore de jour en jour.

Je n'avais aucune idée de ce dont ils parlaient. Quelle secte ? Je ne posai pas la question cependant. Lucifer avait joué le jeu quand je l'avais emmené dans ce petit bar miteux, donc je me dis que je lui devais bien ça. Je pouvais sourire et acquiescer à ces gens, même si face à leurs conversations, j'avais l'impression d'être une enfant qui assistait à une soirée d'adultes.

— Pardonne-moi, dit Lucifer en m'embrassant sur la joue. Je dois parler à Fenrir. Je reviens dans un instant.

Il s'avança pour parler à un homme imposant, barbu et aux cheveux gris qui se tenait dans un coin. L'homme aux cheveux longs qui s'appelait Baal se joignit à eux peu après.

— J'ignore qui sont tous ces gens, marmonnai-je.

— Fenrir est l'Archdémon des métamorphes et Baal celui des vampires.

Lilith inclina la tête.

— Vous savez, je crois que ça pourrait bien être la première fois que tous les Archdémons sont réunis depuis des décennies. Lucifer a réclamé notre présence ce soir. Je me demande s'il a prévu quelque chose pour nous.

Est-ce qu'il les avait convoqués à cause de moi ? Mais pourquoi ?

Lilith glissa sa main dans le creux de mon coude et me conduisit jusqu'au buffet.

— Ne vous souciez pas des autres. Ils sont tous jaloux. Qui ne voudrait pas être au bras du roi des démons ?

Peut-être avait-elle raison. Le péché de ce soir était censé être l'envie, après tout. J'observai Lucifer qui rôdait dans la salle, sa puissance à peine contenue dans chacun de ses mouvements, et je remarquai la façon dont les gens lui répondait. Ils le traitaient comme un roi.

Et moi ?

J'étais Perséphone, revendiquée par Hadés, et je n'avais pas d'autre choix que d'entrer dans ses Enfers et devenir sa reine ténébreuse.

23

HANNAH

Lilith et moi prîmes quelques hors-d'œuvres sophistiqués à grignoter, et je lui fus reconnaissante de rester à mes côtés même si elle ne me connaissait pas du tout. Du moins, pas dans cette vie. C'était suffisamment difficile d'aller à des soirées quand on était introverti. Sans oublier que j'étais la seule humaine d'un bal rempli de démons. Je faisais appel à toute ma volonté pour ne pas m'empresser de retourner au penthouse aussi vite que je le pouvais.

— Ah, voilà mon fils, enfin, dit Lilith en levant la main pour lui faire signe.

L'homme qui s'approcha ne pouvait pas être qualifié autrement que par le terme de bombe sexuelle. Les cheveux sombres, la peau bronzée et des muscles en pagaille, il ressemblait à une sorte de mannequin de renommée internationale qui aurait orné un panneau d'affichage publicitaire. Il portait un costume et un masque, noirs et très simples, débordant de sex appeal à chacun de ses pas, même s'il ne me mettait pas en émoi comme le faisait Lucifer. Il ressemblait au genre de gars qu'on se tapait un soir pour passer une nuit folle et incroyable, et qu'on ne revoyait jamais. S'il fallait le choisir pour la nuit ou pour la vie, il serait choisi pour la nuit à chaque fois.

À part par Brandy, peut-être.

— Hannah, voici Asmodée, dit Lilith.

Il me prit la main, s'inclina légèrement et déposa ses lèvres sur mon poignet, m'envoyant des décharges électriques dans tout le corps. J'espérais que Lucifer regarde ailleurs, ou Asmodée risquait de faire un vol plané et s'écraser contre un mur très rapidement.

— C'est un honneur, déclara-t-il.

Sa voix rauque glissa sur ma peau telle de la soie.

Je faillis m'éventer. Merde, j'avais besoin de prendre une douche froide seulement cinq secondes en sa présence. Comment Brandy avait-elle pu lui résister pendant une semaine ? Je comprenais maintenant pourquoi Lucifer avait dit qu'il était impossible qu'elle ait pu lui résister en quittant le bar avec lui.

— On m'a beaucoup parlé de vous, dis-je après avoir récupéré ma main.

— En mal, j'espère ? rétorqua-t-il avec un clin d'œil.

Je ris, incapable de résister à son charme.

— On m'a dit des choses que j'avais du mal à croire, jusqu'à maintenant.

Lilith posa sa main sur le visage d'Asmodée.

— Tu te nourris bien ? Tu as toujours l'air un peu faible. Je suis sûre qu'il y a beaucoup de démons présents ce soir qui seraient heureux de t'aider.

Il se dégagea.

— Je vais bien, mère.

— Très bien, mon chéri.

Elle ébouriffa ses cheveux avec un amour évident, puis s'excusa pour aller parler à quelqu'un d'autre, me laissant seule avec l'incube.

— Vous êtes l'amie de Brandy, déclara-t-il de façon factuelle et avec ton plus sérieux. J'ai beaucoup entendu parler de vous moi aussi, et il semblerait que les remerciements soient de rigueur.

Je haussai les épaules, faisant flotter ma cape miroitante.

— Tout ce que j'ai fait, c'est pousser Lucifer dans la bonne direction.

— Vous êtes une bonne amie. Brandy vous aime beaucoup.

Vu la façon dont il prononça son nom, je me dis qu'il devait beaucoup tenir à Brandy lui aussi.

Je me souvins de la façon dont elle parlait de lui au spa.

— Il n'y a pas que moi qu'elle aime beaucoup...

Ses épaules se raidirent et la douleur apparut dans ses yeux.

— Brandy est spéciale, mais on ne peut pas être ensemble. Elle le sait.

— Peut-être, mais je connais Brandy mieux que personne et elle n'a jamais reculé face aux défis. Elle n'a aussi jamais parlé d'un autre homme comme elle parle de vous.

Il m'examina.

— Je peux vous dire un secret ?

Euh... à moi ? Je venais de rencontrer ce type il y a deux minutes. Mais j'acquiesçai.

— Bien sûr.

Il ferma les yeux comme s'il avait mal et expira en tremblant.

— Je n'ai couché avec personne depuis que j'ai rencontré Brandy. Mes parents veulent que je me nourrisse, et je sais que je dois le faire, sinon je mourrai. Mais, je ne peux pas. Je ne veux personne d'autre qu'elle.

— Mais vous ne pouvez pas faire l'amour ?

— Une seule et unique fois. Sinon, ça la tuerait.

— Il n'y a pas un moyen de contourner ça ?

— Non. À moins que...

Sa phrase resta en suspens tandis qu'il parcourait la salle des yeux, son regard se posant sur sa mère.

— Il y a peut-être un moyen. Mais je devrais tout abandonner. Pour une humaine que je connais à peine.

J'écartai les mains.

— Ce n'est pas à moi de vous dire quoi faire. Tout ce que je sais, c'est que Brandy serait ravie de vous revoir. Peut-être que vous ne passerez qu'une seule nuit folle et sauvage ensemble dont vous vous souviendrez pour le restant de vos jours. Ou peut-être que vous déciderez ensemble que vous désirez plus, et vous trouverez un moyen pour que ça marche. Dans tous les cas, vous devez aller la voir.

— Je pense que vous avez raison, dit-il d'une voix distante.

Il prit alors mes mains et s'inclina légèrement.

— Merci, ma reine. J'ai toujours apprécié vos conseils avisés. C'est bon que vous soyez de retour.

J'ouvris la bouche.

— De rien ?

Il resserra ses manchettes de chemise.

— Une longue route m'attend. Je ferais mieux d'y aller.

— Embrassez Brandy pour moi.

D'un signe de la tête, il disparut dans la foule. J'espérais avoir fait le bon choix. Il y avait à l'évidence quelque chose entre eux, et ils devraient au moins se dire au revoir. Avec un peu d'espoir, ils seraient capables de trouver un moyen d'être ensemble eux aussi.

Et j'étais à nouveau seule. Je scrutai la foule à la recherche de

Lucifer, mais je ne le vis nulle part. Affichant une expression agréable, je me rendis à l'autre bout de la pièce, saluant de la tête des gens que je ne connaissais pas et serrant plus de mains que je ne voulais y penser. La pénombre près des murs était plus forte, mais il y avait aussi un recoin avec des tables. Mes pieds me lançaient dans mes chaussures à talons et je m'affalai avec gratitude sur une chaise près du mur, avant de retirer mes escarpins vertigineux et hors de prix.

Être une humaine au milieu des démons, c'était pour le moins intense, mais c'était bien plus facile à accepter depuis cet emplacement. Les autres invités prêtaient à peine attention aux extrémités de la salle et se concentraient au centre pour s'observer entre eux, les regards parfois bien suspicieux derrière leurs masques. En vérité, le bal permettait aux grandes gens de s'observer. Aux démons de s'observer.

Un petit groupe était assis à une table derrière moi, leurs visages dissimulés dans la pénombre. Je les écoutais, comptant sur mon masque pour cacher ce sur quoi j'étais concentrée, et j'appris que les démons étaient scandalisés par le fait qu'une nouvelle femme mi-ange mi-démon ait les faveurs de Lucifer. Et alors que je me penchais sur les détails de l'histoire, une grosse voix à proximité attira mon attention.

— C'était donc vrai. La femme de Lucifer est revenue.

— C'est une humaine par contre, ricana une deuxième personne. Nous verrons combien de temps ça va durer.

Mon pouls passa à la vitesse supérieure à ces mots. Je jetai un coup d'œil, plissant les yeux dans les ténèbres et essayant de faire le moins de mouvements possible pour que personne ne remarque que je m'étais concentrée sur une nouvelle conversation. J'entraperçus un grand homme portant un masque rouge et doré : Mammon.

— Pas longtemps, dit-il. Les choses sont déjà en marche.

Beaucoup d'Archdémons sont impliqués. Bientôt, Lucifer sera vaincu et nous pourrons enfin retourner en Enfer.

Ses dires étaient suffisants pour faire naître la peur dans mon cœur. Je devais à tout prix le dire à Lucifer. Je me penchai pour remettre mes souliers, puis pris une grande inspiration encourageante et m'élançai dans la foule. Je me précipitai entre les démons, essayant d'atteindre le centre de la salle pour trouver Lucifer et l'avertir à propos de Mammon.

À mi-chemin, un des projecteurs se décala et éclaira Lucifer. Je retins mon souffle en le voyant. Les ombres jouaient sur son visage et ses yeux étincelaient de pouvoir. Il se plaça devant le trône et tourna lentement en cercle. Une couronne en argent ornait sa tête, projetant des fragments de lumières quand il se déplaçait, et elle lui allait comme s'il était né pour la porter. La salle se fit silencieuse et tout le monde tourna son attention vers leur roi.

Sa voix autoritaire résonna dans la salle de bal.

— Quelqu'un dans cette même salle conspire pour me renverser, et essaie de prendre ce qui m'appartient.

Au début, je pensais qu'il parlait de son trône, mais ensuite, ses yeux me trouvèrent dans la salle, comme une caresse que j'étais la seule à pouvoir sentir.

Il parlait de moi. J'étais la chose qu'il considérait *sienne*.

— Tous les traîtres doivent être punis.

Pendant qu'il parlait, un autre projecteur mit en lumière le coin de la salle, près de là où je m'étais assise, là où Gadrel et Samaël accompagnaient désormais quatre démons. Je n'étais pas sûre de leur espèce, mais j'avais la vague impression que c'étaient des démons qui avaient été capturés parce qu'ils étaient impliqués dans les attaques.

On poussa les démons et les mit à genoux devant Lucifer et face au public. Leurs visages étaient crispés face à la tension et leurs mains étaient attachées dans leur dos, mais ils n'avaient pas l'air d'avoir été blessés. Je pouvais à peine les regarder dans les yeux. Une peur absolue se fit sentir quand des ombres se mirent à s'enrouler autour d'eux. Comme si même les ténèbres jouaient avec eux.

Lucifer se mit à faire lentement les cent pas derrière les traîtres.

— Ces quatre-là, dit-il. Un diablotin, un dragon, une gargouille et un métamorphe ont tous été surpris à comploter contre moi. Ce soir, ils vont être punis.

Je m'attendais à ce que le public réagisse de n'importe quelle façon, mais tout le monde dans la foule semblait retenir son souffle, trop terrifié pour bouger. Y compris moi.

La voix de Lucifer retentit dans toute la salle de bal, rebondissant sur les murs que je ne voyais pas.

— Je suis le roi des démons depuis des millénaires. Nombreux sont ceux qui ont essayé de me renverser, mais ils ont tous échoué. Je ne suis pas roi par hasard. Vous avez peut-être besoin que je vous rappelle pourquoi.

Alors, il inclina la tête et prit un profonde inspiration contrôlée. Ses sombres ailes noires jaillirent derrière lui, et je le contemplai la bouche ouverte, comme tout le monde dans la salle. Des tentacules de fumée noire rampèrent autour de lui, s'amalgamèrent et s'épaississèrent, jusqu'à presque ressembler à un tourbillon solide d'un noir d'encre. Je m'avançai, me déplaçant à nouveau prudemment dans la foule tandis que les cordes d'ombres noires entouraient le cou des quatre démons. Personne ne bougea sauf moi.

— Je ne tolère pas l'insubordination.

Lucifer claqua des doigts et soudain, des flammes bleu vif émergèrent des ténèbres autour des démons. Les traîtres crièrent pendant que le feu bleu artificiel les consumait, éclairant la salle de façon inquiétante. Tout le monde poussa un cri d'exclamation, le visage pâle et la bouche ouverte, mais personne ne s'avança. J'entendis quelques personnes chuchoter à propos des feux de l'enfer de leurs voix choquées, alors que les démons se réduisaient en cendres devant nos yeux.

Puis, toute la salle s'inclina d'un seul geste, s'agenouillant au sol, soumise, jusqu'à ce que je sois la seule debout avec Lucifer. Je le regardais avec horreur pendant qu'il sondait les gens agenouillés devant lui, les ailes largement déployées et dégoulinantes d'une brume ténébreuse.

Il venait juste de... les tuer. Juste là, devant tout le monde. Et son peuple se *prosternait*. Ma respiration s'accéléra et je haletai rapidement. J'avais l'impression que ma robe me serrait, comprimant ma poitrine à tel point que je ne pouvais plus respirer.

Le regard de Lucifer croisa le mien avec un sourire sombre. Il était victorieux. Orgueilleux. Ses yeux brillaient d'une lueur rouge pendant qu'il me regardait comme s'il m'encourageait à y prendre plaisir également.

Parce que j'étais sa reine.

Et le pire... c'était qu'une partie de moi avait envie de lui rendre son sourire. De l'applaudir pour ce qu'il avait fait. Ils avaient enlevé Brandy. Ils avaient menacé mon amant. Ils avaient essayé de me tuer. Ils méritaient leur châtiment.

Dès que les gens se relevèrent, j'en profitai pour prendre mes jambes à mon cou, me faufilant entre les corps et me déplaçant aussi vite que possible, perchée sur mes talons. Ma poitrine était soulevée de hauts-le-cœur et mon cœur faillit bondir hors de mon corps. J'atteignis l'ascenseur sans personne pour m'arrêter, mais quand je pressai le bouton, celui-ci ne s'alluma pas. Je me retournai pour voir si quelqu'un essayait de me suivre et remarquai une porte à ma droite. Une lueur fluorescente derrière une petite fenêtre me fit prendre conscience de ce que c'était : un escalier. Même les démons avaient besoin de sorties de secours.

Je me précipitai par la porte, retirai mes talons et relevai la jupe de ma magnifique robe en montant les escaliers en courant, les jambes lourdes et les poumons prêts à exploser. Nous nous trouvions à quelques étages sous le parking souterrain, et je poussai les portes puis courus dans le parking, pieds nus jusqu'à ce que je trouve une autre porte qui menait à un autre escalier. Je devais partir d'ici, bordel.

Je finis par me retrouver dans une ruelle adjacente et pris une grande inspiration d'air frais nocturne, car la panique menaçait de prendre le dessus. Je savais qu'il était le diable. Il avait dit qu'il était le méchant. À quoi m'étais-je attendu ? Qu'il serait une personne différente avec moi ? Est-ce que j'avais délibérément ignoré son côté obscur ou est-ce qu'il m'avait attirée ? Il s'était toujours montré honnête envers moi concernant son identité, mais il m'avait tout de même attirée. Il aurait dû me faire peur au lieu de me donner envie. Mais c'était son boulot après tout. La tentation. *Le péché.*

C'était trop tard. Le pacte était terminé de toute façon. Ce soir était la septième nuit, la Nuit du Diable, et j'en avais terminé. J'étais peut-être la réincarnation de l'amante de Lucifer, ou peut-être pas, mais quoi qu'il en soit, il était temps de retourner à ma vraie vie. Ma place n'était pas ici. Pas dans cet hôtel de luxe, pas dans ces habits onéreux et certainement pas avec les démons.

Je remis les chaussures pour ne pas marcher pieds nus dans les rues de Las Vegas, recouvertes de verre brisé et de vieille urine. Puis, je fis semblant que je n'avais pas les pieds en feu en repoussant ma panique dans un coin et en rassemblant assez de confiance pour marcher droit. Hors de question que je retourne dans cet hôtel. J'avais un minuscule sac avec un peu de cash et mon portable à l'intérieur, et ça me suffirait pour rentrer chez moi.

Un jet de lumière éclata à côté de moi, et je faillis tomber tant sa force et ma surprise étaient intenses. Une paire d'ailes étincelantes et cuivrées se détachaient sur le ciel sombre, fondant sur moi. Vu mon état déjà paniqué, je hurlai. Des mains puissantes m'agrippèrent et me soulevèrent... Puis, tout devint noir.

24

LUCIFER

Sondant la salle, je contemplais mes partisans et leur démonstration de loyauté. J'arborais un sourire sombre et un regard rouge. Je détestais faire ce genre de choses, mais c'était nécessaire. Une démonstration de force m'assurait qu'ils savaient tous qui était leur roi. Il fallait se montrer ferme avec les démons. Peu importe que ce soit un complot récent, quelqu'un préférerait s'incliner que risquer de me mettre en colère. Alors, ça serait réglé. Ce genre de bordel était déjà arrivé et arriverait de nouveau, et je m'en occupai comme à chaque fois.

Avant de devenir roi, les tribus de démons se battaient entre elles. Quand j'avais quitté le Paradis pour l'Enfer, j'avais uni les tribus sous la même bannière, amenant l'ordre dans le chaos. Si je n'avais pas été là, les vampires et les métamorphes seraient toujours en guerre, les dragons seraient toujours les esclaves des fées, sans oublier les anges, qui en auraient éliminé beaucoup s'ils avaient pu. Peu importe à quel point ma couronne était devenue lourde, je n'oubliais jamais que quelqu'un devait régner sur le royaume des démons, et il valait mieux que ce soit moi.

D'un autre côté, je ferais tout mon possible pour sauver la vie d'Hannah. Si une démonstration de force était nécessaire pour empêcher d'autres attaques et montrer qu'il ne fallait pas toucher à un seul de ses cheveux, alors qu'il en soit ainsi.

Alors que tout le monde se levait et que le musique redémarrait, je m'assis sur mon trône et attendis qu'Hannah me rejoigne. J'aurais dû leur faire amener un second trône pour elle, mais tout avait été préparé la veille de son retour dans ma vie. Si elle était toujours en vie pour le prochain bal, je m'assurerais qu'elle règne à mes côtés.

Les démons et les Déchus retournèrent à leur conversation et je parcourus la salle du regard, à la recherche d'Hannah. Je l'avais vue brièvement mais elle avait ensuite été avalée par la foule. Je remarquai Gadrel charmer Lilith, dont le sourire était figé et le regard fuyant, comme si elle aurait préféré être ailleurs. Il avait toujours ressenti quelque chose pour elle, mais qui ne l'avait pas ressenti ? Et Gadrel avait toujours été ambitieux. C'était aussi l'une des raisons pour laquelle j'avais cru qu'il était intéressé par Lénore.

Je me levai et les gens se turent autour de moi. Je scrutai la salle ; où était Hannah ? Tout à l'heure, elle s'était assise à l'une des tables dans un coin, mais elle ne s'y trouvait pas en ce moment. Elle n'était pas non plus avec Gadrel et Lilith, ou Samaël de l'autre côté, ou au buffet du bar. Je ne voyais pas Azazel non plus, qui était censée filer Hannah toute la nuit.

Ma poitrine se comprima face à ma panique. Où Hannah avait-elle pu aller ? Quelqu'un l'avait-il enlevée ? Est-ce que j'allais bientôt la perdre à nouveau ?

Les poings serrés, je fendis la salle. Elle s'écarta sur mon passage, par respect ou par peur. Une recherche rapide me confirma qu'Hannah ne se trouvait plus au bal. Je me dirigeai vers l'ascenseur, me demandant si elle était retournée au penthouse, mais pour une raison que j'ignorais, celui-ci ne fonctionnait pas. Quelqu'un allait payer pour ça plus tard.

Les battements de mon cœur s'accélérèrent en passant la porte des escaliers et en montant les marches deux par deux, jusqu'au parking souterrain. Je regardai à ma gauche puis à ma droite en arrivant en haut, étudiant l'espace vide, et aperçus par terre un minuscule cristal au loin. Il venait de la robe d'Hannah. Elle avait certainement pris ce chemin.

Peut-être n'avait-elle pas été enlevée. Peut-être avait-elle fui.

Est-ce qu'elle avait été dérangée par ce qu'elle avait vu en bas ? Tuer ses ennemis était normal pour les êtres surnaturels, mais elle pensait encore comme un être humain. Mince alors. J'avais oublié qu'elle était mortelle et à quel point les humains étaient sensibles à la mort et à la violence. Elle ne se souvenait pas du tout de ses vies antérieures, ce qui signifiait que tout ça était nouveau pour elle. Je ne la connaissais que depuis sept jours et c'était trop tôt pour qu'elle accepte la vérité la concernant. Pas étonnant qu'elle ait paniqué. Elle avait commencé la semaine en faisant la connaissance de Lucas Ifer pour le supplier de l'aider à retrouver son amie disparue, et elle avait fini à un bal de démons où Lucifer en personne avait abattu des traîtres devant elle.

Avant que je n'arrive à dompter mes pensées, Azazel apparut dans un coin, vêtue d'une robe courte en cuir avec des lames attachées à ses collants.

Elle s'arrêta et inspira un grand coup, les yeux écarquillés.

— Hannah ! Elle a été enlevée !

— Qu'est-ce qui s'est passé ?

J'attrapai ses épaules et la tins fermement à distance en fouillant dans son regard fou. Azazel ne paniquait jamais, mais quelque chose l'avait sans aucun doute effrayée.

— J'ai surveillé Hannah toute la soirée et suis restée près d'elle, dans l'ombre. Quand tu as exécuté ces traîtres, elle a pris peur et s'est enfuie. Elle a couru vers l'ascenseur mais il ne marchait pas.

— Et ensuite ?

J'essayais moi-même de ne pas trop paniquer. Il n'existait pas beaucoup d'endroits où je ne pouvais pas secourir Hannah. Sauf dans la mort.

— Elle s'est précipitée dans les escaliers et est sortie dans la rue. Je l'ai suivie dissimulée, ni trop loin ni trop près. Elle avait vraiment l'air de vouloir être seule et j'essayais de respecter ça.

Ma poigne se resserra sur ses épaules.

— Et ?

— Un ange est descendu en piqué et l'a enlevée avant que je ne puisse m'approcher pour l'arrêter. J'ai essayé de les prendre en chasse mais j'ai été frappée par une explosion de lumière, plus forte que ce à quoi je m'attendais.

Elle se dégagea de mes bras, le regard furieux, mais aussi bouleversé.

— Ça m'a assommée et je les ai perdus de vue.

— Raconte-moi exactement ce que tu as vu.

Peut-être pourrais-je identifier qui de mes frères angéliques se montrerait aussi téméraire. Pourquoi enlèveraient-ils Hannah ? Les anges se jouaient-ils de moi ?

— Des ailes cuivrées. Une femme. Je n'ai rien pu voir d'autre.

Elle secoua la tête, le visage tourmenté.

— Je suis désolée, mon seigneur. C'était mon devoir de protéger Hannah et j'ai échoué. J'accepterai n'importe quelle punition que vous jugerez appropriée.

Je me reculai, enragé. Des ailes cuivrées... Je connaissais une ange avec des ailes de cette couleur. Ce que je ne savais pas, c'était pourquoi elle s'en prendrait à Hannah.

Azazel garda la tête basse, attendant mon ordre. Je lui avais sommé de protéger Hannah et elle avait échoué, et à présent, ma moitié avait été enlevée. Elle devait être punie pour son échec et elle le savait. Mais Hannah ne souhaiterait pas ça. Je le sentais au fond de moi.

Je me détournai d'elle.

— Je te relève de tes fonctions, Azazel.

— Mon seigneur ?

Mes yeux se rétrécirent et une rage bouillonnante palpita dans mes veines.

— Je crois savoir qui a enlevé Hannah. Et je vais m'en occuper moi-même.

25

HANNAH

Mon esprit flottait alors que je m'efforçais d'ouvrir les yeux, mais ils étaient si lourds. Je finis par y parvenir. La pièce était par chance sombre, les rideaux avaient été tirés, mais un jet de lumière filtrait quand même au travers. Il faisait jour, où est-ce que je me trouvais ?

Quelque chose n'allait pas. L'odeur ambiante n'était pas celle du parfum léger de ma chambre au penthouse, où même les tissus onéreux étaient parfumés. Et je n'étais certainement pas dans la chambre de Lucifer avec ses draps de soie noire.

Je m'assis sur le lit et me frottai les yeux. Je me trouvais dans une autre chambre luxueuse, décorée avec goût dans des teintes crème et rose poudré. La gigantesque pièce était à peine meublée, mais c'était plus une touche volontairement minimaliste qu'à-moitié terminée, et je fus frappée par le grand espace. Si je criais, ça résonnerait. Je laissai mon cerveau se réveiller et récupérer de la veille, et aperçus la commode en bois fin et les chandeliers complexes sur les murs, eux aussi rose poudré. C'était comme se réveiller à l'intérieur d'un dessert crémeux à la framboise.

Ça ne ressemblait certainement pas au style de Lucifer. Non, je me souvenais de la décoration noire et argentée ou les tons neutres très sûrs qui habillaient sa chambre d'amis. Où étais-je ?

La porte de la chambre s'ouvrit et la lumière du soleil emplit la chambre depuis le couloir de l'autre côté. Je ne vis alors qu'une silhouette entrer. L'individu alluma la lumière du plafond et la chambre s'illumina. Je dus prendre une seconde pour réaliser qui était entré, le temps que mes yeux s'ajustent à la luminosité inattendue.

Quand je vis la personne m'apporter un petit-déjeuner, je restai bouche bée.

— Jo ? Qu'est-ce que tu fais là ?

Ma sœur aînée me lança un regard amusé.

— Je vis ici.

Je la regardai contourner le lit, ayant du mal à en croire mes yeux. Jo avait l'air normale et belle, comme d'habitude, ses cheveux presque de la même couleur que les miens qui s'arrêtaient au-dessus de ses épaules. Elle avait toujours eu une grâce et un raffinement que je n'arrivais pas à égaler, avec sa silhouette duveteuse et sa peau éclatante. Même ses ongles étaient brillants et parfaits. Rose, naturellement.

— Tu es en sécurité.

Elle posa le plateau devant moi et nous versa du café. La situation me semblait étrangement familière et sinistrement proche de quand je m'étais réveillée dans mon appartement après l'accident de voiture. Mon esprit essaya d'assembler les pièces de ce qui s'était passé hier soir, mais tout était confus après la démonstration de Lucifer. Mais alors que mon cerveau émergeait du brouillard et que le café faisait effet, je me souvins davantage.

Quelqu'un m'avait attrapée dans la rue à côté du Celestial. Quelqu'un avec des ailes. Quelqu'un qui m'avait assommée.

Quelqu'un qui ressemblait à Jo.

Je me décalai dans le lit, ressentant le besoin urgent de mettre de la distance entre nous et ne me souciant pas que le plateau vacille en me déplaçant. Les gens n'étaient-ils plus ce qu'ils semblaient être désormais ? Et bordel, pourquoi tout le monde pouvait voler ?

— Comment ça se fait que tu aies des ailes ?

Je ne pus m'empêcher d'adopter un ton accusateur. Bordel de merde, ma propre sœur, le dernier membre de ma famille qu'il me restait, m'avait assommée et enlevée. J'avais le droit d'être un peu fâchée.

— Tu es une Déchue toi aussi ?

Elle s'écarta et souffla, visiblement offensée.

— Bien sûr que non. Je suis un ange.

— Un ange ?

Cela ne m'apaisa pas pour autant, et ne faisait aucun sens.

— Comment ça se fait que ma sœur soit un ange et moi une humaine ?

Elle soupira et sembla choisir ses mots avec précaution.

— Nous étions sœurs dans une de tes anciennes vies, quand tu étais un ange. Je n'ai pas arrêté d'essayer de te protéger depuis.

Je la fixai, le poids de sa révélation était presque trop lourd pour que j'arrive à le supporter, après toutes ces choses que j'avais endurées cette semaine. Tout concernant ma vie n'était-il que mensonge ? N'étais-je rien d'autre que plusieurs vies antérieures, avec des gens et des évènements dont je ne pouvais pas me souvenir, alors que tous les autres le pouvaient ? J'avais envie d'enfoncer ma tête dans l'oreiller et de hurler.

Jo avait dû sentir ma tourmente car elle se leva.

— Prends ton temps et repose-toi. Déjeune un peu. La douche est derrière cette porte, et le dressing à côté. J'y ai mis quelques habits à ta taille.

Elle se dirigea vers la porte, s'attardant en croisant les mains.

— Viens me voir dès que tu seras prête.

Elle me laissa seule, ce qui n'était pas plus mal car j'avais besoin de temps pour m'éclaircir les idées. Je portais toujours ma robe de bal, qui était très froissée. Mais pas fichue, avec un peu de chance.

Je mourrais également de faim, vu que tout ce que j'avais mangé hier soir se résumait à quelques hors-d'œuvre élaborés, aussi je dévorai l'omelette que Jo m'avait apportée. Puis, je pris une douche rapide et enfilai promptement un chemisier crème et un pantalon bleu marine qui de toute évidence appartenait à Jo. À présent que j'étais bien réveillée, je voulais obtenir des réponses de ma soi-disant « sœur ».

Je trouvai Jo dans le salon, un grand espace massif entièrement décoré en blanc et or, avec de grandes fenêtres qui donnaient sur la baie de San Francisco, avec vue sur le Golden Gate et l'île d'Alcatraz. Je m'approchai spontanément d'elle, posant mes doigts sur le verre en regardant dehors. Nous nous trouvions en haut d'une colline et une vue comme ça, dans une maison aussi grande, avait dû coûter une fortune.

Je me retournai vers ma sœur.

— Merde, Jo. Je savais que tu avais de l'argent, mais...

Elle était assise sur un canapé qui avait l'air doux et me regardait comme si j'étais une biche blessée prête à déguerpir.

— Je me débrouille bien. Tu n'es jamais venue ici, hein ?

Je ne répondis pas. Elle savait très bien que je n'étais jamais venue ici. Si ça avait été le cas, je n'aurais pas été aussi dépassée par les démonstrations de richesse de Lucifer. Je lui avais proposé plusieurs fois de venir la voir à San Francisco, mais elle trouvait toujours une excuse, et venait me voir à la place. Est-ce qu'elle m'avait caché ça, m'avait peut-être même garder volontairement à distance de ses secrets ? Y avait-il la moindre chose vraie à propos d'elle ?

Elle me fit un sourire encourageant.

— Eh bien, tu es là maintenant. Et je suis contente que tu sois mon invitée.

Étais-je une invitée ? Ou étais-je encore une fois retenue en otage ? Je me déplaçai dans le vaste salon, m'imprégnant de cet étalage de richesse. Son style était à l'opposé de celui de Lucifer, avec du blanc et des touches de doré ; tout comme chez lui, l'endroit manquait sérieusement de plantes et de fleurs. Une boîte exposait des douzaines de minuscules figurines d'anges, dont certaines paraissaient anciennes et d'autres en cristal. Je les examinai et demandai :

— Pourquoi tu m'as emmenée ici ?

Jo étreignit ses genoux en me regardant.

— Je devais t'éloigner de Lucifer. Tu es en danger avec lui. Tant que tu restes là, je peux te garder en sécurité.

— Jo, tu ne comprends pas. Lucifer est ma moitié. J'ai passé toutes mes anciennes vies à ses côtés. Il n'est pas une menace pour moi.

Ou l'était-il ? Après ce que j'avais vu hier soir, je n'étais plus très sûre.

— Je comprends plus que tu ne le croies. J'ai vécu horriblement longtemps, et j'ai vu nombre de tes vies antérieures. Ce que tu ne comprends pas, c'est que c'est Lucifer le méchant. Il te ment depuis le début. Il te manipule, te contrôle. Comme il le fait avec tous les êtres humains depuis des millénaires.

Elle inclina la tête, le regard plein de pitié.

— Est-ce qu'il t'a au moins raconté l'histoire d'Adam et Ève ?

Je détestais admettre que Lucifer ne m'avait pas tout dit, mais je devais savoir ce dont elle parlait.

— Non, il ne m'en a pas parlé.

Elle fit un sourire triste.

— Je pensais qu'il l'avait fait. Pourquoi ça ne me surprend pas ?

Son ton supérieur était agaçant. Ce ton particulier m'était si familier qu'il avait dû me taper sur les nerfs dans une de mes précédentes existences, et mon subconscient le savait. J'essayai de ne pas la fusiller du regard.

— Qu'est-ce qu'il y a à savoir à propos d'Adam et Ève ?

— Dans ta toute première vie, tu étais Ève.

Mon cœur manqua un battement, ou s'arrêta peut-être même une longue minute.

— *La* Ève ?

— Oui, celle-la même.

Je clignai des yeux plusieurs fois en essayant de traiter cette nouvelle révélation.

— Comment ?

— Tu étais mariée à Adam et tu avais trois fils avec lui. Mais Lucifer t'a enlevée et a décrété que tu étais sa compagne. Adam n'en était pas ravi, comme tu peux l'imaginer, et il a cherché à se venger. Il t'a tuée.

J'expirai fortement en assimilant tout ce qu'elle avait dit. Entendre parler de mes vies antérieures était toujours à la fois difficile et intrigant, mais celle-ci en particulier était difficile à croire, malgré l'impression de véracité que me disait mon instinct quand elle parlait.

Une semaine auparavant, j'avais été Hannah, la fleuriste férue de littérature. Désormais, j'étais Ève. Perséphone. Lénore. Toutes les grandes figures féminines de la littérature et de la mythologie. Je n'étais vraiment pas à la hauteur de mon héritage.

Je m'affalai dans le canapé en face de Jo.

— C'est plutôt choquant. Mais je ne vois pas pourquoi être avec Lucifer me met en danger.

L'expression de pitié dans son regard s'intensifia grandement.

— Il n'y a pas que ça. C'est juste que je ne suis pas certaine que tu sois encore prête à l'entendre.

— Dis-moi, c'est tout, crachai-je.

Bon sang, j'étais trop fatiguée d'être la seule à ne pas connaître la vérité me concernant.

— Après ta mort, vous êtes tous les trois devenus maudits pour l'éternité. Ton sort est de te réincarner et de mourir violemment, généralement dans les bras de Lucifer, dans un cycle sans fin de mort et d'agonie. Le destin de Lucifer est de savoir ce qui va arriver et d'être incapable de l'arrêter. Et celui d'Adam est de renaître à chaque fois que tu renais... et de te tuer encore et encore, avant de mourir de la main de Lucifer.

— Non, ce... ce ne peut pas être vrai.

Je reculai, horrifiée, mon pouls battant la chamade. J'avais tout à coup du mal à respirer, mais je réussis curieusement à inspirer difficilement.

Jo vint s'asseoir à côté de moi et posa sa main chaude dans mon dos.

— Je suis tellement désolée, Hannah. J'aimerais que ce ne soit pas vrai. Mais au fond de toi, tu sais que ça l'est, pas vrai ?

J'acquiesçai, puis ma tête bascula et ma vision se fit floue. Je me retrouvai dans les bras de Jo, appuyée contre elle alors qu'elle me tenait dans ses bras, comme elle l'avait fait les premiers jours après l'accident. Comme si elle était toujours ma sœur.

Pourquoi Lucifer ne m'avait-il rien dit de cette histoire ? Il m'avait petit à petit donné des informations pour essayer de m'empêcher d'être submergée, mais celle-ci semblait importante. Peut-être avait-il raison cependant : j'étais complètement submergée.

Ou peut-être s'inquiétait-il que je ne vive pas assez longtemps pour que cela importe.

Est-ce que c'était ce qui était en train de se passer ? Était-il temps pour moi de mourir à présent que j'avais retrouvé Lucifer ?

Et où était Adam dans cette vie ? Toutes ces attaques venaient-elles de lui ?

— Qui nous a maudits ? demandai-je en agrippant la chemise de Jo et en la regardant avec de grands yeux désespérés. Est-ce qu'on peut l'arrêter ?

— Je ne sais pas, répondit Jo en m'attirant à nouveau dans ses bras. J'aimerais le savoir.

Un cycle sans fin de mort et d'agonie. C'était mon destin. Et je ne pouvais pas y échapper.

26

HANNAH

Une fois encore, je me retrouvai dans une bibliothèque, même si celle-ci n'était pas aussi impressionnante que celle de Lucifer. Jo possédait une grande collection d'ouvrages, sans les vases anciens et les œuvres sombres qui rendaient la bibliothèque de Lucifer si remarquable.

Je m'étais réfugiée ici après ma discussion avec Jo, quand tout ce qu'elle m'avait dit avait semblé trop gros et impossible à croire. Quand la vie devenait trop difficile, la meilleure solution était de se réfugier dans une bonne lecture, ou de s'y consacrer dans l'espoir d'y trouver des réponses.

Un livre de démonologie sur les genoux, j'étais assise sur une chaise en daim près des fenêtres qui donnaient sur la baie. Le soleil donnait au ciel un éventail de couleurs rouge, dorée et jaune, et se couchait à l'horizon. Le crépuscule d'Halloween que je n'imaginais pas du tout admirer d'ici.

J'avais passé les dernières heures à étudier les anges, les démons et le diable. J'avais lu avec soin tout ce qu'il y avait à savoir à propos de l'Enfer de Dante, sur de vieux parchemins que Jo m'avait demandé de manipuler avec des gants. Toutes les choses que je lisais décrivaient le diable comme le mal incarné. Une bête. Un monstre. Dans chaque histoire sur le mal et le bien, il était toujours le méchant.

Comment avais-je pu me tromper à ce point sur Lucifer ? M'avait-il dupée, piégée pour que je m'attache à lui ? Comment pouvais-je concilier l'homme que je connaissais intimement avec celui évoqué par ces livres que je lisais, ou avec le roi ténébreux que j'avais vu au Bal de la Nuit du Diable ?

Lucifer était-il l'origine du mal, ou l'homme protecteur et attentionné qui ferait tout pour moi ? Était-il le méchant de cette histoire, ou celui qui cadrait les démons et en protégeait les êtres humains ?

Malheureusement, venir à la bibliothèque ne m'avait amenée qu'à plus d'interrogations.

La sonnette de l'entrée retentit, et je décidai que c'était le signe pour moi de faire enfin une pause. Je me dirigeai vers la porte d'entrée quand Jo se précipita, une épée à la main et une lueur féroce dans le regard.

— Ne l'ouvre pas ! cria-t-elle. C'est peut-être quelqu'un qui en a après toi.

— Je ne pense pas qu'ils sonneraient à la porte s'ils essayaient de me tuer, marmonnai-je.

Jo vérifia la caméra de surveillance et baissa son épée, puis attrapa un bol en forme de citrouille à côté de la porte.

— C'est juste des gosses. J'avais oublié que c'était Halloween.

Avec un rire, j'ouvris la porte à trois enfants déguisés. L'un d'entre eux portait un costume de petit diable rouge, à mon grand amusement, même si le sourire forcé de Jo me disait qu'elle ne ressentait pas la même chose. Nous remplîmes leurs sacs de bonbons et ils partirent en trottinant vers la prochaine maison. Je leur souris, appréciant ce bref moment de normalité.

En pivotant pour fermer la porte, celle-ci s'ouvrit en grand, s'écrasant contre le mur. Une chose sombre et froide passa à côté de moi, et quand Jo et moi nous retournâmes, Lucifer se tenait derrière nous. Ses ailes noires étaient entièrement déployées et les ténèbres l'entouraient, les yeux rouges et luisants. Les ombres jouaient sur son visage et ses mains étaient fermées en poings serrés. Il avait l'air en proie à la rage et mon cœur perfide s'accéléra, m'emplissant de désir.

Il m'examina de la tête au pied ; on aurait dit qu'il vérifiait que je n'étais pas blessée, avant de poser les yeux sur Jo. Toute la pièce se fit plus sombre et froide, comme si sa colère aspirait toute la lumière et la chaleur de ce qui l'entourait. Jo leva son épée, qui luisait à présent d'une lumière blanche, tandis que Lucifer faisait apparaître sa propre lame sombre faite purement d'ombres. Puis, il chargea.

Le cœur au bord des lèvres, je me mis entre eux, bloquant Jo de mon corps, certaine qu'aucun des deux ne me blesserait.

— Stop ! hurlai-je. C'est ma sœur !

Lucifer leva haut son épée noire d'encre et fit un pas en arrière, regardant tour à tour Jo et moi.

— Comment est-ce possible ?

— Ça l'était dans une de mes vies antérieures, expliquai-je.

Mais Lucifer devait sûrement le savoir... Non ?

Il se fixèrent, le regard dur, jusqu'à ce qu'une sorte de compréhension s'installe entre eux. Mais cela ne fit qu'augmenter ma colère. Sa voix se fit si forte qu'elle secoua les murs :

— Est-ce que tu as fait ce que je pense que tu as fait ?

— Je devais le faire, répondit Jo. Tout ce que je veux, c'est la protéger. D'Adam. De toi. C'est toujours ta faute, ajouta-t-elle en pointant son épée étincelante vers lui.

— Je suis son âme sœur ! rugit-il.

Je les observai, telle une spectatrice à un match de tennis, se renvoyer la balle en hurlant et en échangeant des regards éloquents. À l'évidence, il y avait nettement plus de choses à savoir sur cette histoire que ce que l'un et l'autre m'avaient raconté. J'avais envie de leur arracher leurs épées et de faire une pause.

Je levai les mains entre eux.

— J'aimerais que quelqu'un me dise de quoi vous parlez, bordel ! J'en ai marre que tout le monde me cache des choses. Est-ce que je peux connaître la vérité, s'il vous plaît ? Et rangez-moi ces putains d'armes !

L'épée de ténèbres de Lucifer disparut comme de la fumée. Il écarta les mains et inclina la tête, comme s'il voulait bien faire. Je regardai Jo et plissai légèrement les yeux. Elle soupira et posa son épée sur la table à l'entrée.

— Puis-je avoir un moment seul avec Hannah ? demanda Lucifer d'une voix si polie qu'elle me surprit. Je promets de ne pas l'enlever.

— Certainement pas, déclara Jo. Il n'en est pas question.

Je me tournai vers elle.

— Ça va aller. J'ai passé une semaine avec lui et je ne suis pas blessée, si ? Et si je veux des réponses, comment pourrais-je les obtenir sans parler avec lui ?

Elle souffla et plissa les yeux en direction de Lucifer par-dessus mon épaule.

— Très bien. Vous pouvez aller dans la bibliothèque, mais je serai dans le salon. Et laissez la porte ouverte !

Je levai les yeux au ciel. J'étais quoi, une adolescente avec son premier petit ami ?

Je conduisis Lucifer à la bibliothèque, où il examina tous les livres que j'avais sortis. Il ramassa la copie de l'Enfer de Dante et grogna. Puis, il secoua la tête et la reposa sur la pile.

— Je vois que tu as effectué des recherches, dit-il, la voix pleine de dédain.

— C'est vrai ? demandai-je à voix basse. Je suis Ève ?

— Oui, c'est vrai, confirma-t-il en haussant un sourcil. Qu'est-ce que Jophiel t'a dit d'autre ?

— Jophiel ?

Pour moi, ça avait toujours été Jo. Toutes ces fois où je m'étais dit que c'était le diminutif de Joanna. Désormais, je commençais à prendre conscience que je ne connaissais rien d'elle.

— C'est ça. Ta « sœur » est un Archange. Elle l'a mentionné, ça ?

Je me pinçai l'arête du nez, essayant de contenir ma frustration.

— Non, elle a omis cette partie-là.

— Bien sûr qu'elle l'a omise.

Il tendit la main vers moi, mais je me reculai vivement et il s'arrêta.

— Tu as peur de moi ?

— Non, c'est juste que...

Je me détournai et inspirai.

— J'ai beaucoup de questions.

Il s'assit sur la chaise où je m'étais assise plus tôt, s'appuya contre le dossier et me fit paresseusement signe.

— Pose tes questions, ma chérie.

— Est-ce vrai que j'étais mariée à Adam avant toi ? Que tu m'as enlevée et as fait de moi ta compagne ?

Il lâcha un rire acerbe.

— Enlever est un grand mot. Crois-moi, tu n'étais pas heureuse avec Adam comme mari. Il était toujours amoureux de sa première femme, Lilith, et avait un affreux caractère. C'est le genre d'hommes à charmer avec des fleurs, des poèmes et des promesses, et ce n'est que quand il te tient qu'il révèle son côté obscur.

— Et tu es différent ?

— Oui, je montre toujours ma vile nature.

Il me sourit et se pencha en avant.

— Tu es partie avec moi pour échapper à Adam.

Je déglutis avec difficulté.

— Mais il nous a suivi. Et puis... il m'a tuée.

Les yeux de Lucifer s'assombrirent.

— Oui.

— Et cette malédiction ? Elle est vraie aussi ? C'est mon destin de mourir encore et encore de la main d'Adam ?

Ma gorge se serra et j'eus soudain du mal à respirer.

Il se leva et s'approcha de moi, la douleur et la tristesse visibles sur son visage.

— J'aimerais pouvoir te dire que ce n'est pas vrai, mais je ne te mens jamais, Hannah.

Il tendit la main pour me toucher la joue et cette fois-ci, je ne m'éloignai pas.

— Je t'ai regardée mourir des centaines de fois et à chaque fois, mon cœur se brisait en mille morceaux. Mon seul réconfort est de savoir que je te reverrai un jour, mais c'est peu quand je sais que tu t'éteins dans mes bras.

Les ténèbres l'entouraient, pareilles à des tentacules colériques.

— Et je finis ensuite par arracher le cœur de cet enfoiré.

Un cycle sans fin d'amour et de mort, pour l'éternité. Je refoulai les émotions qui menaçaient de me submerger.

— Pourquoi tu ne me l'as pas dit ?

Il passa son pouce sous mes yeux, attrapant une larme avant qu'elle ne tombe.

— Ce n'était pas le bon moment. Tu commençais à peine à accepter le monde surnaturel et ta position d'âme sœur du diable. Comment aurais-je pu ajouter ce fardeau en plus de tout le reste ? J'avais prévu de te parler de la malédiction, mais seulement quand tu serais prête.

Mon souffle se fit irrégulier.

— Je ne crois pas que ce soit possible d'être un jour prête pour une telle révélation. Tu sais où se trouve Adam en ce moment ? Tu penses qu'il est derrière ces attaques ?

Les coins de la bouche de Lucifer se crispèrent sous l'effet de la tension.

— Je ne sais pas. Mes gens le cherchent, mais n'ont encore rien trouvé. Tout ce qu'on sait, c'est qu'il doit être humain, comme il renaît en même temps que toi. Cela semble peu probable qu'il puisse être responsable des attaques, à moins qu'il se soit allié avec un Archdémon peut-être. Bien qu'il soit devenu très ingénieux au fil des ans...

Il réfléchit la voix traînante avant de se reconcentrer sur moi.

— Il serait plus probable que les Archdémons essayent de me renverser à nouveau. Ça arrive de temps en temps, mais ma démonstration au bal a dû remettre en question leur mutinerie.

Je frémis un peu à ce souvenir. Les ténèbres qui avaient retenu les traîtres en place, les feux de l'enfer bleus qui les avaient réduits en cendres, la façon dont les gens s'étaient inclinés... Et le pire, c'était que ça m'avait secrètement excitée, au fond de moi, de les voir recevoir leur châtiment.

— Ça t'a dérangée à ce que je vois, dit-il en inclinant la tête. Quand je ne t'ai pas vue au bal, j'ai craint le pire, mais ensuite, j'ai soupçonné que tu avais pu t'enfuir. J'étais presque soulagée quand j'ai appris que Jophiel t'avait enlevée.

— Je me suis bien enfuie, rétorquai-je en m'éloignant de lui avec de grands yeux. Je ne sais pas trop quoi penser de toi, Lucifer. L'Histoire ne te dépeint pas de la meilleure des façons. Et d'après ce que j'ai lu, dis-je en indiquant la grande pile de livres, c'est toujours la même histoire, encore et encore : que le diable est la personnification du mal.

Il jeta un regard dédaigneux à ma pile de livres.

— Ils disent aussi que j'ai des cornes et une fourche, et c'est à l'évidence faux. L'Histoire a été écrite par les anges, qui ont long-temps contrôlé la Terre. Ils me détestent depuis que j'ai rejeté leur domination et que je me suis battu pour que les humains obtiennent le libre-arbitre. Ils me décrivent comme le méchant, faisant de moi le bouc émissaire, rejetant toute la faute sur moi. Comme si personne d'autre ne pouvait avoir un tel pouvoir.

Son ton était acerbe, mais il y avait aussi autre chose. De la vulnérabilité. De la douleur. Malgré toutes mes hésitations et mes peurs, mon cœur compatissait. S'il disait la vérité et qu'ils avaient fait en sorte qu'il passe pour cette horrible monstre qu'il n'était pas, c'était extrêmement triste. La vie devait être dure et solitaire aussi. Surtout ces années où il attendait que je renaisse.

Mais Lucifer racontait-il la vérité ? Ou se jouait-il de moi ? Je ne pouvais le dire. J'en avais tant appris sur moi et le monde ces huit derniers jours que je n'étais plus sûre de rien.

— Lucifer... J'ai besoin de temps pour réfléchir.

Il s'approcha et toucha encore mon visage, de la plus légère des caresses.

— Je sais que ça fait beaucoup à digérer, mais tu comprendras tout, tu verras. Retourne avec moi au penthouse. Tu sais dans ton âme que nous sommes faits pour être ensemble, même si tu ne sais plus quoi penser de tout le reste. Ta place est à mes côtés, à régner en tant que ma reine des ténèbres.

Je m'écartai de son emprise et secouai la tête.

— Je ne suis pas prête pour ça. C'est trop. S'il te plaît... laisse-moi juste un peu d'espace pour l'instant.

— Tu veux que je parte.

— Oui. Va-t’en. S’il te plaît. Avant que ça ne devienne trop difficile.

Il examina mon regard, comme s’il refusait de croire ce que je disais, puis il inclina la tête et recula. Sans un mot, d’épaisses ténèbres tourbillonèrent autour de lui, dans une danse des ombres qui le proclamaient roi.

Quand la pièce s’éclaircit, il était parti.

LUCIFER

De l'espace. Hannah voulait que je lui laisse de l'espace.

Très bien. Je pouvais lui en donner. Pour l'instant.

Mais ça ne voulait pas dire que mon travail ici était terminé.

Utilisant mes pouvoirs pour devenir ténèbres, je parcourus l'extravagante maison de Jophiel jusqu'à finir par trouver son bureau. Des murs blancs, un bureau blanc délavé, un fauteuil blanc... Qu'est-ce que Jophiel était ennuyeuse. Si elle n'avait pas été Archange ou PDG de Aether Industries, elle n'aurait guère été digne de mon attention. Sauf qu'à présent, elle semblait apparemment être la sœur d'Hannah, même si c'était impossible. À ma connaissance, Hannah n'avait jamais été un ange dans ses vies antérieures, et elle n'en était certainement pas un dans celle-ci. Ses ailes seraient sorties depuis longtemps si ça avait été le cas, et puis je l'aurais senti.

Je tirai le fauteuil blanc de Jophiel et m'y assis, puis posai mes pieds sur le bureau, sachant que me voir envahir son espace la rendrait folle. Je n'eus qu'à jouer quelques minutes sur mon téléphone avant qu'elle ne débarque.

Elle sursauta quand elle me vit à son bureau, et ses yeux se rétrécirent avec une expression de haine authentique.

— Qu'est-ce que tu veux ?

La voir me fit également bouillir le sang, mais je l'aveuglai d'un sourire diabolique.

— Je veux la vérité. N'est-ce pas ton domaine ?

Sa bouche se tordit à mes paroles. En tant qu'Olanim, Jophiel était un ange de la vérité... et l'un des plus doués pour la dissimuler. Tous les Archanges possédaient un pouvoir unique et spécial, celui de Jophiel était de pouvoir effacer ou dissimuler des souvenirs.

— La vérité ne fera que blesser Hannah.

Je me redressai doucement sur son bureau, les ombres se rassemblant autour de moi telles des ailes menaçantes.

— C'est à moi de décider. Tu m'as volé des souvenirs, n'est-ce pas ? D'une ancienne vie où Hannah était un ange. Et ta sœur apparemment. Tu vas tout de suite me les rendre.

Elle releva son petit nez hautain.

— Et pourquoi devrais-je le faire ?

Je me transformai en ombre l'espace d'une seconde pour me glisser de l'autre côté de son bureau. Puis, je l'attrapai par la gorge, les yeux verts de rage.

— Parce que je te l'ordonne.

Nous nous regardâmes d'un air méprisant, son corps face au mien émanant de lumière et de pouvoir. La suffisante Jophiel et moi ne nous étions jamais entendus. Pendant des années, elle m'avait accusé d'avoir tué son ancien amant, l'Archange Michaël, même si je n'aurais jamais fait une chose pareille. Lui et moi avions autrefois été ennemis, ça c'était vrai, mais nous avions travaillé trop dur pour en finir avec la guerre et établir la paix entre les anges et les démons. Pourquoi l'aurais-je tué après tout cet effort ? Sa mort avait presque annulé les traités de paix.

Désormais, nous savions que l'Archange Azraël était derrière la mort de Michaël, et il se trouvait dans la prison Penumbra, un lieu où les anges, les démons et les fées enfermaient les pires êtres surnaturels. Pourtant, elle me détestait quand même.

— Je n'ai pas à obéir à tes ordres, finit-elle par dire en serrant les dents.

Je resserrai ma poigne sur sa gorge et mes ténèbres noires d'encre emplirent la pièce.

— Personne ne peut désobéir à un ordre du diable, pas même toi.

— Scélérat, murmura-t-elle. Tout ce que tu fais, c'est mentir et tuer.

Je haussai un sourcil.

— Éclaire-moi de ta vérité alors. Tu sais que je n'ai pas tué Michaël.

— Mais tu as tué mon père.

Je levai les yeux au ciel. Encore cette vieille excuse pour son comportement envers moi.

— Phanuel m'a attaqué, comme tu le sais très bien. C'était de la légitime défense et nous étions en guerre à cette époque-là. Nous ne le sommes plus.

Cela ne fit qu'intensifier son expression haineuse.

— Plus en guerre ? Va dire ça aux anges et aux démons qui sont morts à la Faculté des Séraphins l'année dernière.

— Nous savons tous les deux que c'est Azraël le responsable, dis-je en inclinant la tête. Ce n'était pas ton ancien amant lui aussi ? J'ai entendu les autres Archanges dire qu'ils remettaient ta loyauté en question ces derniers temps.

— Ma loyauté va aux autres anges et à ma famille, cracha-t-elle. Y compris Hannah. C'est ta faute si elle est condamnée à mourir encore et encore. Je ne te laisserai pas la blesser encore une fois.

Je sentis qu'elle parlait d'un évènement en particulier, d'une chose de cette ancienne vie d'Hannah dont je ne me souvenais pas. Ma colère prit le dessus et enroula les sombres ténèbres autour d'elle.

— Montre-moi, ordonnai-je.

Même l'Archange Jophiel ne pouvait désobéir à un ordre du roi de l'Enfer.

Elle finit par céder en hochant vigoureusement de la tête, et je la lâchai. Sa respiration se fit saccadée et elle tendit ensuite la main pour toucher mon front. La lumière éclata devant mes yeux et la chaleur envahit mon squelette, irradiant sous le toucher de Jophiel tandis que les souvenirs du passé se précipitaient dans mon esprit. Ma colère s'évanouit, remplacée par un puissant mélange de bonheur, de douleur et de chagrin, qui faillit me terrasser. Quelques secondes suffirent pour que je me souvienne de tout : du soulagement d'avoir retrouvé ma moitié à nouveau en vie, à la joie de passer tous les moments que je pouvais en sa compagnie, jusqu'au déchirement de la perdre.

Je me reculai et me penchai, agrippant ma tête car les souvenirs me rongeaient. Notre première rencontre, notre premier baiser, notre première fois ensemble. Les longues conversations nocturnes où elle me fit remettre mes croyances en question. Nos escapades aériennes ensemble, ses ailes d'un blanc argenté dans le clair de lune. Et puis sa mort si douloureuse que je n'arrivais pas à me concentrer dessus.

Quand tout s'atténua pour devenir une douleur acceptable, il ne me restait plus que le savoir authentique de la vie angélique d'Hannah, et ce que tous les deux avions partagé ensemble.

Et tout ce que nous avions perdu.

Ma colère revint avec une plus grande force que tout à l'heure, à tel point que j'en avais des difficultés à réfléchir. Toute une vie avec Hannah avait été effacée de ma mémoire par

Jophiel, qui n'avait aucun droit de faire une telle chose. Je me redressai, tendu, puis levai à nouveau mes yeux rouges vers Jophiel.

— Comment as-tu pu ? prononçai-je en serrant les dents. Tu m'as caché ça pendant des années. Sans oublier ce que tu as fait à Hannah...

— Je ne l'ai fait que pour la protéger ! dit Jophiel en s'éloignant des ombres qui se levaient.

Elle ne pouvait s'enfuir. Son dos heurta la porte et la blancheur de sa peau s'intensifia. Ce n'était pas une combattante, cependant. Pas vraiment. Nous savions tous les deux qu'elle n'avait aucune chance contre moi.

— Je devrais te faire payer pour ce que tu as fait.

Ma magie se rassembla autour de moi et mes ailes se déployèrent. Mes ténèbres s'impatientaient de répondre à mon appel. J'inspirai longuement, l'envie de me défouler et de la punir pour ses actions submergeant presque toutes les pensées dans mon esprit. Ce serait si facile de laisser la pénombre lui arracher les membres un par un, un châtiment à la hauteur de ses crimes, dont je savais qu'ils allaient désormais bien au-delà de la suppression des souvenirs. Mais alors, je pensai à Hannah qui se trouvait dans l'autre pièce, et la façon dont elle s'était mise en travers pour sauver cet ange misérable. Quoi que Jophiel ait pu faire, elles étaient sœurs, et je ne pouvais pas lui faire de mal.

Je maîtrisai mes sombres pulsions avec difficulté. Quand je baissai les ailes et les fis disparaître, les ombres cédèrent.

— Je ne te punirai pas.

Puis, je souris, mais pas d'une façon agréable.

— Non, je laisserai Hannah le faire quand elle apprendra ce que tu as fait.

Jophiel trembla un peu, puis me regarda dans les yeux.

— Nous savons tous les deux que ce sont mes actions qui ont

permis de la garder en vie si longtemps. Laisse Hannah ici, avec moi. Je peux la protéger bien mieux que toi.

— Jamais, grondai-je. Sa place est à mes côtés.

À la seconde où je prononçai ces mots, le doute s'insinua en moi. Peut-être que les anges réussiraient mieux à la garder en sécurité. Je n'avais pas très bien fait mon travail ces derniers milliers d'années, après tout. Cette vie d'Hannah dont je me souvenais maintenant ne faisait que le prouver. À chaque fois qu'elle renaissait, je me jurais de la protéger et que cette fois-ci serait différente, puis j'échouais. Encore et toujours.

Mes souvenirs pesaient lourdement sur moi, comme s'ils étaient aussi récents que le jour où ils avaient été créés. Et même si je détestais Jophiel, je savais qu'elle protègerait Hannah au péril de sa vie. Pourtant, je ne parvenais pas non plus à abandonner ma compagne.

Je me rendis jusqu'à la fenêtre, à côté du bureau de Jophiel.

— Je te laisse Hannah... pour l'instant. Mais quand elle souhaitera revenir à moi, tu devras la laisser faire comme elle l'entend.

Elle renifla, l'air hautain à nouveau.

— Faut-il faire un pacte pour se répartir son temps entre nous, comme tu l'as fait avec Déméter pour Perséphone ?

J'aurais dû savoir qu'elle me lancerait une pique en me rappelant cette erreur.

— J'en ai fini avec les pactes.

Je la gratifiai d'un regard sombre, avant de me transformer une dernière fois en ombre et de me diriger vers la sortie, dans la nuit. Je rôdai dans les airs, invisible des mortels qui pourraient lever les yeux, et observai Hannah derrière les fenêtres de la bibliothèque.

En dessous, les enfants longeaient les rues dans leurs costumes, nombre d'entre eux déguisés en créatures nocturnes qui me devaient allégeance, pendant qu'Hannah feuilletait les livres un à un. Des livres qui parlaient de moi, sans aucun doute.

Halloween avait toujours été ma fête préférée sur Terre ; une nuit où tout le monde embrassait sa cruauté intérieure et se permettait d'aimer les ténèbres. Ce soir-là cependant, c'était moi qui étais tourmenté.

J'avais mal à la poitrine en regardant Hannah car je souhaitais aller la voir, mais je faisais de mon mieux pour respecter ses souhaits. Je tendis la main comme si je pouvais la toucher, imaginant sa peau douce sous mes doigts, puis refermai le poing. Maudite soit cette malédiction. Ça l'avait tuée des centaines de fois, la soumettant à une telle agonie, plus qu'aucun autre esprit ne pourrait le supporter. Ce n'était pas surprenant qu'elle ne puisse avoir que des aperçus de son passé dans ses rêves. Une douleur supplémentaire la briserait. Et moi ? La malédiction m'avait sans cesse détruit émotionnellement, des centaines de fois au fil des années, et continuerait encore à me détruire.

Pourrais-je encore supporter cela ? Le pouvait-elle ? Combien de fois encore devrions-nous souffrir ?

Il était peut-être temps d'en finir avec cette malédiction... Mais je ne savais pas si je pourrais me résoudre à faire la seule chose capable de l'arrêter.

Le prix était trop élevé. C'était le seul sacrifice que je n'étais pas sûr de pouvoir faire.

HANNAH

Le soleil souhaitait que je me lève, mais je mis l'oreiller sur mon visage et ignorai la boule de feu qui étincelait et brillait dans le ciel. Après le départ de Lucifer, je m'étais assise à la table de la bibliothèque et j'avais étudié les anges et les démons jusque tard dans la nuit. Quand mes paupières s'étaient faites lourdes, j'étais venue m'allonger dans la chambre que Jo avait laissé à ma disposition, espérant que veiller si tard m'aiderait à mieux dormir.

J'aurais dû savoir que ce ne serait pas le cas. Ça ne l'était jamais.

La violence qui, je le savais à présent, provenait de mes vies antérieures, avait hanté mes rêves, résonné dans ma tête, me laissant en sueur, chiffonnée et toujours aussi fatiguée. Gadrel se trouvait dans l'un d'entre eux, brandissant une épée, probablement un souvenir de ma vie quand j'étais Lénore. Je ne me souvenais pas des autres rêves, je n'avais que des bribes qui disparaissaient comme la brume quand j'essayais de me concentrer dessus.

J'avais beau essayé, je n'arrivais pas à me rendormir. Je me retournais dans le lit en gémissant. Depuis l'accident, je n'avais bien dormi qu'avec Lucifer.

Lucifer... Mon cœur saignait quand je pensais à lui. Après seulement quelques jours à apprendre à le connaître, sa présence me manquait déjà, même si je ne savais plus vraiment quoi penser de lui. Ou de quelle était ma place dans ce monde.

Quand je pénétrai dans l'énorme cuisine blanche et rutilante, Jo leva les yeux, l'air surprise.

— J'allais venir te réveiller. J'ai préparé le petit-déjeuner si tu as faim. Œufs, bacon et toasts.

— Merci, marmonnai-je en me dirigeant tout droit vers la cafetière.

J'étais toujours fâchée contre ma « sœur » et je ne pouvais pas faire semblant. Elle m'avait caché tant de choses, et je soupçonnais qu'il y avait encore beaucoup de choses qu'elle ne m'avait pas dites. Mais c'était un ange... un des gentils ? Ou non ? Ou ça aussi, était-ce un mensonge ?

— Tu as pris la bonne décision en restant ici, dit Jo avec un sourire suffisant en me préparant mon assiette. Je peux te protéger de Lucifer.

Je lui pris l'assiette des mains, contrariée par ses propos, mais aussi affamée. Avais-je besoin d'être protégée de Lucifer ou d'elle ? Jo... Jophiel n'était même pas ma vraie sœur, et elle m'avait menti pendant des années.

— Est-ce qu'il y a quelque chose dans ma vie qui est réel ? demandai-je en m'asseyant à sa table ronde.

Jo s'assit sur une chaise en face de moi.

— Notre relation est réelle. Elle n'a jamais été simulée.

— Mais tu es un Archange ! m'exclamai-je en postillonnant.

Puis, je regardai autour de moi la demeure qui semblait tout droit sortie d'une émission sur les maisons de rêves hors de prix.

— Je ne me rends compte que maintenant que je ne connais

presque rien de ta vie. À quel point tu m'as tenue éloignée. Que tu savais depuis tout ce temps que j'étais l'âme sœur de Lucifer et que tu ne m'as rien dit.

Elle étala les mains sur la table.

— Seulement pour te protéger. Hannah, je devais te maintenir éloignée seulement pour te protéger. Si tu étais venue me voir par exemple, tu aurais pu attirer l'attention de créatures du monde surnaturel qui, je le savais, auraient pu mener Lucifer et Adam jusqu'à toi. Mais si tu continuais ta vie en croyant que tu étais un être humain ordinaire, tu serais restée à l'abri.

J'en avais marre que tout le monde sache la vérité sur moi et utilise l'excuse d'essayer de me protéger comme si ça pardonnait tous leurs crimes. Mais d'un autre côté, j'étais peut-être encore en vie grâce aux actions de Jophiel.

— Et l'accident alors ? Mes parents ?

Le visage de Jophiel se tordit de douleur.

— Tes parents sont morts. Je n'ai pas menti sur ça.

Je sentis que ça, c'était vrai au moins. Je pris un moment pour manger mon assiette, qui était délicieuse. Je me demandai si Jophiel avait vraiment cuisiné. Je ne l'avais jamais vue cuisiner auparavant.

— Tu peux rester avec moi aussi longtemps que tu le souhaites, continua Jophiel, un sourire illuminant son visage. Maintenant que tu es au courant pour le monde surnaturel, je n'ai plus à te cacher les choses. Je peux tout te raconter sur ta vie d'ange. Oh, tu pourrais aussi rencontrer mes fils !

Je faillis m'étouffer avec mon bacon.

— Tes fils ?

Elle acquiesça, pleine de fierté.

— Oui, j'en ai deux. Callan et Ekariel. Callan est le fils de l'Archange Michaël et Ekariel est le fils de l'Archange Azraël, même si j'espère que tu ne lui en tiendras pas rigueur...

Plus Jophiel parlait, plus j'avais l'impression d'être une étrangère et que toute ma vie était un mensonge. La seule chose qui semblait encore réelle, c'était le temps que j'avais passé avec Lucifer. Pourquoi ?

Je repoussai mon assiette et plongeai mon visage dans mes mains.

— Tout ce que je veux, c'est retourner à la vie que j'avais il y a une semaine, quand je n'étais qu'Hannah, fleuriste à Vista. Hannah, qui ne connaissait rien des anges, des démons et de ses vies antérieures, et que personne n'avait essayé d'assassiner. Mais c'est désormais impossible. Je ne peux pas l'oublier.

Jophiel posa légèrement sa main dans mon dos, comme si elle voulait me réconforter.

— En fait, c'est possible. Je peux effacer tes souvenirs et te faire oublier tout ce qui s'est passé. Je pourrais te mettre à l'abri de Lucifer et d'Adam. Tu pourrais retourner à ta vie d'humaine ordinaire qui ne sait rien sur le monde surnaturel.

Je levai les yeux vers elle.

— Comment ?

— C'est l'un de mes pouvoirs d'ange.

L'idée était tentante, mais seulement un instant. Je secouai la tête en soupirant.

— Non, je n'ai pas vraiment envie d'oublier. Je ne crois pas que je puisse encore m'enfuir ou me cacher. C'est ma vie, ma malédiction et mon destin. Je dois l'accepter. D'une manière ou d'une autre, dis-je en respirant avec difficulté, mais en me redressant plus droite. Et je l'accepterai. Je finirai par l'accepter.

— Et puis tu mourras encore et recommenceras à zéro, répliqua Jophiel d'une voix triste. Je ne veux pas te perdre, Hannah. Je me rends compte que tu ne sais plus qui je suis, mais pour moi, tu es toujours ma sœur et je t'aime.

Je commençai à lui répondre réciproquement moi aussi, mais

les mots ne sortirent pas. Je ne savais plus quoi penser à ce moment-là. Surtout d'elle.

Le son de mon téléphone résonna à l'autre bout de la maison, m'évitant de répondre à Jophiel. Je posai la tasse à café et me précipitai dans la chambre d'amis, pile à temps pour voir le nom de Brandy s'afficher sur l'écran.

— Salut Brandy. Ça va ?

Je jetai un œil au vestibule, où se trouvait Jophiel, et décidai de me mettre sur le balcon.

— Je vais bien. Très bien, en fait. Mais *toi* alors ? Je t'ai envoyé des messages mais tu ne répondais pas. Je m'inquiétais alors j'ai dû me résoudre à utiliser mon téléphone pour t'appeler, ouh la la.

Je ris et ça me fit du bien d'avoir un petit moment de légèreté après les évènements de ces derniers jours. Merde, Brandy et son éxubérance joyeuse et obstinée me manquaient. Peu importe à quel point sa vie était merdique, elle trouvait toujours une raison pour sourire.

— Les choses sont... compliquées, admis-je. J'ai appris beaucoup de choses ces derniers jours qui m'ont fait remettre en question toute ma vie.

— Quel genre de choses ?

Je m'appuyai à la rambarde du balcon et contemplai la baie recouverte d'une légère brume, alors que l'air frais chatouillait mes cheveux.

— Comme quoi je serais l'âme sœur de Lucifer. Et que j'aurais vécu des centaines de vies avant celle-ci.

— Quoi ? Tu te serais genre réincarnée ?

— Exactement. Lucifer me retrouve dans toutes mes vies, mais notre bonheur ne dure pas.

Brandy lâcha un sifflement bas.

— T'es dans une sacrée merde.

— Tu crois... Je suis chez ma sœur là. Ce qui est aussi compliqué.

J'expirai, soudainement fatiguée de mes problèmes.

— Raconte-moi ce qui se passe dans ta vie. Tu es bien rentrée ? Comment va Jack ? Et Donna ?

— Ils vont bien tous les deux et oui, je suis bien rentrée. Lucifer s'en est assuré. Il a aussi payé toutes nos factures pour ce mois-ci et le suivant, pour couvrir notre période sans travail. J'arrivais à peine à y croire.

— Je ne savais pas.

Je posai une main sur ma poitrine. Lucifer me manquait tellement que ça en était même douloureux. C'était tout à fait son genre de faire ça, sans me prévenir.

— Je pensais en avoir terminé avec les démons, continua Brandy. Je m'étais dit que c'était pour le mieux, aussi. Mais je ne pouvais pas m'arrêter de penser à Mo, je veux dire, Asmodée. Et puis, il est apparu sur le pas de ma porte au beau milieu de la nuit. Il m'a dit que vous aviez parlé tous les deux et qu'après, il avait directement pris le volant pour venir me voir. Donc, quoique tu lui aies dit, merci.

— Je lui ai juste dit qu'il devait te parler. Le reste vient de lui.

— Et on a parlé, et bien plus...

Elle gloussa, comme si elle me faisait part d'un sale petit secret.

— Disons juste que la réputation de démons sexuels des Lilim est bien méritée. Et puis, il a accompagné Jack et moi à la tournée des maisons pour Halloween, tu y crois toi ?

C'était difficile d'imaginer Asmodée fêter Halloween avec un petit enfant, mais ça prouvait assurément qu'il tenait beaucoup à elle. Cela ne fit qu'augmenter mon affection pour lui.

— Asmodée a dit qu'il pourrait y avoir un moyen pour que vous soyez ensemble.

— Il m'a dit la même chose mais ça a l'air dangereux. Il est reparti à Vegas pour en parler à sa mère, dit-elle en lâchant un soupir rêveur. C'est fou mais... je pense que c'est le bon. Peut-être que cette histoire d'âme sœur est vraie, en réalité. Je veux dire, je n'aurais jamais imaginé craquer pour un démon, ou simplement qu'ils existaient, mais on en est là.

Je contemplai la baie, même si mon cœur se trouvait complètement ailleurs.

— Je sais exactement ce que tu ressens.

— Ah oui ? demanda Brandy. Parce que si c'est le cas, qu'est-ce que tu fais encore chez ta sœur ?

Je lâchai un rire face à sa franchise.

— Comme je te l'ai dit, c'est compliqué.

Je fermai les yeux et réduisis ma voix à un murmure.

— C'est le *diable*, Brandy. Yeux rouges. Ailes noires. Feux de l'enfer. Le vrai diable.

— Eh bien, aucun homme n'est parfait.

— Je suis sérieuse. Je... Je l'ai vu tuer des gens.

Elle resta silencieuse un moment.

— Ils le méritaient ?

Je me mordillai la lèvre en réfléchissant.

— L'un d'entre eux était impliqué dans ton enlèvement. Les autres ont essayé de me tuer.

— Alors tu as ta réponse. Il protégeait sa famille de la seule manière qu'il connaît. Comme tu l'as fait quand tu es partie à ma recherche à Vegas.

— Ce n'est pas vraiment la même chose...

Sa voix s'adoucit.

— Hannah, je ne connais personne qui a aussi bon cœur que toi. Écoute-le, et je sais qu'il ne te fera pas faire fausse route.

Ma gorge s'étrangla un peu à ses gentilles paroles. Jophiel pouvait prétendre être ma sœur, mais Brandy avait toujours été là pour moi et ne me cachait jamais rien. Elle était ma vraie sœur de cœur. Si elle pensait que je devais donner une autre chance à Lucifer, même après avoir appris ce qu'il avait fait aux démons, alors peut-être n'étais-je pas si folle de désirer la même chose.

— Je t'aime, lui dis-je, le cœur s'accélérant en prenant ma décision. Je vais suivre mon cœur. Qui est à Vegas.

— Je t'aime aussi, et tu as intérêt à m'appeler et à tout me raconter.

— Je le ferai, promis. Salue Jack et Donna de ma part. Je ne sais pas trop quand je reviendrai.

— Tant que Lucifer continue à payer tes factures, ce n'est pas un problème, dit-elle sur le ton de la plaisanterie. Mais plus sérieusement, je n'oublierai jamais ce que tu as fait pour moi. Tu peux compter sur moi, quoi qu'il arrive.

— Merci, Brandy.

Après avoir promis de donner des nouvelles, nous nous dîmes au revoir puis raccrochâmes. Je voulais savoir ce qui allait se passer avec Asmodée et s'ils allaient trouver un moyen d'être ensemble. Mais d'abord, je devais retourner voir Lucifer. Je n'étais plus sûre de rien, sauf que je me sentais moi-même quand j'étais à ses côtés. Peut-être était-il le méchant aux yeux du reste du monde mais pour moi, il avait toujours été un héros.

Je rentrai et remis la robe de soirée noire pailletée et les talons inconfortables du bal, laissant les habits de Jo derrière moi. Je glissai ensuite mon téléphone dans mon minuscule petit sac et vérifiai combien d'argent il me restait. J'en avais assez pour payer l'essence et des tongs, car il était hors de question que je roule des heures dans ces fichues talons !

Je sortis dans l'allée et jetai un œil aux alentours, mais je n'entendis et ne vis Jophiel nulle part. J'envisageai d'aller la voir et de lui expliquer que je devais partir mais honnêtement, je n'étais pas sûre qu'elle me laisse faire. Elle avait tout fait pour que je reste.

Tout pour m'empêcher de retourner à Las Vegas, retrouver Lucifer.

Et puis merde. C'était ma vie et c'était à moi de décider.

Hier, Jophiel m'avait fait rapidement visiter sa gigantesque demeure, y compris le quadruple garage, et c'est vers là que je me dirigeais. Une fois arrivée, je trouvai un panneau à côté de la porte sur lequel était accrochée une rangée de clés électroniques, ouvrant sans aucun doute les voitures ridiculement chères qui se trouvaient devant moi. Je pris un moment pour évaluer les voitures – une Porsche SUV bordeaux, une classique Rolls Royce noire, une Lamborghini jaune et une Audi argent – avant d'attraper un jeu de clés. Je me précipitai vers la Lamborghini, car quitte à voler une voiture à sa « sœur » angélique, autant bien faire les choses.

Dans la rue, je trouvai le bouton pour décapoter et allumai la radio. Mes cheveux volèrent derrière moi et s'emmêlèrent immédiatement. Je me débarrassai des talons et les posai sur le siège passager.

Voilà que j'étais en route pour Vegas. Et au diable les conséquences.

LUCIFER

Après ma rencontre avec Jophiel, je tins ma promesse et retournai à Vegas pour laisser de l'espace à Hannah, même si ça me dévastait de le faire. D'autre part, mon peuple avait toujours besoin d'un roi, et Samaël avait dit qu'il souhaitait me parler. J'avais des questions à lui poser moi aussi.

Le soleil était à peine levé au moment où j'entrai dans son bureau. Il était sur son ordinateur, complètement absorbé par ce qu'il regardait, mais leva brusquement les yeux quand il m'entendit.

— Vous avez trouvé Hannah ? demanda-t-il.

— Oui, elle a été enlevée par Jophiel.

Je fis claquer mes mains sur son bureau, ce qui le fit sursauter.

— L'Archange m'a rendu mes souvenirs. Il s'avère que ma compagne était un ange autrefois et que nous étions ensemble avant que les Accords de la Terre soient signés, quand notre relation était interdite. Personne ne savait pour nous, sauf Jophiel... et le conseiller auquel je fais le plus confiance.

La chaise de Samaël grinça quand il se recula et il me regarda avec inquiétude.

— Lucifer, je peux expliquer...

Je serrai les dents.

— Tu as gardé ce secret pendant des années. Pourquoi n'as-tu rien dit ?

— Je pensais que la douleur serait trop forte. Je pensais qu'il valait mieux pour vous ne pas savoir. Que ce serait moins insoutenable. Pour vous et pour Hannah.

L'expression sur son visage ainsi que sa bouche tordue en un rictus montraient que cette décision le tenaillait, mais cela ne fit qu'attiser ma colère.

— Ce n'était pas à toi de décider si oui ou non tu devais garder ces secrets pour toi.

Je maintenais le bureau entre nous, sinon j'aurais été tenté de l'attraper par le cou comme je l'avais fait avec Jophiel.

— C'est toi qui as organisé l'enlèvement de Brandy pour amener Hannah jusqu'à moi ? C'est toi qui es derrière les attaques dirigées contre ma compagne ?

Il leva les mains, comme pour me supplier.

— Bien sûr que non. Je voulais garder Hannah loin de vous, pas vous réunir. J'imaginais que Jophiel la gardait à l'abri quelque part, et ça m'arrangeait. Ça vous gardait tous les deux en vie et en sécurité.

— Pas assez en sécurité. Quelqu'un l'a trouvée et l'a amenée ici.

Je le fixai l'air furieux en posant des questions que je n'avais jamais voulu posées :

— As-tu déjà pensé à prendre ma place ? Ou à devenir le chef des Déchus ?

Il rejeta les épaules en arrière.

— Je suis offensé que vous osiez me demander une telle chose. J'ai été votre plus proche ami pendant des milliers d'années et je vous ai toujours bien servi. Vous remettez en question ma loyauté alors que je ne vous ai jamais donné de raisons de le faire.

— Tu es la seule personne qui sait qu'Hannah a été un ange dans une autre vie. Qu'est-ce que je suis censé penser ?

— Il y a quelqu'un d'autre qui est au courant. Adam.

Samaël retourna à son bureau et s'assit.

— C'est pour cette raison que j'ai demandé à vous voir, en vérité. Au bal, Gadrel m'a dit qu'il avait pisté un humain qui pourrait être Adam.

— Où ?

— Il ne l'a pas dit.

Je m'assis face à Samaël et caressai la barbe rugueuse sur mon menton en réfléchissant à cette nouvelle. Mon instinct me disait que quelque chose n'allait pas. Je passai mes souvenirs au peigne fin, y compris ceux que Jophiel venait de me rendre.

Quand Ève s'était réincarnée en ange, j'avais pensé que seul Samaël était au courant de notre relation, mais peut-être avais-je tort. Peut-être que quelqu'un d'autre le savait aussi. Je n'avais jamais trouvé Adam dans cette vie-là. En général, je le retrouvais et le tuais pour venger ma compagne, mais Jophiel était intervenue en premier et avait pris mes souvenirs. Je ne sus même jamais à quoi il ressemblait. Pourrait-il être encore en vie ?

Dans chaque vie, Adam se réincarnait en même temps qu'Ève. Si elle naissait humaine, alors lui aussi. Sauf quand elle avait été Lénore la Déchue. Celui qui l'avait tuée était un ange, d'après Gadrel. Quand je les avais trouvés, il y avait un ange mort à côté d'elle, son épée recouverte de son sang, et je m'étais simplement dit que la malédiction ne faisait pas de différence entre un ange et un Déchu.

Et si c'était le cas ?

À présent, quelqu'un avait attiré Hannah à Las Vegas, dans le but de l'amener jusqu'à moi. Pourquoi ? Simplement pour me la reprendre, en sachant que cela me blesserait plus maintenant que nous nous étions retrouvés. Mais comment ?

Mon esprit suivit la piste d'indices. Asmodée avait dit qu'il avait reçu un message de Samaël qui lui ordonnait de séduire Brandy, mais Samaël avait affirmé qu'il ne l'avait jamais envoyé. Ça devait être quelqu'un de proche, quelqu'un qui en savait trop, qui avait accès à tout.

Quelqu'un comme l'assistant de Samaël.

Quelqu'un qui passait trop de temps à courir après Lénore et Lilith.

Gadrel.

Serait-ce possible ? Gadrel pourrait-il être Adam ? Avait-il trouvé le moyen de contourner la malédiction et survécu alors même qu'Ève se réincarnait encore et encore ?

Je me penchai en avant, la colère bouillonnant en moi.

— Où est Gadrel en ce moment ?

La bouche de Samaël se crispa.

— Je ne l'ai pas vu depuis le bal.

Les ténèbres tournoyèrent autour de moi. J'étais incapable de contenir ma furie et ma peur pour la vie d'Hannah. Elle courait un plus grand danger que je l'avais cru.

— Trouve-le et amène-le moi. Tout de suite.

30

HANNAH

Le trajet de San Francisco à Las Vegas dura plus longtemps que prévu, et même en m'arrêtant peu, cela me prit toute la journée pour arriver à destination. Lorsque j'arrivai précipitamment au penthouse de Lucifer, la nuit était tombée et le Celestial se réveillait. Vegas était vraiment la ville parfaite pour les démons, car la plupart des activités se déroulaient une fois le soleil couché.

Je trouvai Lucifer derrière le bureau de sa bibliothèque, un verre de whisky à côté de lui et un ouvrage à l'apparence ancienne dans les mains. Il se leva d'un bond dès qu'il me vit, et mon cœur s'arrêta quand nos yeux se croisèrent et que je fus frappée par la force magnétique de sa présence. Puis, il traversa rapidement la pièce en quelques enjambées et me prit dans ses bras puissants. Avant même de savoir ce qu'il se passait, sa bouche était sur la mienne et m'embrassait avec force, comme s'il ne m'avait pas vue depuis des années, et ses doigts agrippèrent mes cheveux comme s'il n'allait plus jamais me lâcher. Mes mains trouvèrent sa douce chemise blanche pendant que sa langue tourbillonnait avec la mienne. Je me demandai comment j'avais pu penser un jour vivre sans cet homme.

Ma moitié.

— Tu es revenue.

Il se recula juste assez pour examiner mon visage.

— Nous étions tous inquiets.

Toujours étourdie par son baiser, je mis un instant à assimiler ses paroles.

— Inquiets ?

— Jophiel m'a envoyé un message quand tu es partie avec sa voiture. Bon choix, d'ailleurs.

Ses lèvres se retroussèrent en un sourire amusé, et son pouce caressa distraitement ma joue.

— Tout le monde t'a cherchée après ton départ. Tu n'aurais pas dû faire tout ce chemin sans personne pour te protéger.

Je secouai la tête.

— Lucifer, je ne peux pas tout le temps vivre dans la peur. Je suis peut-être destinée à mourir, mais je suis prête à accepter de vivre à tes côtés. Peu importe le temps que l'on passera ensemble.

— Même si je suis méchant ? Un monstre ? L'origine de tout mal ?

Ses yeux devinrent rouges alors qu'il parlait, comme s'il me mettait au défi de m'enfuir à nouveau.

Tout en le regardant, je tendis la main pour caresser ses sourcils et la barbe sombre sur ses joues, acceptant tout ce qui faisait partie de lui, ses yeux rouges et tout le reste.

— Je me fiche de ce que le monde dit de toi. Tu n'es pas maléfique. Pas à mes yeux.

Il attrapa fermement mes bras.

— Seulement grâce à toi. Ta lumière m'empêche de m'abandonner entièrement aux ténèbres. Je serais perdu sans toi.

Mes doigts descendirent dans son cou.

— Je suis là. Je suis à toi.

Il ferma les yeux et inspira avec difficulté.

— Dis-le encore.

Je glissai un main derrière son cou, attirant son visage contre le mien et caressant ses lèvres avec les miennes.

— Je suis à toi.

— Oui, tu es à moi.

Il m'attira brusquement contre lui et transforma mon doux baiser en quelque chose de plus puissant, quelque chose qui propagea sur ma peau un désir brûlant.

— À travers l'immensité du temps, tu es la seule chose qui reste mienne.

Mon pouls s'accéléra à ses mots et à son toucher, et mon désir pour lui me submergea. Je déboutonnai rapidement le haut de sa chemise tandis que ses mains parcouraient avec frénésie ma robe de soirée noire et scintillante. La robe que j'avais portée au bal en tant que son invitée. Sa reine.

— Tu portes toujours cette robe.

Il détacha la fine cape, qui s'éleva en volutes en tombant par terre.

— J'adore te voir la porter.

Je passai ma main dessus.

— Elle est sûrement fichue maintenant.

— Elle est parfaite. Comme toi.

Il passa la robe par-dessus ma tête et je levai les bras, me délectant de la sensation du tissu fin qui effleurait ma peau, la laissant exposée à l'air frais. Quand je baissai les bras, le regard de Lucifer parcourut mon corps telle une caresse. Puis, il défit mon soutien-gorge et libéra mes seins. J'adorais la façon dont il les regardait, les yeux brûlants. Comme s'il n'avait jamais autant désiré quelque chose.

Il avança d'un pas vers moi et l'appétit sombre dans son

regard me fit trembler. Il prit mes deux seins dans ses mains puissantes et viriles, les soupesant et frottant ses pouces contre mes tétons bandés. Puis, il en prit un en bouche et me goûta d'un lent coup de langue qui me fit gémir. Sa bouche explora minutieusement mes seins, sa barbe rugueuse écorchant ma peau sensible et me laissant une sensation de brûlure des plus légères. Je voulais que cette brûlure se propage dans tout mon corps. Je voulais que le feu de Lucifer me consume.

Après avoir glissé ses doigts sur mon ventre avec une lenteur insoutenable, il fit glisser ma culotte. Son doigt chatouilla ma cuisse, dessinant un sillon de désir de mon sexe jusqu'à mes orteils. Prête à exploser de la chaleur et du désir qui coulaient en moi, je me lovai contre lui, impatiente d'obtenir un peu de soulagement de ma douleur interne. Mes doigts fouillèrent son pantalon et le déboutonnèrent à la recherche de sa queue. Celle-ci ne se fit pas attendre et sortit, et je l'attrapai dans une main, me délectant de sentir sa taille et sa longueur dans ma paume.

D'un geste, Lucifer balaya tout ce qu'il y avait sur le bureau, ignorant les textes anciens qui tombaient au sol, avant de m'agripper par les hanches et de me poser sur le rebord. Puis, il enfouit ses doigts dans mes cuisses et écarta mes jambes pour pouvoir admirer ma vulve trempée.

Il s'agenouilla doucement devant moi.

— Ça fait trop longtemps que je ne t'ai pas goûtée.

— Ça ne fait que quelques jours, dis-je dans un rire déchaîné.

Sa langue glissa le long de ma fente, une seule caresse d'une lenteur exquise avant qu'il ne relève les yeux vers moi.

— Exactement. Bien trop longtemps.

Il baissa à nouveau la tête et je gémis, attrapant ses cheveux tandis qu'il plongeait sa langue en moi, s'enfonçant jusqu'à me remplir d'une chaleur humide. Il me baisa ainsi de sa langue, me rendant folle, puis déplaça soudain sa bouche pour prendre mon clitoris. Il ronronna, émettant des vibrations qui me torturaient pendant que je me tortillais au bord du bureau.

Il garda la main fermement posée sur mes hanches mais ajusta sa posture de façon à ce que ses bras s'enroulent entièrement autour de mes cuisses, me maintenant immobile. Il écarta mes lèvres et aspira mon clitoris un peu plus fort, ce qui me fit crier pour de bon, supplier et gémir. Mes hanches tentèrent de se ruer contre sa bouche tandis qu'il me faisait grimper toujours plus haut vers l'orgasme. Les mains cramponnées au bureau derrière moi, je ne pus que rejeter la tête en arrière et partir en chasse du plaisir qui grandissait en moi, toutes mes terminaisons nerveuses fourmillant d'impatience. Mais c'est alors qu'il s'arrêta.

— Non. Pas encore.

Lucifer se recula et lâcha mes cuisses.

— Lucifer, suppliai-je. Je t'en prie.

Il se redressa entièrement puis attrapa son sexe parfait pour le caresser doucement, me donnant l'eau à la bouche. Je m'apprêtais à m'agenouiller et me mettre à supplier quand il s'avança et continua à me tourmenter en faisant glisser son membre contre mon entrejambe de haut en bas. Son gland fut trempé par mon désir. Je geignis un peu et un sourire satisfait s'étala sur son visage face à mon désespoir. Quand il me regardait ainsi, je comprenais tout à fait pourquoi on l'appelait le diable.

Lorsque je ne pus plus supporter une seconde de plus sa provocation, son membre s'enfonça en moi, ce qui était tout ce dont j'avais besoin. Épais, dur et long, une taille parfaite pour moi, comme si nous étions faits pour être ensemble. Il alla lentement cette fois-ci, entrant et sortant à un rythme qui me fit sentir chacun de ses centimètres alors qu'il se mouvait en moi. Il titilla mes seins et ne me lâcha pas des yeux, observant ma réaction à chaque coup de rein, à chaque fois qu'il me pinçait ou me pénétrait plus profondément, à chaque fois qu'il me possédait, encore et encore.

Puis il me poussa pour que je m'allonge sur le bureau, attrapa mes jambes et les leva, les bloquant sur ses épaules. La position lui permettait de plonger encore plus profondément en moi et de me soumettre complètement à lui. Tout ce que je pouvais faire, c'était prendre ce qu'il me donnait.

Ses hanches se mirent à onduler à un rythme lent et sensuel, sa queue atteignant des points sensibles dont j'ignorais l'existence. D'une main, il me maintenait en place et de l'autre, il caressait mon clitoris, sachant exactement comment me toucher pour me faire perdre la tête. Bien sûr qu'il le savait. Il me faisait l'amour depuis des siècles alors que tout était nouveau pour moi.

— Dis-moi que tu es à moi et je te laisserai jouir, dit-il d'un voix éraillée par le désir.

— Je suis à toi, parvins-je à m'exclamer. Toujours à toi.

Il accéléra fermement, touchant cet endroit encore et encore, tout en stimulant mon clitoris. Il augmenta la pression jusqu'à ce que je ne puisse plus me retenir. Pile quand je commençais à me contracter autour de lui, il abaissa mes jambes et se pencha pour passer une main sous ma tête et empoigner mes cheveux. Pendant que l'orgasme me balayait, il leva mon corps pour le presser contre son torse, puis réclama ma bouche pour m'embrasser fougueusement. Il continua à aller et venir pendant toute la durée de son propre orgasme, et tout ce que je pus faire, fut de gémir dans sa bouche contre la pression délicieuse de sa main dans mes cheveux. Il ne s'arrêta que quand j'eus fini de jouir totalement.

Il me tint fermement contre lui et j'enfouis mon visage dans son cou, nos cœurs battant la chamade. Nos respirations revinrent peu à peu à la normale mais il ne me lâcha pas pour autant.

— Ne me quitte plus jamais, dit-il.

Ça ressemblait plus à une demande qu'à un ordre.

— Je ne le ferai plus, promis-je.

Je pris son visage dans mes mains et plongeai mon regard dans ses yeux incroyablement verts. C'était ma couleur préférée, et ce n'est qu'à cet instant que je compris pour quelle raison.

— Tu le feras, dit-il en inspirant difficilement. Tu me quittes toujours.

Ma poitrine se serra face au caractère inéluctable de ses mots.

— Et tu finis toujours par me retrouver.

— Je ne sais pas combien de temps je pourrais encore supporter ça, avoua-t-il. À chaque fois que tu meurs, c'est un morceau de mon âme que je perds.

Je caressai son visage.

— Nous n'avons pas d'autres choix. Même la mort ne peut pas nous séparer. Nous trouverons tant bien que mal un moyen pour être ensemble, peu importe le temps et la distance entre nous.

— Même la mort ne le peut, murmura-t-il en répétant mes paroles, le regard distant.

— Qu'est-ce qu'il y a ? demandai-je.

Il finit par s'écarter de moi et ramasser un vieil ouvrage par terre.

— Je dois faire des recherches. Je te rejoindrai dans la chambre après.

Je m'étirai d'une manière qui attira son regard sur mon corps nu.

— Très bien. J'aurais bien besoin d'une douche après ce long trajet.

Il m'embrassa rapidement mais je devinai que son esprit était ailleurs. Il s'assit derrière son bureau et ouvrit un des vieux bouquins. Je l'observai un moment, me demandant quelle recherche pouvait être si importante... et pourquoi son humeur avait aussi vite changé.

31

LUCIFER

Elle était revenue vers moi. J'avais espéré qu'elle le fasse mais je n'étais pas sûr qu'elle soit de retour avant que la malédiction frappe à nouveau, et que nous recommencions encore ce cycle d'amour et de mort. Un cycle dont je m'étais lassé, mais auquel je n'étais pas sûr de pouvoir échapper.

Pendant que mes gens étaient partis à la recherche d'Hannah, j'avais feuilleté les vieux journaux de Samaël en araméen, ceux qu'il avait écrits pour garder une trace de l'ancien monde. Sur ces fines pages craquelées, il y décrivait l'avènement de la malédiction et une fois encore, je parcourus le livre en espérant obtenir des réponses, mais ne trouvai rien que je ne connaissais déjà. Il n'y avait qu'une seule façon de briser la malédiction, mais cela nous détruirait tous les deux. Et entraînerait sans doute le monde entier avec nous.

Serais-je capable de faire le sacrifice ultime ?

Pour elle, je serais capable de tout... Sauf peut-être de faire ça.

Quoi qu'il en soit, j'envoyai rapidement quelques messages

pour demander des faveurs. Désormais, je n'avais plus qu'à attendre.

Alors que je pianotais sur la couverture d'un des journaux de Samaël, Hannah revint dans la bibliothèque, les cheveux mouillés après sa douche. Elle portait à présent une des nuisettes moulantes que je lui avais achetées, une invitation à être relevées sur les cuisses voire complètement déchirées.

Elle mit la main devant sa bouche pour bâiller.

— Arrête de lire ces vieux bouquins et viens te coucher.

— Oui, ma chérie, dis-je en me levant.

Je m'inquièterais de briser la malédiction demain. Et aussi de trouver Gadrel tant que j'y étais. Où se trouvait ce salaud en ce moment ? Je pris la main d'Hannah, prenant conscience qu'elle n'était pas encore au courant à propos de lui.

— Il faut que je te dise quelque chose.

— Je soupçonne qu'il y a encore pleins de choses que tu dois me dire.

Puis, elle écarquilla les yeux.

— En fait, il y a quelque chose que je dois te dire moi aussi. Quelque chose que j'ai entendu au bal. J'avais complètement oublié jusqu'à maintenant mais...

Elle fut interrompue par un énorme bruit à l'extérieur de la bibliothèque. Je mis tout de suite Hannah à l'abri derrière moi en entendant des cris qui provenaient de l'entrée du penthouse. Était-ce Gadrel ?

Je me tournai vers Hannah et pris son visage dans mes mains.

— Reste dans la bibliothèque. Tu seras plus en sécurité ici.

Elle acquiesça, le regard apeuré, et je l'embrassai intensément en priant pour que ce ne soit pas la dernière fois. Elle m'enlaça fermement puis je sortis de la bibliothèque en fermant la porte derrière moi. Comme elle n'avait pas de fenêtres, la bibliothèque était l'endroit le plus sûr du penthouse pour Hannah pour le moment, et je devais m'occuper de la personne qui avait pénétré mon antre.

Je me précipitai dans le salon et, du coin de l'œil, remarquai des formes sombres flottant de part et d'autre derrière les fenêtres, dans un mouvement qui s'annonçait menaçant. Cependant, je n'eus pas le temps de m'en inquiéter car dans l'entrée de mon penthouse, se tenait un homme immense, massif, dont les mains s'étaient changées en griffes de reptile, et ruisselaient de sang à présent.

Le sang de mes gardes.

— Mammon, grondai-je en évaluant ce qu'il avait fait.

Tous mes gardes loyaux sélectionnés par mes soins gisaient mort à ses pieds.

— Alors c'était toi derrière tout ça.

Le vieil Archdémon lâcha un rire hautain.

— Pas vraiment. Je suis le premier d'une longue liste qui souhaite ta chute.

Je réunis les ténèbres autour de moi, prêt au combat.

— Alors tu auras l'honneur d'être le premier à mourir.

Il rugit avec force et fit trembler les murs et les fenêtres. Du feu de dragon surgit de sa bouche, et je me protégeai rapidement de mes ombres, presque offensé. Il aurait dû savoir que ça ne marcherait pas.

— Pourquoi ? demandai-je. L'avarice a-t-elle pris le dessus ? Tu penses pouvoir voler mon trône et être le prochain roi des démons ?

— Il est temps que quelqu'un d'autre gouverne les démons.

Il m'attaqua avec ses griffes mais je l'esquivai facilement et les contournai, me mouvant autour de lui avec autant de légèreté que de la fumée.

— Tu n'aurais jamais dû nous forcer à abandonner l'Enfer. C'était notre *chez nous*.

— Un chez nous qui ne pouvait plus nous nourrir, lui rappelai-je.

Il m'ignora en continuant d'attaquer et de détruire tous mes meubles.

— Et une trêve ? Avec les anges ? Franchement Lucifer, tu ne pensais quand même pas que ça allait marcher.

— Tu aurais préféré continuer à te battre jusqu'à l'extinction de notre espèce ? J'ai tout fait pour sauver notre peuple. L'avenir de notre espèce était en jeu.

J'eus un mouvement de recul quand il balança une chaise sur mon bar et détruisit une douzaine de mes bouteilles d'alcool les plus chères.

— *Notre* espèce ? Tu n'es même pas un vrai démon !

Il me cracha encore du feu que je bloquai avec un mur de ténèbres. Son visage se mit à rougir, sa frustration évidente.

— Les anges n'ont jamais appartenu à l'Enfer. Dès que nous nous débarrasserons de tous les Déchus, nous réouvrirons l'Enfer et commencerons sa reconstruction.

Nous nous trouvions à présent près des grandes fenêtres qui donnaient sur Vegas et offraient une vue dégagée sur la bataille qui faisait rage à l'extérieur. Mes anges déchus aux ailes noires se battaient dans le ciel contre des dragons et des gargouilles, les éclats de feu et les boucliers de ténèbres s'entrechoquant dans les airs. J'identifiai Azazel et Samaël, mais aucun signe de Gadrel nulle part.

— Tu prévois de détruire tous les Déchus ? questionnai-je en inclinant la tête. Et Gadrel ? Il ne travaille pas avec toi ?

Mammon siffla.

— Gadrel n'est rien d'autre qu'un outil que les Archdémons ont utilisé pour t'affaiblir. Il nous a fourni les informations dont nous avions besoin, mais c'est un pion. Un homme de l'intérieur si tu préfères. Il nous sert, comme le feront tous les Déchus bientôt. Ils s'agenouilleront devant les Archdémons, là où est leur place... ou ils mourront. Avec toi.

Ses menaces contre mon peuple me firent bouillonner de rage.

— C'est moi le vrai roi des démons, et c'est toi qui t'agenouilleras devant moi !

D'une sombre vague, je poussai Mammon par la fenêtre dans le ciel sombre et m'élançai après lui, mes ailes noires se déployant alors que je plongeais. Des écailles rouge sang ondulèrent sur sa peau quand ses propres ailes apparurent, et son corps se métamorphosa en un dragon immense, plus rapidement que ce à quoi je m'attendais.

En zigzaguant, nous esquivâmes dans le ciel les autres combattants, même si ceux-ci se tenaient à distance. Mammon m'érafla avec ses énormes griffes, mais je reculai en essayant d'en éviter la pointe. Il fut toutefois trop rapide et l'une de ses grandes griffes me toucha, creusant une entaille en dents de scie de ma clavicule à mon abdomen.

Je chutai en tourbillonnant vers les rues de la ville qui s'étendait en dessous. La douleur m'envahit mais les ténèbres forcèrent mon corps à guérir, et je luttai pour contrôler mon vol. Mes ailes battaient avec puissance, m'élevant pour poursuivre l'homme qui avait osé mener une révolte contre moi et mettre Hannah en danger.

Il tournoya en s'inclinant, volant au-dessus des lumières de la ville et de la bataille. Je battis des ailes pour le suivre aussi vite que je le pouvais et me déplaçai juste à temps pour éviter un crachat de feu orange qui avait émergé de la bouche de Mammon, d'une chaleur si intense que je la sentis même à distance.

Il était vulnérable après avoir craché du feu. Il lui fallait quelques précieuses secondes pour coordonner son corps massif à ses mouvements, et alors qu'il penchait la tête pour me localiser, je le contournai. J'atterris sur son dos, presque reconnaissant de me reposer un moment pendant que mon corps se consumait dans son effort de guérison. Ses ailes en cuir battaient l'air nocturne et il luttait contre l'ajout soudain que représentait mon poids.

La peau de dragon était presque impossible à percer à cause de leurs écailles, mais je fis pénétrer mes ténèbres dans ses oreilles, ses yeux, ses narines et l'étouffai. Je regrettai un instant de ne pas avoir mon épée, l'Étoile du Matin, qui se trouvait dans la bibliothèque avec Hannah. C'était probablement pour le mieux. À la place, je déchaînai mes feux de l'enfer, qui étaient d'un bleu éclatant et chargés de magie à la fois angélique et diabolique, alimentés par la lumière et les ténèbres. C'était un don que j'utilisais rarement car il était très destructeur et j'étais le seul à le posséder. Bon, le seul avec Bélial, mais je ne l'avais pas vu depuis des années.

Dans une tentative désespérée, Mammon se laissa tomber dans le ciel, me désarçonnant au moment où son poids chutait en dessous de moi. Il tourna frénétiquement sur lui-même en essayant d'éteindre les feux de l'enfer, le seul type de feu susceptible de le blesser. Il y parvint mais je réussis quand même à l'amocher.

Je le poursuivis dans sa chute mais il esquissa un autre virage et m'évita. Je me lançai à ses trousses et le pourchassai dans les airs, avant de réussir à me rapprocher suffisamment pour le fouetter de mes ténèbres et les enrouler à la base de ses ailes. Je tirai d'un coup sec et le craquement de ses articulations résonna comme le tonnerre dans le ciel, se répercutant doucement le long de mes lassos de magie noire.

Il plongea pour tenter de s'échapper, mais je m'assurai que mes liens ténébreux maintenaient ses ailes juste assez pour l'immobiliser. Je fondis la tête la première, lui assenai un coup de pied au torse et me servis de mon obscurité comme d'une corde, tirant sur ses ailes et enroulant une autre tentacule magique autour de sa gorge. Nous continuâmes à tomber mais je contrôlai la chute pendant que Mammon luttait sous moi.

— Tu ne peux pas me tuer, dis-je en plongeant mon regard furieux dans celui de Mammon. Admets ta défaite et je te laisse la vie sauve.

— Jamais, gronda-t-il en sortant les crocs. Même si tu m'arrêtes, d'autres prendront ma place. Ce n'est que le début, Lucifer. Tu n'as aucune idée de qui t'attend. De ce qui vous attend, toi et ta petite salope.

À ces mots, la rage prit le dessus. Il pouvait m'insulter et me menacer autant qu'il le voulait, mais il avait désormais insulté Hannah et je n'avais plus envie de jouer.

Je plissai les yeux et libérai de nouveau les feux de l'enfer. La magie destructrice se propagea sur ses écailles tel un éclair et le mit en pièces. Un grondement puissant lui échappa alors qu'il se réduisait en cendres, du feu de dragon s'écoulant de sa bouche dans toutes les directions. Je battis fortement des ailes pour me reculer et m'éloigner de lui. Il illumina la nuit comme un feu d'artifices, jusqu'à ce qu'il ne reste plus que des cendres soufflées par le vent.

Lorsqu'il mourut, les autres dragons lâchèrent un grognement plaintif, puis s'échappèrent avec hâte en abandonnant le combat. Les gargouilles se dépêchèrent de les suivre en battant leurs ailes de chauve-souris, mettant ainsi fin à la bataille. Je fus surpris de voir qu'il n'y avait pas que mes Déchus qui luttaient contre les gargouilles et les dragons, mais aussi quelques anges qui les avaient rejoints, ceux à qui j'avais envoyé des messages plus tôt. Je ne m'étais pas attendu à ce qu'ils rappliquent si vite, aussi je volai dans leur direction.

Un hurlement et une explosion à l'intérieur de penthouse m'emplit d'une terreur soudaine. L'effroi envahit ma poitrine et je me précipitai vers les sons et les bruits de bataille en provenance de la bibliothèque, là où j'avais laissé Hannah.

32

HANNAH

Lucifer était à peine parti depuis quelques secondes que j'attrapai l'épée accrochée au mur ; la même que j'avais utilisée contre les gargouilles, la seule dont j'avais été capable de me servir sans réfléchir. L'épée de Lucifer, quand il était encore un ange. Avec un peu de chance, personne ne viendrait dans la bibliothèque, mais je devais pouvoir me défendre si c'était le cas. En supposant que je me souvienne comment me battre.

De longues minutes passèrent, et les bruits à l'extérieur de la bibliothèque m'emplirent de peur et d'inquiétude, y compris les grognements gutturaux qui faisaient trembler le sol. Puis, j'entendis un grand bruit comme si on venait de briser une fenêtre, comme l'avaient fait les gargouilles pour m'attaquer, et je ne pus patienter plus longtemps. Je devais savoir si Lucifer allait bien.

J'ouvris la porte et courus voir, déglutissant à la vue du penthouse de nouveau sens dessus dessous et des murs roussis par le feu. Dehors, des anges déchus affrontaient des gargouilles et des dragons, alors que des flammes se répandaient dans le ciel obscur. Je me demandai si les humains dans l'hôtel ou dans la rue étaient témoins de la scène, et s'ils pensaient que c'était un autre spectacle de Vegas. La magie de la Ville du Péché. S'ils savaient ce qu'il se passait *vraiment* à Vegas...

Puis, j'aperçus Lucifer et mon cœur s'accéléra en le voyant se battre avec un dragon rouge qui faisait bien trois fois sa taille. Était-ce Mammon ? Bon sang, j'aurais dû lui raconter plus tôt ce que j'avais entendu au bal, mais ça m'était sorti de la tête quand Jophiel m'avait enlevée. Je poussai un cri quand Lucifer s'éleva dans le ciel, plus haut que ma vue ne pouvait le tolérer, et pourchassa le dragon. Je courus jusqu'à la rambarde, mes chaussons écrasant le verre brisé, dans l'espoir de voir où ils allaient.

Le seul avertissement de danger proche que j'eus fut un faible murmure derrière moi. Mon instinct prit le dessus et je me retournai à temps pour brandir l'épée de Lucifer et découper des tentacules de magie noire qui s'apprêtaient à m'attraper.

L'épée luisit d'un blanc éclatant quand Gadrel sortit de l'ombre et s'avança. Son sourire sinistre terrifia mon cœur, surtout quand il se prépara au combat, pointant une épée similaire à la mienne vers moi, sauf que la sienne étincelait d'un éclat sombre.

Alors que Gadrel et moi changions de positions, comme si nous allions nous mettre à danser, je priai pour que ma mémoire musculaire tienne bon et pour être une épéiste à la hauteur des capacités de Gadrel.

— Pourquoi fais-tu ça ? demandai-je. Je pensais que nous étions amis ! Ou du moins nous l'étions, dans la vie de Lénore.

Il s'élança pour passer à l'offensive, et je parai son coup de mon épée scintillante. Nous ne nous battions pas vraiment, pas encore. Il voulait prendre la température, voir sûrement si j'étais assez forte dans ce corps. Hé oui, connard, j'étais assez forte.

— Tu sais pourquoi, dit-il d'une voix glaciale.

Le Gadrel amusant avait entièrement disparu pour laisser place à un étranger.

— Au fond de toi, tu as toujours su qui j'étais vraiment. Non ?

Je faillis en perdre mon épée quand tout se fit clair dans mon esprit. Mes mains tremblèrent et je reculai, non sans parvenir à murmurer son nom.

— Adam.

Un sourire cruel s'étala sur son beau visage.

— Je suis venue pour toi, mon épouse. Comme je le fais toujours.

Je braquai l'épée flamboyante sur lui.

— Éloigne-toi de moi !

Son visage s'assombrit et il m'attaqua à nouveau. Je dus danser et me mouvoir rapidement pour le bloquer. Pendant notre combat, nous esquivâmes les meubles retournés et le verre brisé, nous dirigeant sans nous en rendre compte vers la bibliothèque. La bataille était équilibrée et curieusement, je savais au fond de moi que nous nous étions battus une centaine de fois ainsi. Une pensée épuisante qui donnait un caractère inévitable à tout ça. Serait-il même possible de le battre ? Ou me faucherait-il juste avant le retour de Lucifer ?

— Jophiel pensait pouvoir te cacher, mais je finis toujours par te trouver, cracha Gadrel. Tu es à moi, Ève, pas à Lucifer.

Il m'avait trouvée... La mâchoire m'en tomba, même si je continuais à brandir mon épée.

— C'est toi qui as enlevé Brandy ?

Il inclina doucement la tête, la fierté évidente dans ses yeux.

— Je savais que cela te conduirait à moi.

— Pourquoi ne pas simplement me tuer à Vista ? Ça semble bien plus facile.

— Ce serait loin d'être aussi amusant !

Il me fit un sourire dément en s'avançant vers moi, ce qui me fit battre en retraite.

— Non, c'est bien plus satisfaisant de te livrer à Lucifer et de vous donner le temps de tomber de nouveau amoureux. Comme ça, c'est encore plus douloureux pour lui quand je t'ôte la vie. Vu qu'il a volé ce qui m'appartenait.

— Lucifer est ma moitié, pas toi, lui criai-je à la figure en entrant dans la bibliothèque. Je ne te connais même pas !

Mes paroles parurent étrangement le blesser.

— Comment ne peux-tu pas te souvenir de moi ? *Moi* ? Après tout ce que je t'ai fait ?

Sa façon de prononcer ces mots me donna la nausée, mais j'avais une idée.

— Et si je quittais Lucifer pour toi ? Ça t'arrêterait ?

Un rire terrible et menaçant s'échappa de sa gorge et il s'approcha.

— Oh, Ève, tu restes la même dans toutes tes vies. Tu crois que tu n'as pas essayé ce coup-là avant ?

Mince. J'étais à court d'idées. Sauf quand il s'approcha encore plus, alors j'attrapai le vase d'Hadès et Perséphone, m'excusant en silence envers l'artiste depuis longtemps décédé, et le jetai à la figure de Gadrel. D'une précision que j'ignorais posséder, il le toucha en pleine tête et se brisa en mille morceaux. Cela me donna une fenêtre de tir pour planter mon épée de lumière dans son épaule. Il hurla et fit marche arrière, comme si on l'avait brûlé. Je savais déjà depuis l'attaque des gargouilles que la lame semblait causer de sérieux dommages aux démons ; aux Déchus aussi, apparemment.

Sa lame sombre s'affaissa quand il se tint l'épaule, et j'utilisai cet instant de vulnérabilité à mon avantage. Je fonçai sur lui et enfonçai ma lame dans la poitrine de Gadrel, tout droit là où se trouvait son cœur. Ses yeux s'écarquillèrent de surprise. L'éclat blanc de l'épée augmenta et brilla entre nous.

Je lui fis un sourire triomphant.

— Tu ne t'attendais pas à ce que je te tue cette fois-ci, si ?

Je retirai l'épée en la tournant et me reculai. Il tomba sur ses genoux, les mains sur le cœur et s'effondra. Une main sur la poitrine, j'inspirai un grand coup et essayai de ralentir les battements de mon cœur.

Putain de merde. J'avais tué Gadrel.

Adam était mort. La malédiction avait-elle été brisée ?

Puis, un affreux rire sortit de son corps, même si son sang se répandait sur le sol. Tel un zombie, il se redressa en gémissant. Il déchira sa chemise et exposa fièrement son torse, et je contemplai, l'air confuse, sa peau recousue.

Je me reculai en secouant la tête, la peur au ventre.

— Comment ?

— Oh, Ève, tu ne te souviens pas ? Grâce à la malédiction, je ne peux pas être tué tant que tu es en vie. Dans la vie comme dans la mort, nous sommes indissociables.

Il fit encore un pas en avant, la lame d'ombres à la main. Son regard avait changé, passant de fou à complètement aliéné. Il avait entièrement basculé dans les ténèbres. Le mal à l'état pur.

— Ensemble pour l'éternité, murmura-t-il.

La terreur s'empara de moi. J'essayai de bouger mais je ne fus pas assez rapide. Je levai mon épée mais sa lame sombre s'élança sur moi avec une telle furie que tout ce que je pus faire, ce fut de m'abandonner à l'inévitable. Au moins, je renaîtrais un jour.

La porte de la bibliothèque éclata avec grand bruit et sortit de ses gonds. Un bouclier d'ombres vola jusqu'à moi et m'entoura, bloquant l'attaque de Gadrel. Lucifer entra à grandes enjambées, les yeux rouge flamboyant et les ailes déployées de toute leur longueur. Il traversa la pièce dans une brume de pénombre et se positionna devant moi, me protégeant des autres attaques avec son corps.

Gadrel jeta un regard vers Lucifer et pâlit, le visage dénué de vie. Il se retourna et courut vers la porte cassée de la bibliothèque, s'emparant du vieux livre sur le bureau dans sa fuite ; celui que Lucifer lisait quand je l'avais trouvé plus tôt.

Dans le salon, le verre se brisa et tomba en direction du Strip quand Gadrel se jeta d'une des fenêtres restantes avec une énergie et une force auxquelles je ne m'étais pas attendue. Ses ailes gris clair l'emportèrent dans la nuit, et je m'attendis presque à ce que Lucifer le prenne en chasse mais à la place, il se tourna vers moi.

Ses yeux rouges s'estompèrent et laissèrent place au vert émeraude. Il me prit par les épaules et m'examina de la tête aux pieds. Il cherchait sûrement des traces de sang ou de blessures.

— Tu es blessée ?

Je me jetai dans les bras puissants de Lucifer.

— Non, je vais bien. Je suis tellement rassurée que tu ailles bien. Quand je t'ai vu là-haut te battre avec un dragon, j'ai craint le pire.

Il me tint près de lui, me caressant le dos.

— C'était Mammon. Lui et d'autres Archdémons ont comploté contre moi, et ils sont de mèche avec Gadrel. C'est Adam, tu sais.

— Oui, j'avais deviné, dis-je en tremblant légèrement.

— J'allais te le dire avant qu'on se fasse attaquer.

Il regarda vers la bibliothèque et son air renfrogné s'accentua.

— Et maintenant, il est en possession des journaux intimes de Samaël. Ce n'est pas bon. Vraiment pas bon.

D'un brin de magie, les ténèbres de Lucifer serpentèrent vers l'un des canapés en cuir. Il était entaillé profondément, comme s'il avait été déchiqueté par des griffes énormes, mais il s'assit dessus malgré tout. Puis il soupira avant de frotter son visage avec ses mains. Je ne l'avais jamais vu aussi démoralisé.

Je m'affalai à côté de lui.

— Pourquoi ce n'est pas bon ? Qu'est-ce qu'il y avait dans ce livre ?

Lucifer tourna le regard vers la fenêtre, celle par laquelle Gadrel s'était enfui.

— C'est un compte-rendu de ce qui s'est passé il y a long-temps, écrit par Samaël. J'étais en train de le feuilleter pour voir s'il existait un moyen de briser la malédiction. Mais il y a plus que ça dans ce livre. Bien plus que ça. Et maintenant, c'est Adam qui l'a.

Je revoyais le combat dans ma tête, et la peur enserra ma gorge à nouveau.

— Je l'ai tué. Mais il n'est pas mort. Il a dit qu'il ne peut pas mourir tant que je suis en vie. Pourquoi tu ne m'as pas raconté cette partie de la malédiction ?

Lucifer prit ma main et la retourna pour regarder ma peau, comme s'il voulait retenir la sensation.

— Je pensais que Jophiel te l'avait dit.

— Elle a dû omettre ce détail.

J'avais l'impression qu'elle avait omis beaucoup de choses.

Il m'entoura d'un de ses bras et m'attira près de lui. Je m'ap-puyai contre lui jusqu'à ce que le choc de l'attaque disparaisse doucement. Quand ce fut le cas, je ne ressentis plus qu'une terrible appréhension en pensant à la prochaine tentative. Et la prochaine, et encore la prochaine...

— Nous devons en finir avec la malédiction, dis-je silencieu-sement. Je ne peux pas continuer à faire ça. Vivre, mourir, encore et encore. Te trouver et te perdre sans cesse. Vivre dans la peur de voir le jour où Adam vient prendre ma vie une fois de plus.

Je me tournai vers lui mais il regardait dans le vide, les sour-cils froncés.

— Tu as trouvé un moyen de briser la malédiction dans les notes de Samaël ?

Il leva son regard noir vers moi mais ses yeux étaient à présent durs, froids et un peu effrayants.

— Oui, il existe un moyen. Mais il y a un prix à payer. Il y a toujours un prix à payer.

— Peu importe ce que c'est, je le paierai, dis-je même si l'ombre d'un doute se nicha dans ma poitrine.

Il laissa échapper un rire terrifiant et les ténèbres se mirent à se rassembler autour de lui.

— Tu crois ? Ou ce sera moi qui souffrirai toute l'éternité pour mon crime ?

Je me levai et reculai, ma peau soudainement froide.

— Je ne sais pas de quoi tu parles. Comment briser la malédiction ?

Il se leva, m'imita d'un pas raide, tel un prédateur, et me plaqua contre le mur.

— Est-ce que tu me fais confiance, Hannah ?

Pendant un instant, je ne trouvai pas les mots et les ombres semblèrent nous ceinturer comme pour nous emprisonner. Essayait-il de me faire peur ? Si c'était le cas, il avait réussi son coup. Mais je savais dans mon cœur qu'il ne me ferait jamais de mal. C'était mon compagnon, l'autre partie de mon âme, et il m'aimait.

— Oui, je te fais confiance.

Je caressai doucement son visage en le regardant dans les yeux.

— Je t'aime.

La douleur passa sur son visage juste avant que les ténèbres ne plongent la pièce dans le noir. Je ne voyais que ses yeux rouges, qui brûlaient comme l'Enfer, puis les ombres encerclèrent mon corps, telles des fers qui me maintenaient immobile.

— Lucifer... Qu'est-ce que tu fais ?

Je luttai contre les liens qu'il avait utilisés pour m'attacher, mais on ne pouvait pas résister au diable.

Il porta ses mains puissantes et viriles à ma gorge.

— Je suis désolée, Hannah. C'est le seul moyen.

Je ne pouvais pas parler, protester ou respirer. Je ne pouvais que regarder les yeux rouges de Lucifer s'embraser et ses mains se resserrer sur moi, me privant d'air. J'essayai de me débattre, de crier, de supplier mais je ne pouvais pas du tout bouger.

La douleur explosa dans mon cou et mes poumons. Les larmes coulèrent sur mes joues. J'eus de plus en plus de mal à voir clairement ses yeux brûlants, car les ténèbres perturbaient ma vision et que je luttais pour respirer.

Lucifer était en train de me *tuer*.

Comment pouvait-il me faire ça ? M'étais-je trompée sur sa personne pendant tout ce temps ? Alors que ma vision se troublait, et que mon corps s'affaiblissait, les paroles de Jophiel me revinrent : « *C'est Lucifer le méchant. Il te ment depuis le début. Il te manipule. Il te contrôle. Comme il le fait avec tous les êtres humains depuis des millénaires.* »

« *Tu es en danger avec lui.* »

J'entendis sa voix dans la pénombre.

— Je t'aime, Hannah.

Comment cela pouvait-il être vrai alors qu'il m'enlevait la vie ? Était-ce de cette façon qu'il mettait fin à la malédiction, en faisant le travail d'Adam ?

J'avais fait l'ultime erreur de faire aveuglément confiance au diable. Et ça m'avait coûté la vie.

Les ténèbres m'envahirent et m'enveloppèrent entièrement. Mes poumons brûlèrent une dernière fois. Tout se fit noir quand la mort me réclama enfin à ses côtés, comme elle l'avait fait tant de fois auparavant.

À l'exception que cette mort serait ma dernière.

HANNAH

Dans un éclair soudain de lumière, la vie revint en moi... et avec elle le pouvoir.

Et mes souvenirs. Tant de souvenirs.

Mon esprit fut inondé d'évènements de mes vies antérieures. De chacune de mes vies. Ève. Perséphone. Lénore. Et d'innombrables courtes vies humaines à la fin brutale.

Toutes ces vies qui s'étiraient sur des milliers d'années me revinrent, mélangeant douleur, joie, amour et mort dans ma tête. Trop de souvenirs pour les supporter tous, même pour une immortelle. Je hurlai et m'agitai dans tous les sens, saisissant ma tête pour essayer d'arrêter ce torrent d'informations.

Puis, le flot s'évanouit et les souvenirs s'estompèrent, comme de la fumée. Seuls quelques vestiges demeurèrent, des fragments de mes vies, même si je savais qu'il y en avait d'autres à ma portée au besoin. Seule une vie m'était inaccessible, embrumée par la magie de quelqu'un d'autre. On m'avait volé ma véritable personne, arraché les pouvoirs de mon corps, qui m'étaient revenus dans la mort. Mais je n'avais toujours pas accès à certains souvenirs.

Je pris une inspiration comme si c'était la première fois. Le pouvoir monta en moi comme l'adrénaline. Ma peau fourmillait de magie. Comment était-ce possible ?

Lucifer m'avait tuée, mais pour une raison que j'ignorais, j'étais en vie.

Non, plus qu'en vie. J'étais *moi* à nouveau.

Mais cela ne voulait pas dire que je lui pardonnais son acte.

J'ouvris les yeux et m'assis doucement, jetant un regard à la petite foule de gens qui s'étaient rassemblés autour de moi avant de me poser sur Lucifer. Mon compagnon. Mon assassin. Mon sauveur.

— Hannah ? murmura-t-il.

Hannah ? Hannah était morte. Mais tel un phénix, je venais de renaître de mes cendres. Je ne me rappelais pas de mon nom, mais je savais une chose.

Il était temps de faire un raffut de tous les diables.